अपने

अपने

जेम्स हेडली चेईज़

डायमंड बुक्स

ISBN : 978-93-5278-010-5

प्रकाशक : **डायमंड पॉकेट बुक्स (प्रा.) लि.**
X-30 ओखला इंडस्ट्रियल एरिया, फेज-II
नई दिल्ली-110020
फोन : 011-40712100
ई-मेल : sales@dpb.in
वेबसाइट : www.diamondbook.in
संस्करण : 2017

अपनी मौत अपने हाथ

लेखक: *जेम्स हेडली चेईज़*

अपनी मौत अपने हाथ

जुलाई का महीना था और वह दिन जुलाई के सबसे गर्म दिनों में से था। उस दिन गर्मी व उमस की वजह से लोगों के शरीर पसीने से बुरी तरह तरबतर थे। सांस तक लेना दुश्वार हो रहा था। जहां ऐसे मौसम से आम जनता बुरी तरह परेशान थी, वहीं चंद ऐसे लोग जिनको जिंदगी की हर सुविधा उपलब्ध थी, ऐसे मौसम में स्वीमिंग पूल में बगल में हसीनाओं को दबाए या वातानुकूलित कमरों में सोफों पर पसरे व्हिस्की के जाम टकरा रहे थे। उन्हें ऐसी गर्मी में भी कोई खराबी नजर नहीं आ रही थी।

मैं अपने कार्यालय की मेज के पीछे बैठा था। मेरा कार्यालय 'यूनिवर्सल सर्विसेज' के नाम से जाना जाता था। जिस बिल्डिंग में यह दफ्तर स्थित था, वह काफी बड़ी इमारत थी, जिसके नीचे के तहखाने में लगा एयरकंडीशनर अपनी पूरी रफ्तार से घूम रहा था और तपते हुए माहौल को ठंडा कर रहा था। खुली खिड़की से 'आर्किड बोल्वर्ड' के ट्रैफिक की तथा समुद्र तट पर टकराती लहरों की मिली-जुली आवाजें सुनाई पड़ रही थीं। दफ्तर में बिछे कालीन पर सूर्य की रोशनी की आड़ी-तिरछी रेखाएं पड़ रही थीं। यह कालीन मेरी सचिव पाला बड़े शौक से खरीदकर लाई थी। पाला का विचार था कि इससे आने वाले क्लाइंटों पर बड़ा रौब पड़ता है। लेकिन मेरे अपने विचार से इतना महंगा कालीन, जिस पर चलने-भर से ही मुझे हिचकिचाहट महसूस होती थी, दफ्तर के लिए बेकार ही था।

मैंने मेज पर कुछ नई-पुरानी चिट्ठियां फैलाई हुई थीं। यह इसलिए कि अगर पाला अचानक वहां पहुंच भी जाए तो मुझे अपने काम में लगा हुए देखे। चिट्ठियां देखने का तो सिर्फ बहाना था। हकीकत यह थी कि मैंने 'हाईबाल' (एक बढ़िया किस्म की शराब) का बड़ा-सा गिलास लबालब भरा हुआ कानूनी किताबों के पीछे छुपाकर रखा हुआ था और जब-तब एक-एक घूंट भर लेता था।

यूनिवर्सल सर्विसेज की स्थापना को साढ़े तीन वर्ष से भी अधिक का अरसा हो गया था। इस अरसे में हमें चाहे-अनचाहे सभी तरह के काम करने पड़े थे। अब काम पूरी तरह से चल निकला था। यद्यपि हमारे रेट बहुत ऊंचे थे, फिर भी चूंकि यह इलाका ही लखपतियों का था, इसलिए कभी किसी को अखरते नहीं थे।

आर्किड सिटी में लखपति होना ठीक वैसा ही था, जैसे समुद्र के किनारे रेत के कण। पिछले तीन वर्ष बड़ी मौज-मस्ती में बीते थे। इस बीच हमने बहुत-से केस सुलझाए थे, जिनमें एक खून का केस भी शामिल था।

अब पिछले दिनों से कुछ अधिक ही मंदा था। कुछ वैसे ही छोटे-मोटे केस आ रहे थे, जिनको पाला वैनसिंगर ही निपटा देती थी। मैं और मेरा सहायक जैक कैरमन तभी हाथ-पांव हिलाने की मुस्तैदी दिखाते थे, जब कोई असाधारण-सा केस हमारे हाथ में होता अन्यथा सारे दिन शराब की बोतलों के जाम गिनते रहते और चूंकि आजकल ऐसा कोई केस हाथ में नहीं था, इसलिए पाला को यह दिखाने के लिए कि हम दोनों व्यस्त हैं, ऐसे ऊटपटांग काम करते रहते।

जो कुर्सी मुवक्किलों के लिए सुरक्षित थी, उस कुर्सी पर जैक कैरमन पसरा पड़ा था। जैक कैरमन–क्लार्क गैविल जैसी मूंछों वाला लंबा-पतला, इकहरे बदन का आदमी था। उसके सिर के आधे बल पक चुके थे। बड़े इत्मीनान से 'हाईबाल' का गिलास पकड़े वह अपने माथे पर फिरा रहा था। उसने हरे रंग का ट्रॉपीकल सूट, लाल-पीली धारियों वाली नेकटाई और वकस्किन का सफेद सूट पहना हुआ था। इस समय वह किसी फैशन मैगजीन का मॉडल मालूम हो रहा था।

बड़ी लंबी खामोशी के बाद वह बड़बड़ाया– 'वाह क्या चीज थी–ऐसी मिसाल, जो सिर्फ वीनस को देखने के बाद ही कही जा सकती है। क्या बांहें थीं और मैं भी कितना बेवकूफ था, जो उसे चालू चीज समझ बैठा था।'

'प्लीज कैरमन, मत छेड़ो ये अपनी प्रेम कहानियां।' मैंने अपना हाथ 'हाईबाल' की ओर बढ़ाते हुए कहा– 'तुम्हारी इस प्रेम कहानी से बेहतर है कि मैं क्राफ्ट एविंग की ही कोई किताब पढ़ लूं।'

'उस बूढ़े खबीस से, जिसने अपनी सारी बकवास लैटिन में लिखी है, तुम्हें कुछ हासिल नहीं होने वाला।' कैरमन घृणा भरे स्वर में बोला।

'तुम्हारा कोई कसूर नहीं कैरमन, तुममें दरअसल गुण ग्राहकता जैसी कोई चीज ही नहीं है। तुम्हें मालूम है उसकी किताबों को पढ़ने के लिए दुनिया के कितने लोगों ने लैटिन भाषा सीखी है।' मैं बोला।

'ठीक है।' लेकिन बात फिर छोकरी तक पहुंच गई–कैरमन अपनी टांगें पसारता हुआ बोला– 'कल रात वह मुझे वार्नी के ड्रग स्टोर में टकरा गई।'

'फिर वही छोकरियों की बात।' मैं बोला– 'मैंने तुम्हें कहा है कैरमन कि तुम्हारी पसंद की इन छोकरियों में मेरी कोई दिलचस्पी नहीं है। इससे अच्छा तो यह है कि बाहर जाओ और कोई नया बिजनेस पटाने की कोशिश करो। मैं जो तुम्हें इतनी तनख्वाह देता हूं, उसे कुछ हलाल करो।'

कैरमन ने आश्चर्य से मेरे चेहरे की ओर देखा।

'तुम्हें नये बिजनेस की जरूरत है–क्या यह सच है?' वह बोला– 'मैं तो यह समझा था कि सारा काम पाला कर ही लेती है। उसकी कमाई पर हम मौज करते रहेंगे।'

'ठीक, बिलकुल ठीक, लेकिन सारे दिन निठल्ले रहने से अगर कभी-कभी छोटा-मोटा काम हम कर भी दें तो बुरा क्या है। इस तरह से हम कुछ तो नमक अदा करने के हकदार बन जाएंगे।'

'हां, अगर कभी-कभी वाली बात है तो ठीक है।' कैरमन शांति की सांस लेता हुआ बोला– 'मैं तो समझा था, तुम अभी काम करने के लिए कह रहे हो।' उसने अपने गिलास से हाईबाल का एक घूंट पिया और आंखें बंद कर लीं। 'वह छोकरी जिसकी बात मैं तुम्हें बताने जा रहा था, क्या लाजवाब चीज थी। जब मैंने उसे पटाने की कोशिश की, तो जानते हो उसने क्या जवाब दिया।'

'क्या जवाब दिया?' मैंने पूछा।

'मैं मर्दों के पीछे कभी नहीं भागती। जानते हो मैंने प्रत्युत्तर में क्या कहा?'

'क्या कहा?' मैंने बेमन से कहा। मुझे पता था, जब तक वह अपने पेट की बात उगलेगा नहीं, उसे चैन नहीं आएगा। उसने बात तो बतानी ही थी और उसके झूठ मैं ही नहीं सुनूंगा तो और कौन सुनेगा।

'मैडम, ठीक है आप मर्दों के पीछे नहीं भागतीं, लेकिन क्या चूहे को भी चूहेदान के पीछे भागना पड़ता है?–कहो कैसी रही। मेरी बात सुनकर पट्ठी के पसीने छूट गए और छक्के तो तुम्हारे भी छूट रहे हैं, कभी सुना है ऐसा तुर्की-बुतर्की जवाब।'

मैं उसे कुछ जवाब देता, इससे पहले ही दरवाजा खुला और पाला ने अंदर कदम रखा।

पाला एक ऊंचे कद की लंबे, छरहरे, गहरी रंगत के व्यक्तित्व की स्वामिनी थी। उसकी आंखें भूरी थीं और जिस्म ऐसा कसा हुआ था कि देखने वालों की लार टपकने

लगती थी। अपने काम में वह इतनी प्रवीण थी कि मुझे और कैरमन को कार्यालय के कामों के लिए कोई कमी कभी भी महसूस नहीं होने दी। वह एक बेहद कुशल महिला थी, जिसने यूनिवर्सल सर्विसेज को अपनी अनथक मेहनत से आज इस हालत में ला खड़ा किया था। उसी ने मुझे इस संस्था को शुरू करने की प्रेरणा दी थी और यूनिवर्सल सर्विसेज को चलाने के लिए कई बार उसने मुझे आर्थिक सहायता भी दी थी। आज यूनिवर्सल सर्विसेज अगर इस कदर ठोस हालत में थी तो उसका ज्यादा श्रेय पाला को था।

मैं अगर मस्तिष्क था तो पाला रीढ़ की हड्डी थी। उसके बिना तो दफ्तर का एक हफ्ते में बंटाधार हो जाना था।

'कामचोरों की तरह से यूं निठल्ले बैठे रहने के अलावा तुम्हारे पास कोई काम नहीं है।' वह मेरी मेज के पास आ खड़ी हुई और इल्जाम लगाती नजरों से देखते हुए बोली।

'और कौन-सा काम अटका पड़ा है?' कैरमन बोला।

उसने गुस्से से एक नजर कैरमन पर डाली और फिर मेरी ओर देखते हुए बोली– 'सच बात तो यह है कि मैं और जैक कोई नया बिजनेस तलाश करने के लिए जाने ही वाले थे।'

मैं बोल पड़ा– 'आओ जैक देखते हैं क्या हासिल होता है?' मैं जल्दी से कुर्सी सरकाता हुआ बोला।

'कहां देखोगे। फिनेगन के शराबखाने में?'

'वहां के बारे में भी तुम्हारा बुरा ख्याल नहीं है, शायद फिनेगन से ही हमें कुछ हासिल हो जाए।'

'यह भी तो देखते जाओ जाने से पहले।' पाला ने मुझे एक लिफाफा दिखाते हुए कहा– 'जेनिटर गया है अभी-अभी इसे देकर, तुमने जो उसे एक पुराना कोट दिया था, उसी की जेब से निकला है यह।'

'अच्छा।' मैं लिफाफा लेते हुए बोला– 'वह ट्रेंच कोट तो मैंने एक साल से पहना ही नहीं था, उसमें से निकला है यह लिफाफा। बड़ी अजीब बात है।'

'लिफाफे पर लगी डाकखाने की मुहर भी तुम्हारी बात की तस्दीक करती है। यह चिट्ठी चौदह महीने पहले डाक से छोड़ी गई थी, लेकिन मुझे तुम इतने भुलक्कड़ तो नहीं

लगते।'

लिफाफा अभी तक खोला नहीं गया था और उस पर साफ-सुथरी लिखावट में मेरा पता साफ-साफ लिखा हुआ था।

'मुझे तो इसकी बिलकुल भी याद नहीं है कि यह आया कब था।' मैं बोला।

'हां-हां, तुम्हें कहां याद रहा होगा। तुम्हें तो मैं जब तक याद न दिलाऊं, कुछ याद आने से रहा।' पाला व्यंग्यपूर्ण स्वर में बोली।

'मेरी नन्ही-मुन्नी इस अंदाज में बात न किया करो। कोई दिलजला किसी दिन तुम्हारा थोबड़ा खराब कर जाएगा।' कैरमन धीरे से बोला।

'यह फिर भी अपना राग अलापती रहेगी।' मैं लिफाफा खोलता हुआ बोला– 'मैंने करके देखी है यह कोशिश। मेरे किए से तो कुछ भी नहीं बना।'

मैंने लिफाफे में दो उंगलियां डालीं। एक चिट्ठी और सौ-सौ डॉलर के पांच नोट मेरे हाथ में आ गए।

'ओह गॉड!' कैरमन अपनी सीट से हड़बड़ाकर उठता हुआ बोला– 'यह दिया था तुमने जेनिटर को?'

'सब्र तो करो।' मैं बोला। मैंने चिट्ठी पढ़ी, उसमें लिखा था–

'क्रैस्टवेज।

फुटहिल बोल्वर्ड

आर्किड सिटी

15 मई, 1948

कृपया मुझे शाम के तीन बजे उपरोक्त पते पर मिलिए। आपको एक ऐसे आदमी के खिलाफ सबूत हासिल करने होंगे, जो मेरी बहन को ब्लैकमेल कर रहा है। मुझे पता चला है कि आप ऐसे काम भी स्वीकार कर लेते हैं। इस पत्र को अति गोपनीय और अत्यावश्यक समझिए। मैं आपके मेहनताने के तौर पर साथ में पांच सौ डॉलर भेज रही हूं।

- जानेट ब्रास्बी।'

काफी देर तक हम सब खामोश बैठे रहे। जैक कैरमन जैसा वाचाल भी बिलकुल खामोश बैठा था। हमारा बिजनेस ईमानदारी का था और जिस किसी ने भी जानेट को हमारे बारे में बताया था, चौदह महीने तक उस पत्र पर अमल न करके हमारी संस्था ने एक तरह से उसके साथ विश्वासघात ही किया था। चाहे यह सब अनजाने में ही हुआ, हालांकि पार्टी ने हमें हमारा मेहनताना अग्रिम ही भेज दिया था। खामोशी भंग हुई, पाला की व्यंग्य भरी आवाज से।

'वाह क्या कहने!' पाला व्यंग्य से बोली– 'चौदह महीने बाद तुमने गोपनीय और अत्यावश्यक चिट्ठी जेनिटर को पकड़ा दी, ताकि वह हमारी संस्था का गुणगान अपने यार-दोस्तों से करता फिरे।'

'शटअप!' मैं गुर्राया– 'गलती उसकी भी है। चौदह महीने तक उसने पैसा और चिट्ठी भेजने के बाद हमसे जवाब-तलबी करना तक मुनासिब नहीं समझा। वह जरूर यही समझती रही होगी कि डाकखाने की गड़बड़ी से चिट्ठी कहीं इधर-उधर हो गई होगी। लेकिन रुको–मुझे कुछ याद आ रहा है–वह तो शायद मर चुकी है। क्रास्बी बहनों में से एक मर चुकी है, हो सकता है वह जानेट ही हो।'

'शायद ऐसा ही हो।' पाला बोली– 'मैं मालूम करूंगी।'

'हां, जरूर मालूम करो–और सुनो, क्रास्बी परिवार के बारे में जितनी जानकारी हमारे पास है, उसे भी निकालो।'

वह बाहरी दफ्तर में चली गई। मैं कैरमन से बोला– 'मुझे पूरा विश्वास है कि वह खत्म हो चुकी है। मेरे विचार से तो वह रकम अब उसके वारिसों को लौटानी पड़ेगी।' कैरमन ने तुरंत एतराज किया–रकम लौटाने के मामले में वह हमेशा ही कतराता था– 'अगर ऐसा किया तो प्रेस को फौरन पता चल जाएगा और प्रेस को पता चलने का मतलब है, हमारे धंधे का बंटाधार–संभलकर कोई कदम उठाओ। अच्छा होगा कि हम चिट्ठी वाली बात को सिरे से ही गोल कर दें।' कैरमन बोला।

मैंने इनकार में सिर हिलाया– 'ऐसा नहीं कर सकते हम–हम काहिल हो सकते हैं, लेकिन बेईमान नहीं हैं।'

कैरमन वापस आर्म-चेयर पर बैठ गया।

'मेरी मानो तो गड़े मुर्दे उखाड़ने की कोशिश मत करो। क्रास्बी का तेल का धंधा है न?'

'है नहीं, था। वह मर चुका है। कोई दो साल पहले एक शूटिंग एक्सीडेंट में मारा गया था वह। मेरी समझ में नहीं आ रहा ऐसी नादानी कैसे कर बैठा मैं।'

थोड़ी देर में पाला अखबार की कुछ कतरनें लेकर वापस लौटी और बोली– 'पंद्रह मई अर्थात् उसी दिन जिस दिन, उसने तुम्हें चिट्ठी पोस्ट की थी, दिल का दौरा पड़ने से उसकी मौत हो गई थी। यही वजह थी कि वह तुमसे दुबारा संपर्क कायम नहीं कर सकी थी।'

'दिल का दौरा पड़ने से–भला क्या उम्र थी उसकी?'

'यही कोई पच्चीस साल के लगभग।'

'इतनी कम उम्र और दिल का दौरा पड़ने से मृत्यु–जरा देखने दो, क्या किस्सा है?'

'किस्सा कोई खास नहीं है। ज्यादातर बातें हमें मालूम ही हैं।' पाला मेज के सिरे पर बैठते हुए बोली। मैकडोनाल्ड क्रास्बी ने तेल के धंधे में बहुत पैसा बनाया था। उसने दो शादियां की थीं। पहली बीवी से जानेट थी और दूसरी से मारीन पैदा हुई थी। दोनों में चार साल का अंतर था। सन 1943 में वह अपने धंधे से रिटायर होकर स्थाई रूप में आर्किड सिटी में बस गया था। इससे पहले वह सैन फ्रांसिस्को में रहता था। दोनों लड़कियों के स्वभाव में जमीन-आसमान का अंतर है। जानेट पढ़ने-लिखने में दिलचस्पी दिखाने वाली अध्ययनशील लड़की थी और उसका शौक पेंटिंग बनाने में था। उसके हाथों की कुशल पेंटिंग का कमाल पेंटिंग आर्ट म्यूजियम में लगी ऑयल पेंटिंग देखकर लग सकता है। वह बेहद प्रतिभाशाली थी, लेकिन स्वभाव से उतनी ही तेज थी। दूसरी लड़की मारीन बेहद खूबसूरत है। वह बड़ी उच्छृंखल, बदमिजाज और अनुशासनहीन लड़की है। जब तक उसके पिता की मौत नहीं हुई थी, उसके पहले तक रोज किसी-न-किसी स्कैंडल में उसका नाम अखबारों में आता रहता था।'

'स्कैंडल किस तरह के?' मैंने पूछा।

'कोई दो साल पहले उसने सेंट्रल एवेन्यू में एक आदमी को कार के नीचे कुचल दिया था। कहा जाता है कि वह उस वक्त नशे में थी और यह कोई हैरानी की बात नहीं है, क्योंकि शराब तो वह बिलकुल पानी के समान पीती थी। क्रास्बी ने अपने रुतबे और पैसे के बल पर किसी तरह मामले को निबटाया था, लेकिन फिर भी उसका छुटकारा शराब पीकर गाड़ी चलाने के इल्जाम में बड़ी धनराशि जुर्माने की शक्ल में भरपाई कर देने पर

ही हो पाया था। ऐसे ही एक बार वह आर्किड बोल्वर्ड का संपूर्ण नग्न हालत में घोड़े पर सवार होकर चक्कर लगाने निकल पड़ी थी। किसी यार-दोस्त ने उससे यह शर्त लगा दी थी कि ऐसा करने की उसमें हिम्मत नहीं है। बस फिर क्या था! पट्ठी जोश में आ गई और फिर अखबारों को एक तगड़ा मसाला मिल गया।'

'जरा बात को ठीक तरह से समझाओ।' कैरमन उत्तेजित स्वर में बोला, 'दोनों में से कौन नंगा था घोड़ा या लड़की।'

'ऊंह–लड़की बेवकूफ।'

'और मैं उस समय कहां था, मैंने तो उसे देखा तक नहीं।'

'वह अभी थोड़ा ही आगे बढ़ी थी कि उसे गिरफ्तार कर लिया गया।'

'अगर मैं उस वक्त वहां होता तो शायद वह थोड़ा भी आगे न बढ़ पाती।' कैरमन फिर बोला।

'चुप भी रहो।'

'फिर तो वह ब्लैकमेलिंग के लिए बड़ा चालू मसाला थी।' मैं बोला।

पाला ने स्वीकृति में सिर हिलाया।

'क्रास्बी की मौत के बारे में तुम जानते हो। वह स्टडी रूम में बैठा अपनी बंदूक साफ कर रहा था कि एकाएक बंदूक चल गई और वह अपनी जान से हाथ धो बैठा। अपनी विशाल संपदा में से उसने तीन बटा चार हिस्सा बगैर किसी बंधन के जानेट के नाम छोड़ा था और बाकी एक-चौथाई एक ट्रस्ट के माध्यम से मारीन के नाम छोड़ा था। जब जानेट मर गई तो तीन-चौथाई हिस्से की भी मालिक मारीन बन गई और ऐसा लगने लगा कि वह कुछ सुधर गई थी। जबसे उसकी बड़ी बहन की मौत हुई है, अखबार में एक बार भी उसके नाम का कोई स्कैंडल नहीं छपा।'

'कब मरा था क्रास्बी?' मैंने पूछा।

'जानेट की मौत से दो महीने पहले, मार्च 1948 को।'

'मारीन के लिए तो यह एक बहुत बड़ा वरदान हो गया।'

'हां, अपने बाप की मौत से जानेट बहुत परेशान हो गई थी। समाचार-पत्रों का तो यहां तक कहना है कि बाप की मौत के सदमे में ही उसकी मौत हुई।'

'कुछ भी हुआ हो, लेकिन मारीन के लिए तो यह एक भारी फायदे का काम हो

गया।'

'मुझे कुछ गड़बड़ मालूम हो रही है पाला। या मैं शायद हूं ही शक्की टाइप का। जानेट मुझे एक चिट्ठी लिखती है कि कोई उसकी बहन को ब्लैकमेल कर रहा है और वह आनन-फानन दिल के दौरे से मर जाती है और उसके हिस्से की एक बड़ी रकम उसकी छोटी बहन को मिल जाती है। यह तो जरूरत से ज्यादा सहूलियत का काम हो गया।'

'लेकिन अब हम कर भी क्या सकते हैं? हम किसी मृत क्लाइंट का प्रतिनिधित्व तो नहीं कर सकते।'

'क्यों नहीं कर सकते भला।' मैंने जेब में रखे पांच सौ डॉलरों को थपथपाते हुए कहा– 'या तो यह रकम उसके वारिसों को लौटानी पड़ेगी या फिर हमें इस केस पर काम करना पड़ेगा। मेरे अपने विचार से तो इस केस पर काम करना ज्यादा अच्छा है।'

'चौदह महीने का समय बहुत लंबा अरसा है, अब तक तो सारे सूत्र ही गायब हो चुके होंगे।' कैरमन संदिग्ध स्वर में बोला।

'हां, गायब हो चुके होंगे, बशर्ते कि कोई सूत्र रहे हों तब।'

'इसके विपरीत अगर जानेट की मौत में कोई रहस्य है, तो अपराधी के मन में सुरक्षा की भावना पनप जाने के लिए भी तो चौदह महीने का अरसा बहुत है। जब आपके अंदर सुरक्षित होने की भावना पनप जाती है, तो आप काफी असावधान भी हो जाते हैं। मैं मारीन क्रास्बी से मिलता हूं। देखता हूं कि अपनी बहन की दौलत को वह किस तरह उड़ा रही है।'

'लगता है कि मौज-मस्ती की घड़ियां समाप्त हुईं।' कैरमन निराश स्वर में बोला– 'काम अभी से शुरू करना है या तुम्हारे लौट आने पर?'

'मेरे लौटने का इंतजार करो।' मैं दरवाजे की ओर बढ़ता हुआ बोला– 'अगर तुमने अपनी उस बार वाली छोकरी से कोई मुलाकात तय कर रखी है, तो उससे कह दो वह कोई और चूहा तलाश कर ले।'

क्रास्बी की एस्टेट 'क्रैस्टवेज' ऊंची चारदीवारी से घिरी हुई थी, जिसके पीछे का भाग क्रिस्टलजैक लाजर्ड का था। चारदीवारी के ऊपर कंटीले तार लगे हुए थे, सारी दीवार पर फूलों वाली बेलें लिपटी हुई थीं। दीवार में एक लकड़ी का भारी दरवाजा बना हुआ था, जिसमें एक खिड़की भी दिखाई पड़ रही थी।

फुटहिल बोल्वर्ड पर इस तरह की कोई आधी दर्जन इमारतें और थीं तथा इनके पीछे के हिस्से में क्रिस्टलजैक लेजर्ड था। एक बिल्डिंग से दूसरे एस्टेट के बीच में करीब-करीब एक एकड़ की जमीन खाली थी, जो झाड़ियों और रेत से पटी पड़ी थी।

अपनी कंवर्टीबल कार में बैठकर मैं वहां पहुंचा। गाड़ी से उतरकर मैं इधर-उधर देखने लगा। मैंने महसूस किया कि भीतर क्या होगा। एक करोड़पति के एस्टेट में जो हो सकता था, वह सब वहां होना चाहिए था।

कोई फाटक खोलने नहीं आया तो मैंने घंटी दबानी शुरू कर दी। बाहर बेहद गर्मी थी, मुझे झुलसता हुआ महसूस हो रहा था। घंटी की आवाज पर भी कोई प्रतिक्रिया नहीं दिखाई दी। मैं परेशान हो रहा था। तंग आकर मैंने जोर से फाटक को धक्का दिया। फाटक खुल गया। मैंने अपने सामने फैले लॉन को देखा।

'तौबा!' इतना बड़ा लॉन मैंने जीवन में पहली बार देखा था। सारा लॉन बेतरतीब घास से भरा पड़ा था। गुलाब का बगीचा बुरी हालत में था और फूल-पौधे बड़ी खस्ता हालत में थे। ऐसा मालूम होता था कि काफी अरसे से इसके रखरखाव पर कोई ध्यान नहीं दिया गया है। राहदारी के आखिरी सिरे पर मुझे इमारत दिखाई दी। वह लाल टाइलों वाली, हरे दरवाजों की आगे निकली बालकनियों वाली दो-मंजिली इमारत थी। खिड़कियों पर पर्दे झूल रहे थे। हर ओर नीरवता व्याप्त थी। मैंने कार को फाटक पर ही छोड़ा और पैदल ही इमारत की ओर बढ़ा।

आधे रास्ते में मुझे तीन आदमियों के दर्शन हुए। ये चाइनीज मालूम होते थे। वे बैठे जुआ खेल रहे थे। इन्होंने मेरी ओर देखने की भी जहमत नहीं उठाई। ये गंदे गलीज अपनी ही धुन में मग्न दिखाई पड़ रहे थे।

मैं और आगे बढ़ा। अगला मोड़ घूमते ही सामने स्वीमिंग पूल नजर आया। पूल का वहां होना तो स्वाभाविक ही था, लेकिन वह इतना गंदा होगा, यह मेरी कल्पना से भी बाहर था। पूल का तला कटा-फटा था और जगह-जगह उसमें काई जमी दिखाई दे रही थी। कुछ झाड़ियों ने भी अपने सिर ऊपर उठा रखे थे। पानी नाम को भी नहीं था।

इमारत की दाईं-बाईं ओर कई गैराज थे, जिनके दरवाजे बंद थे। शोफर की टोपी पहने एक आदमी एक ड्रम के ऊपर बैठा दिखाई दे रहा था। मेरे कदमों की आहट सुनकर उसने मेरी ओर देखा। उसके नेत्र लाल अंगारे से दिखाई दे रहे थे। मैं समझ गया, उसने कोई नशा किया हुआ था।

'अंदर कोई है?' मैं जेब में सिगरेट टटोलता हुआ बोला। वह चुप रहा–मैंने दोबारा पूछा।

'क्यों परेशान कर रहे हो? देखते नहीं मैं व्यस्त हूं।' वह बोला। स्वर उपेक्षा से भरा था। उसने अपना मुंह दूसरी ओर फेर लिया।

मुझे उससे कोई जानकारी हासिल होने की उम्मीद नहीं थी, इसलिए मैं आगे बढ़ा।

मैं इमारत की सीढ़ियों पर चढ़ गया और कॉलबेल का बटन दबाया।

कोई प्रतिक्रिया नहीं हुई–कोई प्रतिध्वनि नहीं सुनाई दी। मैं इत्मीनान से घंटी के बटन पर हाथ दबाता रहा। आखिर दरवाजा खुला–एक खानसामा जैसे दिखाई देने वाले आदमी ने मेरी तरफ यूं घूरकर देखा, जैसे मैंने उसे गहरी नींद से जगाकर भारी गुनाह कर दिया हो। वह पीली-सी आंखों का, अधपके बालों वाला आदमी था। उसने काली पतलून और जैकेट पहनी हुई थी। जैकेट के नीचे झांकती कमीज इतनी गंदी दिखाई दे रही थी, जैसे हफ्तों से न धोई हो, लेकिन उसे उसकी कोई परवाह नहीं दिखाई दे रही थी।

'हां बोलो।' वह भवें चढ़ाता हुआ बोला।

'मिस क्रास्बी हैं?' मैंने पूछा। मैंने देखा, वह जली हुई सिगरेट अपने हाथों में छुपाए हुए था।

'मिस क्रास्बी इस समय किसी से नहीं मिलती।' उसने दरवाजा बंद करने की चेष्टा की।

'देखो, मैं उनका एक पुराना दोस्त हूं, मुझसे जरूर मिल लेंगी वह।' मैंने अपने दाएं पांव को दरवाजे में अड़ाते हुए कहा– 'मुझे मैलोप कहते हैं। उनसे जाकर कहो और फिर देखना, मेरा नाम सुनते ही वह उछलकर खड़ी न हो जाए तो कहना!'

'मिस क्रास्बी की तबीयत ठीक नहीं है, इसलिए वह किसी से भी नहीं मिलतीं।'

'मिस ओटिस की तरह से?'

वह शांत खड़ा रहा।

'ठीक है जनाब, मैं उन्हें बता दूंगा कि आप तशरीफ लाए थे।' उसने दरवाजा बंद करने का उपक्रम किया। उसने दरवाजे में अड़ा हुआ मेरा पैर नहीं देखा था। जब दरवाजा बंद न हुआ तो वह सकपकाया।

'उसकी देखभाल कौन कर रहा है?' मैंने फिर पूछा।

वह घबरा गया। उसे यह नहीं सूझ रहा था कि क्या करे।

'नर्स गर्नी।'

'ठीक है, फिर मुझे नर्स गर्नी से ही मिलवाओ।' मैं दरवाजे पर अपना दबाव बढ़ाता हुआ बोला।

वह दरवाजे से यूं हटा, जैसे उसे डर हो कि मैं उसे मार ही न बैठूं।

मैं अंदर घुसा। वह एक बहुत बड़ा हॉल था। सामने सीढ़ियां दिखाई दे रही थीं, जो पहली मंजिल की ओर जाती थीं। सीढ़ियों के आधे रास्ते में यूनिफॉर्म पहने एक नर्स दिखाई पड़ी।

'कोई बात नहीं है बेनस्किन, मैं देखती हूं।' वह मेरी तरफ देखती हुई बोली।

वह आदमी मुझे देखता हुआ चला गया। उसके जाने के अंदाज से मालूम होता था, जैसे उसके सिर से बड़ा भारी बोझ उतर गया हो।

नर्स बड़ी अदा के साथ सीढ़ियां उतरने लगी। नर्स इतनी सुंदर थी कि जैसे हॉलीवुड की कोई सिने तारिका सीधे पर्दे से उतरकर आ खड़ी हो। उसके बाल भूरे थे, आंखें नीली थीं, होंठ गुलाबी और उनका कटाव बेहद दिलकश था। मेरा दिल उछलने लगा, अगर ऐसी नर्स मेरी तीमारदारी में हो तो मैं सारी जिंदगी अस्पताल के बिस्तर पर गुजार दूं।

वह नजदीक आई। मैं बड़ी मुश्किल से उससे लिपटने की अपनी इच्छा पर काबू कर पाया। उसकी सूरत से जाहिर हो रहा था, जैसे मुझे मालूम हो कि मेरे दिल में क्या-क्या हो रहा है। उसने एक उंगली से अपने सामने आई लट को अपनी कैप को नीचे खिसकाया और मुस्कराहट लिए उसके होंठ हिले।

'कहिए, क्या कहना चाहते हैं?' वह बोली। आवाज में कोयल के स्वर जैसा माधुर्य था।

'मैं मिस क्रास्बी से मिलने की उम्मीद लेकर आया था। सुना है उनकी तबीयत ठीक नहीं है।' मैंने कहा।

'ठीक सुना है आपने, वह किसी से मिलने की स्थिति में नहीं हैं।' वह बोली।

'बड़ा दुःख हुआ यह जानकर।' मैंने जल्दी से एक निगाह उसकी टांगों की ओर फिराई–क्या टांगें थीं, कोई देखे तो कोई फिल्म स्टार भी शरमा जाए। 'मैं अभी इस नगर में पहुंचा हूं। मिस क्रास्बी मेरी पुरानी मित्र हैं, मुझे मालूम नहीं था कि वह बीमार हैं।'

'अच्छा, लेकिन वे तो कई महीने से बीमार हैं।'

मुझे ऐसा लग रहा था कि नर्स गर्नी मिस क्रास्बी की बीमारी की बात से भारी असुविधा महसूस कर रही है।

'कोई खतरे वाली बात तो नहीं है?'

'नहीं, इतनी गंभीर तो कोई बात नहीं है, लेकिन उन्हें पूर्ण आराम की जरूरत है।'

'मैं समझता हूं।' मैं मुस्कराया– 'शांति की तो यहां कमी दिखाई नहीं दे रही है, उसके लिए भी और तुम्हारे लिए भी।'

'शांति–ऐसी शांति से किसी गुंबद में बंद रहना लाख दर्जे अच्छा है।' उसके स्वर में तल्खी आ गई, फिर तत्काल उसने महसूस किया कि वह गलत अंदाज में बोल गई है।

'आई एम सॉरी! मैं कुछ तल्ख स्वर में बोल गई।' वह मुस्कराते हुए बोली।

'कोई बात नहीं, मेरे साथ तो कुछ भी चल जाएगा, वैसे आप चाहेंगी तो स्कॉच भी...।' मैं बोला।

'ठीक है यही सही, अगर तुम्हें कोई और काम नहीं है तो।' वह हिचकिचाई।

'काम तो होते ही रहते हैं।' मैं बोला।

'आओ फिर, मुझे पता है स्कॉच कहां छिपाकर रखी है।'

हॉल से परे हटकर मैं उसके पीछे एक कमरे में पहुंचा। उसकी मदमाती चाल, जानलेवा नितंब हिलाने का अंदाज मेरी हालत पस्त किए दे रहा था।

'बैठो, मैं तुम्हारे लिए जाम तैयार करती हूं।' वह बोली।

'लेकिन मैं अकेले कभी नहीं पीता।' मैं बैठते हुए बोला।

'मैं भी कभी अकेले नहीं पीती।'

एक कपबोर्ड में से उसने एक जॉनी वाकर की बोतल, एक व्हाइट रॉक की बोतल और दो गिलास निकाले।

'बर्फ मिल सकती है, लेकिन इसके लिए वेनस्किन को कहना पड़ेगा। मेरा ख्याल है कि वर्तमान हालत में वेनस्किन को दूर ही रखा जाए। क्यों क्या ख्याल है?' वह बोली।

'अरे बर्फ को झाड़ू मारो।' मैं बोला– 'और व्हाइट रॉक के बारे में सावधान रहना।

अच्छी-भली व्हिस्की का बेड़ा गर्क कर देती है यह।'

उसने दोनों गिलास तीन-तीन इंच व्हिस्की से भरे और एक-एक चम्मच उनमें व्हाइट रॉक को डाला।

'ठीक है।'

'बिलकुल ठीक है।' मैंने अपना हाथ बढ़ाते हुए कहा– 'मैं अपना परिचय कराना तो भूल ही गया था। मुझे मैलोप कहते हैं। यार-दोस्तों में विक के नाम से जाना जाता हूं। मुझे भूरे बालों वाली हसीनाओं से दोस्ती करने में बहुत आनंद आता है।'

उसने मेरा बढ़ा हुआ हाथ थाम लिया। मैंने महसूस किया, उसका हाथ मक्खन की तरह मुलायम था।

'पिछले पांच महीनों में यहां आने वाले तुम पहले आदमी हो।' वह बोली– 'मैं तो सोचती थी कि किस भूत बंगले में आ गई हूं।'

'मालूम तो भूत बंगला ही हो रहा है, लेकिन पिछली बार जब मैं यहां आया था, तो यह एस्टेट एक चमन से कम नहीं थी। क्या हो गया है अब। क्या कोई काम करना पसंद नहीं करता। रखरखाव के मामले में इतनी उदासीनता मैंने और कहीं नहीं देखी।'

'किसी को कोई परवाह नहीं है काम की।'

'मारीन की हालत कितनी खराब है?'

उसने मुंह बिचकाया।

'मारीन–मारीन क्या मारीन के अलावा तुम्हारे पास बात करने को और कोई विषय नहीं है? मैं तो तंग आ गई हूं मारीन से।' वह बोली।

'चलो यह भी ठीक है।' मैं व्हिस्की चुस्कता हुआ बोला– 'मैं तो सिर्फ पुरानी जान-पहचान होने के नाते उसके बारे में पूछ रहा था कि उसे क्या हो गया है।' जवाब में उसने अपना सिर पीछे की ओर झुकाया और एकबारगी में ढेर सारी स्कॉच का घूंट भरा। मैं देखता रहा। पुरानी पियक्कड़ मालूम होती थी।

'हालांकि मुझे इस बारे में तुम्हें कुछ बताना तो नहीं चाहिए, लेकिन तुम अपनी जुबान बंद रखने का वादा करो तो–।' वह मुस्कराते हुए बोली।

'मैं वादा करता हूं।' मैं जल्दी से बोला।

'क्योंकि बिल्ली बिस्तर में है, इसलिए चूहे खेल रहे हैं।'

'बिलकुल, कोई इसके नजदीक भी नहीं आता। वह इतनी जल्दी ठीक होने वाली नहीं है और जब तक वह पगला रही है, सीख रही है, नौकरों की चांदी-ही-चांदी है, वे मौजें मार रहे हैं।

उसने अपना गिलास खाली कर दिया। 'अब मारीन का जिक्र छोड़ो, मुझे यूं भी रात-भर झक मारनी पड़ती है।'

'रात को ड्यूटी है तुम्हारी? बड़ी शर्म की बात है।'

'क्यों?'

'मैं तो सोच रहा था कि एक रात तुम्हें लेकर चलता और खूब तफरीह करता।'

'कैसी तफरीह?'

'शुरुआत के लिए मेरे पास बहुत खूबसूरत तसवीर है।'

वह हंसी।

'मुझे भी तसवीरें देखने का शौक है।' वह उठी और व्हिस्की की बोतल की ओर हाथ बढ़ाती हुई बोली– 'क्या बात है तुम तो पी ही नहीं रहे, लाओ गिलास, नया जाम भर दूं।' वह मादक अंदाज में बोली।

'अभी तो यही काफी है, मैं सोच रहा हूं पीने से बेहतर भी तो कई काम हैं।'

'अच्छा!' उसने अपने गिलास में शराब डाली। इस बार उसने व्हाइट रॉक नहीं मिलाई।

वह वापस लौटी तो मैंने पूछा– 'दिन में मारीन की देखभाल कौन करता है?'

'है एक नर्स फ्लेमिंग, वह शायद तुम्हें पसंद न आए, उसे मर्दों से नफरत है।'

'अच्छा!' वह मुझसे सटकर बैठ गई– 'क्या वह यहां की हमारी बातचीत सुन सकती है?'

'मेरी बला से सुन ले तो सुन ले। लेकिन वह सुन नहीं सकती। वह बाईं ओर वाले खंड में, गैराजों वाली साइड में है। मारीन ने जबसे चीख-पुकार मचानी शुरू की है, उसे वहीं रख लिया गया है।'

इसी बात को सुनने के लिए तो मैं बेचैन था।

'भाड़ में झोंको उसे।' मैं बोला। मैंने उसके सिर के पीछे अपनी बांहें फैलाईं। वह

मेरी ओर झुक गई। 'क्या तुम्हें भी मर्दों से नफरत है?'

'यह तो मर्द-मर्द के ऊपर निर्भर करता है।' उसका चेहरा मेरे बिलकुल नजदीक आ गया। मैंने अपने होंठ उसके माथे पर टिका दिए। मेरी इस हरकत को उसने बहुत पसंद किया।

'मेरे बारे में क्या ख्याल है?'

'तुम्हारे बारे में तो अच्छा ख्याल है।'

मैंने उसके हाथ से गिलास लेकर फर्श पर रख दिया।

'अब ठीक है, यह हमारे बीच रुकावट पैदा कर रहा था।'

'इतनी अच्छी व्हिस्की खराब करने की चीज नहीं है।'

'इसकी जल्दी ही तुम्हें फिर जरूरत पड़ेगी।'

'अच्छा।'

वह मुझसे चिपक गई–दोनों के होंठ एक-दूसरे से चस्पां हो गए। थोड़ी देर तक यही स्थिति रही, फिर एकाएक उसने मुझे परे धकेला और उठ खड़ी हुई। एक बारगी तो मुझे ऐसा लगा कि बात चुंबन से आगे नहीं बढ़ेगी, लेकिन मेरा ख्याल गलत साबित हुआ। वह दरवाजे के समीप पहुंची। उसने ताले में चाबी घुमा दी, तत्क्षण वह वापस लौटी और मेरी बांहों में समा गई।

2

मैंने अपनी कार फैल्डमैन और सेंटर एवेन्यू के कोने पर स्थित काउंटी बिल्डिंग के सामने रोकी। मैं कार से उतरा और इमारत में दाखिल हो गया।

पहली मंजिल पर जन्म-मृत्यु पंजीकरण का दफ्तर था। मैंने एक फार्म भरा और एक लाल बालों वाले क्लर्क की ओर बढ़ा दिया। क्लर्क ने उस पर ठप्पा लगाया, फीस वसूल की और फाइलों की एक कतार की ओर इशारा कर दिया।

'दाईं ओर से छठी फाइल है मि. मैलोप।' वह बोला।

मैंने उसे धन्यवाद दिया।

'कैसा बिजनेस चल रहा है?' उसने पूछा– 'कई महीनों से आपके दर्शन नहीं हुए।'

वह मेरा समय बर्बाद करने पर तुला मालूम पड़ रहा था।

'मेरा धंधा तो ठीक-ठाक चल रहा है। अपनी सुनाओ, लोग धड़ाधड़ मर रहे हैं न। और पैदा भी धड़ाधड़ हो रहे हैं न– ?'

'चलो अच्छा रहा, हिसाब-किताब बराबर।'

मैं थका हुआ था और बोर हो रहा था। नर्स गर्नी के साथ हुई पहली उठक-पटक ने मुझे काफी थका दिया था। मैं फाइलों के ढेर के साथ पहुंचा। फाइल काफी वजनदार थी। मैंने बड़ी मुश्किल से उसे उठाकर मेज पर रखा और पृष्ठ उलटने शुरू किए। अंत में जानेट क्रास्बी के मृत्यु प्रमाणपत्र पर पहुंचा–मैंने एक पुराना लिफाफा निकाला और पेंसिल से नोट करने लगा। उसकी मौत 15 मई, 1948 को मैलाइंटेंट एंडोकार्डिटीज नामक किसी बीमारी से हुई थी।

प्रमाणपत्र में लिखा था कि मृत्यु के समय उसकी उम्र पच्चीस वर्ष थी और वह अविवाहित थी–प्रमाणपत्र पर किसी डॉ. जॉन बेवली नाम के हस्ताक्षर थे। मैंने डॉक्टर का नाम नोट कर लिया और आगे के पृष्ठ उलटने लगा।

शीघ्र ही मुझे मैकडोनाल्ड क्रास्बी का प्रमाणपत्र दिखाई दिया। वह मस्तिष्क में गोली घुस जाने से मरा था। डॉक्टर का नाम था जे. साल्जर और कोरोनर का नाम था फ्रैंकलिन लेसवेज–कुछ और भी बातें मैं नोट कर फाइल मेज पर ही छोड़कर क्लर्क के पास पहुंचा।

'फाइल किसी से कहकर उसी जगह वापस रखवा दो। मुझमें इतना दम-खम बाकी नहीं रहा, जो इसे वापस रख सकूं।'

'ठीक है मि. मैलोप, मैं रखवा दूंगा।'

'एक बात और बताओ–यह डॉ. जॉन बेवली कौन है और यह रहता कहां है?'

'स्काई लाइन में एक छोटी-सी जगह है इसके पास।' क्लर्क ने बताया– 'लेकिन आपको किसी योग्य डॉक्टर की तलाश है, तो भूलकर भी उसके पास न जाना।'

'क्यों, ऐसी क्या खराबी है उसमें?'

'वह बूढ़ा हो चुका है। पचास साल पहले शायद वह अच्छा डॉक्टर होगा। अब तो

वह बस माशाअल्ला ही है।'

'यानी कि वह अब नाम का ही डॉक्टर है।'

'हां, लेकिन वह कोई खराबी नहीं कर रहा है अब भी–बड़ी मुश्किल से एक दर्जन ही मरीज होंगे उसके पास।' उसने अपना सिर खुजाते हुए जवाब दिया– 'क्यों, कोई तफ्तीश चल रही है उसके खिलाफ?'

'कुछ नहीं यूं ही पूछ लिया था। अच्छा फिर मिलेंगे।' मैं दरवाजे की ओर बढ़ता हुआ बोला।

मैं इमारत से बाहर निकलकर धूप में आ गया। मैं सोच रहा था–एक करोड़पति लड़की मर जाती है और वे लोग एक अर्द्धपागल-से डॉक्टर को बुलाते हैं। यह तो कोई रईसी न हुई–होना तो चाहिए था कि ऐसे मौके पर शहर के सबसे मशहूर डॉक्टरों की फौज इकट्ठी कर ली जाती।

मैं अपनी ब्यूक में वापस जा बैठा। सड़क के दूसरी ओर विपरीत दिशा की ओर मुंह किए हरी डॉज लियोसिन खड़ी हुई थी, जिसके ड्राइवर के स्थान पर भूरे रंग का डोरीदार हैट पहने एक आदमी बैठा हुआ था। उसके हाथ में अखबार था। मेरा ध्यान उसकी ओर जाता भी नहीं, अगर मुझे देखते ही फौरन उसने अखबार फेंककर कार का इंजन चालू न किया होता। मेरे मन में फौरन से ख्याल उभरा कि एकाएक ही उसकी अखबार से दिलचस्पी कैसे खत्म हो गई। वह एक भारी-भरकम शरीर का चौड़े कंधे वाला आदमी था। उसका भारी सिर शरीर के ऊपर यूं टिका दिखाई दे रहा था, जैसे उसकी गर्दन हो ही नहीं। उसकी मूंछें बिलकुल पतली थीं, नाक और कान ऐसे मालूम होते थे जैसे पहलवानों–खासकर बॉक्सरों के होते हैं। संक्षेप में वह एक स्टंट फिल्मों का विलेन नजर आ रहा था। मैंने अपनी कार को सेंट्रल की उल्टी दिशा में मोड़ दिया। मैं हल्की रफ्तार से गाड़ी चला रहा था और मेरी निगाहें रियर व्यू मिरर पर टिकी हुई थीं। डॉज का ड्राइवर अन्य ड्राइवरों के ताने, उलहाने की परवाह किए बिना यू टर्न लेकर मेरी गाड़ी के पीछे ले गया। सेंट्रल एवेन्यू के इलाके में ऐसी हरकत कोई हौसलामंद आदमी ही कर सकता है।

वेस्टवुड एवेन्यू के चौराहे पर मैंने फिर व्यू मिरर में झांका। डॉज का ड्राइवर अभी भी मेरा पीछा कर रहा था। मैंने गौर से उसके रजिस्ट्रेशन नंबर को देखा और मन-ही-मन उसे याद कर लिया। उसके पीछा करने के अंदाज से मैं समझ गया कि वह इस मामले में

अनाड़ी है। हॉलीवुड एवेन्यू पर पहुंचकर जैसे ही मैंने अपनी कार की रफ्तार तेज की, उसकी कार भी फौरन तेज हो गई। फुटहिल बोल्वर्ड पर पहुंचकर मैंने अचानक अपनी कार बंद कर दी और कार को सड़क के किनारे उतार दिया। मेरे पीछे लगी डॉज मेरी बगल से निकल गई। ड्राइवर ने मेरी ओर देखा नहीं, वह सीधा सैन फ्रांस्सिको हाइवे की ओर बढ़ गया।

मैंने पुराना लिफाफा, जिस पर डॉ. बेवले का पता लिखा हुआ था, निकाला और उस पर डॉज का रजिस्ट्रेशन नंबर नोट कर लिया। मैंने कार को दोबारा चालू किया और उसे स्काईलार्क एवेन्यू की ओर बढ़ा दिया। आधे रास्ते के बाद मुझे धूप में चमकती पीतल की एक प्लेट दिखाई दी। वह एक लकड़ी के फाटक से लटक रही थी। फाटक से परे एक कनेडियन पाइनवुड का बंगला और एक बगीचा दिखाई दे रहा था। आसपास की बनी शानदार इमारतों के मुकाबले में वह घटिया दर्जे का नजर आ रहा था। वैसे वह ठीक-ठाक ही था।

मैंने कार रोकी और खिड़की से बाहर देखने लगा। काफी बड़ा फासला था। पीतल की प्लेट पर लिखे हुए नाम, नंबर प्लेट काफी घिस चुके थे, मैं उन्हें ठीक से नहीं पढ़ पाया। मैं कार से उतरकर नेम प्लेट के नजदीक पहुंचा और जान गया कि यह जॉन बेवली का ही मकान है।

मैंने फाटक खोलने की कोशिश की, तभी हरी डॉज मुझे सड़क पर दिखाई दी। वह मेरे समीप से गुजर गई, डॉज वेस्टवुड एवेन्यू की ओर मुड़ गई। ड्राइवर ने मेरी ओर देखा तक नहीं था, लेकिन मुझे मालूम था कि उसने मुझे देख लिया है तथा उसे पता चल गया था कि मैं कहां और क्यों जा रहा हूं।

मैंने अपना हैट सिर के पीछे की ओर हटाया–जेब से सिगरेट निकालकर सुलगाई और फाटक ठेलकर हल्के-हल्के कदमों से भीतर प्रविष्ट हो गया।

बाग था छोटा-सा ही मगर बिलकुल साफ-सुथरा, इमारत की खिड़कियों पर पर्दे झूल रहे थे, सामने दरवाजे का पेंट उखड़ा हुआ था और कमोबेश यही हालत सारी इमारत की थी।

मैंने कॉलबेल बजाई और इंतजार करने लगा। थोड़ी देर बाद मुझे ऐसा लगा, जैसे किसी ने पर्दे के पीछे से झांककर देखा है। सामने कोई नहीं आया, मैं इंतजार करता रहा।

इससे पहले कि मैं दोबारा घंटी बजाता, एक हल्की-सी खटखट की आवाज हुई

और दरवाजा खुल गया।

वह एक दुबली-पतली औरत थी, जो काली पोशाक पहने हुए थी। पोशाक बता रही थी कि वह कम-से-कम पचास साल पहले के फैशन की है। उसके चेहरे पर थकावट और पराजय के चिह्न दृष्टि-गोचर हो रहे थे। उसकी आंखों से जाहिर हो रहा था कि जिंदगी की गाड़ी वह जैसे-तैसे घसीट रही है।

'डॉ. बेवली घर में हैं?' मैं अपना हैट उठाकर अभिवादन करता हुआ बोला।

'हां, पीछे बाग में हैं, मैं बुलाती हूं उन्हें।'

'आप क्यों तकलीफ करती हैं? मैंने तो एक-दो सवाल-भर करने हैं उनसे।'

'अच्छा।' उसकी आंखों में उम्मीद की चमक बुझ गई। वह मुझे भी कोई मरीज समझ बैठी थी– 'लेकिन ज्यादा देर मत लगाना, उन्हें खामखाह परेशान किया जाना पसंद नहीं है।'

'ठीक है मैडम, मैं ऐसा ही करूंगा।'

मैं घूमकर पीछे की ओर बढ़ा–उसने दरवाजा बंद कर लिया, लेकिन मैंने देखा वह खिड़की के पर्दे से मेरी ओर झांक रही थी।

मैं पीछे के हिस्से में पहुंचा। डॉ. बेवली, डॉक्टर चाहे जैसा रहा हो, लेकिन एक बेहतरीन माली जरूर था। जी चाहा कि क्रास्बी एस्टेट के तीनों मालियों को बुलाऊं और उन्हें दिखाऊं कि देखो इस तरह से होती है मालीगीरी।

सफेद कोट और पीला पनामा हैट पहने डहेलिया की क्यारी के सामने एक बूढ़ा व्यक्ति खड़ा था। वह फूलों को अपने डॉक्टरी अंदाज से देख रहा था। मेरे पास पहुंचने पर उसने मेरी ओर देखा। उसके कानों और नाक के नीचे के बाल भी सफेद हो रहे थे और सारा चेहरा झुर्रियों से भरा हुआ था। पहली नजर में देखने पर वह किसी मामूली बुजुर्ग का चेहरा दिखाई देता था। उसके चेहरे से बुद्धिमता का एक भी लक्षण दिखाई नहीं देता था।

मैंने हैट उठाकर उसका अभिवादन किया।

'मैं इस समय तुम्हें नहीं देख सकता नौजवान, मरीजों को देखने का समय 5-7 बजे तक है।' वह धीमे से बोला।

'मैं मरीज नहीं हूं डॉक्टर।' मैं डहेलिया की क्यारी की ओर नजर डालता हुआ

बोला– 'मेरा नाम मैलोप है–मैं जानेट क्रास्बी का एक पुराना मित्र हूं।'

'कौन?' उसने असमंजस भरे स्वर में कहा।

'जानेट क्रास्बी।' मैं जरा अपेक्षाकृत ऊंचे स्वर में बोला।

'क्या हो गया है उसे?'

'आपने उसके मृत्यु प्रमाणपत्र पर हस्ताक्षर किए थे।'

बड़ी मुश्किल से डहेलिया की डाली से निगाह उठाता हुआ वह बोला– 'क्या नाम बताया तुमने अपना?'

'विक्टर मैलोप। डॉक्टर! मैं जानेट क्रास्बी की मौत के प्रति चिंतित हूं।'

वह सकपकाया, उसे मालूम था कि बुढ़ापे में किसी किस्म की गलती हो जाना स्वाभाविक है। वह वैसे भी भुलक्कड़ टाइप का इंसान था। हो सकता है वह कोई गलती कर बैठा हो और यह व्यक्ति मुझे उसके लिए कसूरवार ठहराने का इरादा लेकर आया हो।

'तुम–तुम भला क्यों चिंतित हो?' वह ठहरे हुए स्वर में बोला।

मैं तनिक नम्र स्वर में बोला– 'देखिए डॉक्टर! मैं दो वर्ष से इस शहर से बाहर था। जानेट क्रास्बी–मेरी पुरानी मित्र थी। वह दिल की कमजोर हैं, मुझे यह जानकर बहुत धक्का लगा कि वह दिल के दौरे से मरी थीं।

मैं सिर्फ अपनी तसल्ली-भर करना चाहता हूं कि कहीं कोई गड़बड़ तो नहीं हुई थी?'

'गड़बड़ रो क्या आशय है तुम्हारा। वह मैलाइनेट एंडोकार्डिटीज से मरी थी। इस बीमारी के लक्षण स्पष्ट रूप से मैंने उसके शरीर में देखे थे। वहां डॉ. साल्जर भी मौजूद था। कहीं कोई गड़बड़ नहीं थी, पता नहीं तुम्हें यह वहम कैसे हो गया।'

'बड़ी अच्छी बात है, लेकिन बताओ तो डॉक्टर! ये मैलाइनेट एंडोकार्डिटीज होती क्या बला है?'

वह कुछ कहने से हिचकिचाया, फिर उसने स्वयं को संभालते हुए धीरे-धीरे कहना शुरू किया– 'यह दिल के बाल्वों की माइक्रोविक इंफेक्शन होती है। बाल्वों के फूट जाने की अवस्था में ये रक्त की शिराओं में घुलकर सारे शरीर में फैल जाते हैं और मरीज के बचने की कोई उम्मीद नहीं रहती। जानेट के साथ भी ऐसा ही हुआ था। वह मुझे समय पर

बुला लेते तो, भी मैं उसके लिए कुछ-न-कुछ जरूर कर पाता।'

'इसी बात से तो मैं चिंतित हूं डॉक्टर–आप उनके फैमिली डॉक्टर नहीं थे, उन्होंने आपको ही क्यों बुलाया?'

'ठीक है, मैं उनका फैमिली डॉक्टर नहीं था।' वह तनिक क्रोध भरे स्वर में बोला– 'लेकिन मुझे बुलाया जाना स्वाभाविक था। मैं उनके नजदीक ही रहता हूं और डॉ. साल्जर द्वारा मृत्यु प्रमाणपत्र देना न्यायसंगत नहीं था।'

'यह डॉ. साल्जर कौन है?'

'क्रास्बी एस्टेट की बगल में ही उसका मानसिक विकार वाले रोगियों का सैनोटोरियम है।' वह बोला– 'वह क्रास्बी परिवार का मित्र है, उसकी स्थिति ऐसी है कि उसका प्रमाणपत्र देना मुनासिब नहीं लगता था। वह प्रशिक्षणशुदा व्यवसायी नहीं है। सच मानो तो मुझे उस समय बड़ा गर्व-सा महसूस हुआ था, जब उन्होंने इस बारे में मेरी सहायता मांगी थी।'

'देखिए डॉक्टर, मैं जरा स्थिति को ठीक ढंग से समझना चाहता हूं–मैंने मारीन क्रास्बी से मिलने की कोशिश की थी, लेकिन उसकी तबीयत ठीक नहीं है। मैंने सुना है जानेट क्रास्बी एकाएक ही दिल का दौरा पड़ने से मर गई थी। आपके कहने के मुताबिक वह दिल की मरीज थी। सच में क्या हुआ था? जिस समय वह मरी थी, आप वहीं थे उसके पास ही?' मैं बोला।

'नहीं–मैं उसकी मौत के करीब आधा घंटे बाद वहां पहुंचा था। वह सोते ही मर गई थी। लक्षण साफ थे।' डॉ. साल्जर ने मुझे बताया था कि वह इस रोग से पीड़ित थी और यह कि वह उसका इलाज कर रहा था। ऐसे रोगों में मरीज को सिवाय आराम करने के परामर्श के और कुछ नहीं कहा जा सकता। मेरी समझ में यह बात नहीं आ रही है कि तुम इतने सवाल क्यों पूछ रहे हो?'

उसने इस उम्मीद से घर की ओर देखते हुए कहा कि शायद उसकी बीवी उसे आवाज दे और उसका मुझसे छुटकारा हो जाए। लेकिन उसकी बीवी की आवाज नहीं आई।

'मैं सिर्फ अपनी तसल्ली करना चाह रहा हूं।' मैं मुस्काया। 'आपके वहां पहुंचने से पहले ही क्या डॉ. साल्जर वहां मौजूद था?'

उसने 'हां' में सिर हिलाया।

'और कौन था वहां ?'

'मिस मारीन क्रास्बी थी–जानेट क्रास्बी की छोटी बहन।'

'साल्जर, आपको जब जानेट के कमरे में ले गया, क्या उसकी छोटी बहन भी आपके साथ गई थी ?'

'गई थी। दोनों ही मेरे साथ थे। लड़की बेहद परेशान थी और रो रही थी। शायद लाश का पोस्टमार्टम होना चाहिए था।' अचानक वह कह बैठा।

'लेकिन पोस्टमार्टम की कोई जरूरत भी नहीं थी, लक्षण तो उसमें स्पष्ट दिखाई पड़ रहे थे और फिर मरने वाला तो मर गया। पीछे रह गए लोगों की भावना को भी तो देखना पड़ता है।'

'फिर भी इस घटना के चौदह महीने बाद आपको यह विचार आ रहा है कि पोस्टमार्टम होना चाहिए था।' मैं तिक्त स्वर में बोला।

'पोस्टमार्टम तो होना ही चाहिए था, क्योंकि डॉ. साल्जर उसका इलाज कर रहा था। उसने मुझे समझाया कि वह साइंस का डॉक्टर है मेडिसिन का नहीं, लेकिन लक्षण–।'

'हां साफ थे। अच्छा डॉक्टर, एक बात और बताओ। तुमने जानेट क्रास्बी को कभी पहले देखा था–मेरा मतलब है मौत से पहले ?'

'कभी बातचीत तो नहीं हुई थी मेरी उससे। हां, एक-दो बार उसे कार में जाते हुए देखा जरूर था।'

'यानी इतने करीब से नहीं देखा कि आप उसके जिस्म से, उसके चेहरे से इन लक्षणों को पहचान जाते कि वह दिल की मरीज थी भी या नहीं।'

वह पलकें झपकाने लगा।

'क्या मतलब, मैं समझा नहीं।'

'बकौल आपके डॉक्टर, आपने उसे कार में आते-जाते देखा था। वह कुछ महीनों से इस बीमारी से ग्रस्त थी। आपने कब देखा था उसे, मेरे कहने का मतलब है उसकी मौत से कितना अरसा पहले ?'

'एक या दो महीने पहले–ठीक से याद नहीं मुझे।'

'मैं यह कह रहा हूं डॉक्टर कि अगर आप एक या दो महीने पहले उसे मिले होते,

तो क्या आप उसके चेहरे से इन लक्षणों की पहचान कर लेते?'

'शायद नहीं।'

'फिर भी आपका कहना है कि लक्षण स्पष्ट थे।'

उसने अपने सूखे होंठों पर जबान फिराई।

'तुम क्या कहना चाह रहे हो मैं नहीं जानता, तुमने मेरा बहुत समय जाया कर दिया है। मैं तुम्हें और समय नहीं दे सकता। मेरा वक्त बहुत कीमती है, मुझे इजाजत दो।' वह पीछे हटता हुआ बोला।

'ठीक है, मुझे अफसोस है मैंने आपका इतना वक्त लिया। बड़ी कृपा रही आपकी, लेकिन मैं अपनी तसल्ली करना चाहता था, वह लड़की मुझे बहुत ही पसंद थी।' मैं बोला।

वह खामोश रहा। वह गुलाब की क्यारियों की ओर बढ़ता रहा।

'एक बात और बताओ डॉक्टर साहब, जब डॉक्टर मैकडोनाल्ड क्रास्बी की दुर्घटनावश गोली लगने से मृत्यु हो गई थी, तो डॉ. साल्जर ने उसकी मौत के प्रमाणपत्र पर कैसे हस्ताक्षर कर दिया? क्या आपकी निगाह में एक ऐसा डॉक्टर, जो प्रशिक्षण प्राप्त नहीं है, ऐसा कर सकता है?' मैं बोला।

'मुझे क्यों तंग कर रहे हो। उसी से जाकर पूछ लो न।' उसने क्रुद्ध स्वर में जवाब दिया।

'ठीक है उसी से पूछ लूंगा। धन्यवाद डॉक्टर साहब।'

वह आगे गुलाबों की ओर बढ़ गया। मैंने कंपित हाथों से उसे एक मुर्झाया-सा गुलाब का फूल उठाते हुए देखा। डॉक्टर निश्चित ही घबराया हुआ था। जब मैं वापस लौटा, तो मुझे डॉक्टर की पतली-सी बीवी दरवाजे पर खड़ी दिखाई दी। वह यूं जाहिर कर रही थी कि जैसे उसने मुझे देखा ही न हो।

'ऐसा मालूम होता है कि मैंने डॉक्टर साहब का बहुत वक्त जाया कर दिया है।' मैं अपना हैट ऊंचा उठाता हुआ बोला– 'डॉक्टर कहते हैं कि उनका समय बहुत कीमती है, क्या पांच डॉलर उनके इस कीमती समय के लिए काफी हैं?'

उसके थके हुए चेहरे पर चमक-सी आ गई– 'यह तो आपकी समझदारी का सबूत है।' वह बोली।

पांच डॉलर का नोट उसने यूं झपट लिया, जैसे कोई भिखारी डॉलर का सिक्का मिलने पर झपटता है। मुझे कुछ यूं लगा कि इस नोट की डॉक्टर को हवा नहीं लगने वाली है।

3

मैंने अपने दफ्तर में प्रवेश किया। जैक कैरमन खिड़की के साथ वाली आर्मचेयर पर पसरा पड़ा हुआ था। मेरी मेज पर पाला सैकड़ों इंडेक्स कार्डों के चुनाव में उलझी हुई थी। उन इंडेक्स कार्डों से ही आर्किड सिटी का सारा लेखा-जोखा पता चलता रहता था। कौन आदमी किस गली में है, कौन इस वक्त यहां है या कौन किस जगह चला गया है आदि-आदि। हालांकि इन कार्डों की देखरेख के लिए हमने चार लड़कियां रख छोड़ी थीं, लेकिन महत्त्वपूर्ण इंडेक्स पाला स्वयं ही संभालती थी।

मैंने कैरमन को जगाने के लिए अपना हैट उसके मुंह की ओर फेंका। पाला मेरी कुर्सी छोड़कर उठ खड़ी हुई। कैरमन ने हड़बड़ाकर आंखें खोलीं और एक लंबी-सी जम्हाई ली।

'कैसा लगता है काम करना या अभी शुरू ही नहीं किया।' उसने पूछा।

'काम शुरू हो गया है।' मैं सीट पर बैठता हुआ बोला। मैंने एक सिगरेट सुलगाई और उन्हें अब तक की घटी सारी राम कहानी कह सुनाई।

सिर्फ नर्स गर्नी के साथ हुई उठक-पटक को छुपा गया, क्योंकि पाला को यह बात बुरी लगती और कैरमन उत्तेजित होकर अक्ल खो बैठता।

'ज्यादा कुछ तो हाथ नहीं लगा है लेकिन शुरुआत करने के लिए इतना ही काफी है। शायद कोई गड़बड़ हो–शायद न हो और फिर हमें सारा काम बिना किसी प्रचार के करना है। हमें किसी को होशियार करने का मौका नहीं देना है।'

'तुम्हारे कहे अनुसार अगर डॉज वाला आदमी तुम्हारा पीछा कर रहा था तो होशियार तो वे पहले ही से हैं। यह बात दूसरी है कि तुम इसका दावा नहीं कर सकते।' कैरमन बोला।

'हां, दावा तो नहीं कर सकते। शायद उसे मेरी सूरत ज्यादा ही पसंद आ गई हो या

नया-नया जासूस बनने की तैयारी कर रहा हो।' मैंने टेलीफोन की ओर हाथ बढ़ाते हुए कहा– 'पुलिस हैडक्वार्टर से बात कराओ।' मैंने टेलीफोन ऑपरेटर से कहा।

'डॉज का नंबर नोट किया था तुमने?' पाला ने पूछा।

'उसी के लिए तो फोन कर रहा हूं।' मैं बोला– 'लेफ्टीनेंट मिफलिन प्लीज।'

दूसरी ओर से उत्तर मिलने पर मैं बोला। थोड़ी देर बाद मुझे फोन पर मिफलिन की आवाज सुनाई दी– 'हैलो।'

टिम मिफलिन एक सख्त मिजाज लेकिन कर्त्तव्यपरायण पुलिस अफसर था। हमने कई बार इकट्ठे काम किया था और जहां तक हो सकता था, हम एक-दूसरे से सहयोग करते रहते थे। रेस के दौरान कई बार मेरे बताए हुए नंबरों पर इनाम हासिल कर चुका था।

'क्या हाल है टिम? मैं मैलोप बोल रहा हूं।'

'तुम्हारी बला से, मेरे हाल की तुम में कब से दिलचस्पी जग गई। बोलो क्या चाहते हो?' वह बोला।

'लाइसेंस नंबर ओ आर 3345 वाली हरे रंग की डॉज का मालिक कौन है?'

'तुम अपने आर्थिक लाभ की खातिर हैडक्वार्टर का इस्तेमाल करते रहते हो विक, यह बात अगर ब्रैंडन को मालूम पड़ गई तो वह मेरी ऐसी-तैसी करके रख देगा।'

'लेकिन उसे मालूम ही कैसे होगा और जहां तक आर्थिक लाभ की बात है क्रैवएवल पर अपनी जेब की अंतिम पाई तक लगा दो, मालामाल हो जाओगे। कल रेस है ठीक साढ़े चार बजे।'

'निश्चित रूप से लगा दूंगा अपनी जेब की अंतिम पाई तक।'

'अरे पाई तक ही क्यों अपना घर तक बेच दो, अपनी बीवी को भी गिरवी रख दो, ब्रैंडन की तिजोरी की अंतिम पाई तक साफ कर दो। समझ गए, दो के छह मिलेंगे। वह घोड़ा तो उसी सूरत में रुक सकता है, यदि कोई उसे गोली मार दे।'

'शायद उसे गोली से ही मार दे कोई।' मिफलिन आदतन शक्की टाइप का आदमी था– 'लेकिन अगर तुम कहते हो तो...।'

'अब इससे ज्यादा गारंटी की क्या बात बताऊं।' मैं बोला– 'उस रजिस्ट्रेशन के बारे में बता रहे हो।'

'अभी बताता हूं जरा होल्ड करो।'

मैं होल्ड किए रहा। जैक दूसरे टेलीफोन पर वार्ता करने में लगा हुआ था।

'क्या कर रहे हो?' मैंने माउथपीस पर हाथ रखकर उससे पूछा।

'मैं अपने बुकी को फोन कर रहा हूं। यह क्रैवएवल मुझे भी जंच रहा है।'

'अरे छोड़ो भी, मैंने एक सुनी-सुनाई बात की पुड़िया दी है टिम को। ऐसी बात दोस्तों के बीच नहीं चलती। टिम से मुझे काम जो निकालना है।'

कैरमन ने हैरानी से मेरी ओर देखा और टेलीफोन क्रैडिल पर रख दिया।

'जैसे तुमने उसे बताया है, उसने घर गिरवी रख दिया था, अपनी जेब की अंतिम पाई तक खर्च डाली तो–तुम्हें पता ही है कि वह रेस का कितना शौकीन है।'

'तुमने कभी देखी भी है उसकी बीवी या उसका घर। इन दोनों से छुटकारा दिलाने की राय देकर मैंने उसके ऊपर अहसान ही किया है।'

'उसके पास डॉक्टर ऑफ साइंस की डिग्री है, कुंवारा है, धड़ल्ले से जर्मन और फ्रेंच बोलता है। उम्र 35 वर्ष है।' पाला ने कार्ड पढ़कर बताया।

'ठीक है।' मैं उठ खड़ा हुआ– 'जरा जैक की मदद करो। इसे शेरिल और परमेटा के बारे में जानकारी चाहिए। मैं मैडम बैंडिक्स के पास नीचे जा रहा हूं। क्रास्बी के स्टाफ को चेक करना चाहता हूं, शायद उस बटलन की नौकरी इसी के द्वारा लगी हो।'

4

'बैंडिक्स डोमेस्टिक एजेंसी' की एक्जीक्यूटिव डायरेक्टर मार्था बैंडिक्स को देखकर कोई भी आदमी उसके मर्द होने पर गुमान कर सकता था। वह चौड़े कंधे वाली भारी-भरकम औरत थी। सिर पर बहुत छोटे-छोटे बाल, जैसे आमतौर पर पुलिसवालों के होते हैं, रखती थी। मर्दानी कमीज पहनती थी और टाई लगाती थी। ट्वीड का मर्दाना कोट पहनती थी। जब वह उठकर खड़ी होती तभी मुश्किल से उसके जुराब और सैंडिल दिखाई दे पाते थे। वह बड़ी खुशमिजाज औरत थी और बात करते-करते अचानक पीठ पर ऐसा धौल जमा देती थी कि कुछ घंटे तक आपकी तबीयत साफ होकर रह जाए। जब वह हंसती थी, ऐसा मालूम होता था कि कहीं बाहर बादल गरज रहे हों। अगर उसकी इन

बातों की जानकारी आपको पहले से न हो, तो पहली ही मुलाकात में वहां से भाग खड़े होंगे। वास्तव में वह एक नेकदिल और परोपकारी महिला थी। मैं उसके कार्यालय पहुंचा...एक लड़की ने दरवाजे पर मेरा मार्गदर्शन किया।

'आओ विक बैठो, बहुत दिनों से दिखाई नहीं पड़े। क्या करते रहे इतने दिनों तक?' मार्था की गूंजती आवाज आई।

मैं मुस्कराते हुए कुर्सी पर बैठ गया।

'खास कुछ नहीं किया। यूं ही जिंदा रहने के लिए जो आवश्यक ताम-झाम करने पड़ते हैं, वही करता रहा। मैं तुम्हारे पास थोड़ी मदद हासिल करने के लिए आया हूं–कभी क्रास्बी से वास्ता पड़ा है?'

'अब तो बहुत दिन से कोई वास्ता नहीं पड़ा।' वह नीचे झुकी, दराज में से एक स्कॉच की बोतल, दो गिलास और आधी दर्जन कॉफी की फलियां निकालीं। 'जल्दी हाथ मार लो, मैरी दफ्तर के समय शराबबाजी पसंद नहीं करती।'

'कौन मैरी...वह लड़की जिसके छोटे-छोटे दांत हैं?'

'उसके दांतों की बात छोड़ो, वह तुम्हें काटेगी नहीं।' उसने मुझे स्कॉच का आधा भरा हुआ गिलास पकड़ाया और तीन कॉफी की फलियां पकड़ा दीं। 'हां, अब कहो। तुम फुटहिल वाले बोल्वर्ड क्रास्बी के बारे में बात कर रहे हो?'

मैंने हामी भरी।

'कोई छह साल पहले जब उसने अपना सारा स्टाफ मेरे द्वारा रखवाया था, मेरा उससे सामना हुआ था। जानेट क्रास्बी की मौत के बाद उन्होंने सारा स्टाफ बदलकर नया स्टाफ रख लिया था। नये स्टाफ की भर्ती उन्होंने मेरे द्वारा नहीं की।'

मैंने स्कॉच की चुस्की ली। बहुत बढ़िया किस्म की शराब थी।

'पुराने नौकरों का क्या हुआ?'

'मैंने उन्हें दूसरी जगहों पर रखवा दिया।'

'मार्था! बात मेरे और तुम्हारे बीच ही रहे। देखो मैं जानेट क्रास्बी की मौत के बारे में जांच कर रहा हूं। वह दिल का दौरा पड़ने से मरी हो, मुझे इसका विश्वास नहीं है। उसके नौकरों में खासकर खानसामा को कुछ मालूम हो सकता है। कौन था बटलन उस वक्त?'

'उसका नाम जॉन स्टीवेंस था।' उसने अपनी व्हिस्की खत्म की, तीनों फलियां मुंह में डालीं। शराब की बोतल और दोनों गिलास नीचे छुपा दिए और फिर घंटी बजा दी।

छोटे दांतों वाली लड़की भीतर आई।

'जॉन स्टीवेंस अब कहां काम कर रहा है?' उसने लड़की से कहा।

'अभी पता करती हूं।' लड़की ने कहा। वह बाहर गई। थोड़ी देर बाद वह लौटी, तो उसने बताया कि सर ग्रेगरी वेनराइट के यहां हिल साइड जैफर्सन एवेन्यू में काम कर रहा है।

'जानेट की निजी नौकरानी अब कहां है?' मैंने पूछा।

मिसेज बैंडिक्स ने इशारे से लड़की को बाहर जाने के लिए कहा– 'वह कुत्ती अब कहीं भी काम नहीं करती। अगर काम के लिए मेरे पास फिर कभी सिर के बल भी चलकर आए तो भी मैं उसे काम न दूं।' बैंडिक्स नफरत भरे स्वर में बोली।

'ऐसा क्या कर दिया उसने? मार्था व्हिस्की और निकालो, तुम्हारे साथ बैठकर पीने में मजा कुछ ज्यादा ही आ रहा है।' मैं बोला।

उसने गिलास और व्हिस्की फिर निकालकर मेज पर रख लिए।

'हां तो बताया नहीं, ऐसा क्या कर दिया था उसने?'

'वह एक निकम्मी-आलसी और कामचोर लड़की है।'

'मैं जानेट क्रास्बी की निजी नौकरानी के बारे में पूछ रहा था मार्था, पता नहीं तुम किसकी ओर इशारा कर रही हो।'

'उसी के बारे में बता रही हूं।'

'उसका नाम योदोरा ड्रिपु है। मुझे मिसेज रानडोल्फ मेफेयर के लिए एक अच्छी नौकरानी की जरूरत थी। मेरी अक्ल पर पत्थर पड़ गए थे, जो मैं योदोरा ड्रिपु से पूछ बैठी। जानते हो उसने क्या जवाब दिया–वह बोली 'जहन्नुम में जाओ'। वाह क्या तरीका है बात करने का। वह कहने लगी– 'अगर मुझे नर्क का रास्ता मालूम न हो, तो वह दिखा सकती है। मैं उसे एक भली और ईमानदार लड़की समझती थी। इसी से नौकरों की औकात का पता चलता है। ऐसा मालूम होता है, उसने कोई दौलतमंद आसामी को फांस लिया है। अब तो बड़े ठाठ से वह मौरिल गैविल्स के एक शानदार बंगले में रहती है।'

'मौरिल गैविल्स है कहां?'

'माउंटवर्दे एवेन्यू पर।'

'बाकी नौकर-चाकरों का क्या बना?'

'सबको मैंने अलग-अलग जगह नौकरी दिलवा दी। तुम्हें उनके पते चाहिए तो मिल जाएंगे।'

'आवश्यकता हुई तो पूछ लूंगा। जानेट क्रास्बी की मौत के कितने समय बाद उसे नौकरी से निकाला गया था?'

'दूसरे ही दिन। क्रिया-कर्म होने से पहले ही उसकी छुट्टी कर दी गई थी।'

'मारीन क्रास्बी दो महीने के लिए कहीं बाहर चली गई थी और मकान को ताला लगा दिया गया था।'

'यह तो कोई कारण नहीं है। दो महीने बाहर रहने का मतलब यह तो नहीं है कि सारे नौकरों की छुट्टी कर दी जाए।'

'आमतौर पर तो ऐसा होता नहीं है।'

'कुछ और बताओ ड्रिपु के बारे में।

'बड़ी बातें पूछते हो तुम।' वह आह-सी भरती हुई बोली– 'शराब और नहीं चाहिए तो गिलास मुझे दो।'

मैंने 'नहीं' में सिर हिलाया। उसने दोनों गिलास और बोतल छुपा दिए, फिर घंटी बजाई।

छोटे दांतों वाली लड़की भीतर आई। मिसेज बैंडिक्स ने उससे योदोरा ड्रिपु का कार्ड मंगवाया। लड़की ने कार्ड बड़ी इज्जत के साथ उसे पेश किया।

उसके जाते ही मिसेज बैंडिक्स ने कार्ड पढ़ना शुरू किया।

नाम- योदोरा ड्रिपु

आयु- अट्ठाइस वर्ष

घर का पता–2243, कैल्सी स्ट्रीट, कारमेल।

तीन साल तक मिसेज फ्रैंकलिन लैम्बर्ड के पास काम किया। काम संतोषजनक ढंग से बड़ी जिम्मेदारी के साथ किया। 1993 के जुलाई माह में जानेट क्रास्बी की निजी नौकरानी नियुक्त हुई।

'मिली कोई काम की बात?' उसने पूछा।

'कह नहीं सकता, मुमकिन है उसके घर जाकर मिलता हूं उससे। तुमने कैसे अंदाजा लगाया कि वह किसी मालदार आदमी की रखैल बन गई है?'

'और इतना पैसा कहीं आसमान से बरसता है? या तो एक आसामी होगी या कई होंगे। काम तो आजकल कहीं नहीं करती वह, फिर पैसा कहां से आता है उसके पास?'

'हां, यह बात मुझे सूझी नहीं थी। हो सकता है यही बात हो।'

मैं उठता हुआ बोला– 'ओ.के. मिसेज बैंडिक्स, ड्रिंक्स का शुक्रिया। कभी हमारे यहां भी तो चक्कर लगाओ, हमें भी तो अपनी सेवा का मौका दो।'

'मैं नहीं आऊंगी तुम्हारे पास। वह छोकरी, क्या नाम है उसका, हां–पाला बैनसिंगर वह मुझे पसंद नहीं करती।'

मैं हंसा।

'उसकी परवाह मत करो–उसका वश चले तो वह मुझे भी नापसंद कर दे।'

'यह बात नहीं है विक, वह लड़की तुमसे बहुत मुहब्बत करती है। मुझे उसके अपने नापसंद आने का कोई गिला नहीं है।'

'गलत कह रही हो, वह किसी से मुहब्बत करने वाली लड़की नहीं है।'

मिसेज बैंडिक्स मुंह ऊंचा करके अजीब-सी हंसी हंसने लगी।

5

हार्वट के इर्द-गिर्द बसा हुआ इलाका मोटल गैविल्स कहलाता था। उसको वाटर फ्रंट पर डेलमोनिको का शराबखाना था, जो बड़ा बदनाम जगह थी। वहां अकसर लड़ाई-झगड़े की वारदातें होती रहती थीं, खासकर औरतों को लेकर।

मोंटवर्दे एवेन्यू मोटल गैविल्स के पीछे के हिस्से में था। वहां एक ही डिजाइन के बक्सेनुमा छोटे-छोटे मकान बने हुए थे, जिनमें गुंडे-बदमाश-वेश्याएं या पेशेवर जुआरी रहते थे। इलाके में इकलौता दो-मंजिला मकान सिर्फ बेंतीलो का था। वह कफन-दफन का काम करता था, ताबूत तैयार कराना-गर्भपात करवाना और गोलियां लगने से जख्मी

हुए लोगों की मरहम-पट्टी कराना उसका पेशा था।

तीन-चौथाई रास्ता पार करने के बाद मेरी ब्यूक योदोरा ड्रिक के केबिन के आगे रुकी। वह पांच कमरों वाला केबिन था, जिसके सामने एक फूलों का बगीचा था।

मैंने दरवाजा खटखटाया।

तकरीबन तत्काल ही दरवाजा खुला। हरा लेक्स और सफेद सिल्क का ब्लाउज पहने एक सुंदरी चौखट पर प्रकट हुई। उसने मदभरी चितवन से मेरी ओर देखा। उसे सुंदरी तो नहीं कह सकता था, लेकिन उसमें कुछ ऐसा जरूर था जो एक बार देखे बार-बार देखे।

मेरे मुंह खोलने से पहले ही वह बोल पड़ी– 'अगर कुछ बेचने आए हो तो खातिर जमा रखो, मैं फेरीवालों से कुछ नहीं खरीदती।'

'यह बात अगर तुम दरवाजे पर लिखकर टांग दो तो बड़ा वक्त बच जाएगा तुम्हारा।' मैं खुशमिजाज लहजे में बोला– 'तुम योदोरा ड्रिपु हो?'

'हुं भी तो तुम्हें इससे क्या?'

'मुझे मिस ड्रिपु से कुछ काम है, बहुत जरूरी काम।' मैं सब्र से काम लेता हुआ बोला।

'तुम कौन हो–मैंने तुम्हें पहले कभी नहीं देखा।'

'मुझे विक मैलोप कहते हैं। मैं जानेट क्रास्बी का एक पुराना दोस्त हूं।'

उसका ऊपर का होंठ धीरे से फड़का। इसके अलावा उस पर मेरी बात का कोई असर नहीं पड़ा।

'मैं तुम्हारे पास बड़ी उम्मीद लेकर आया हूं। हकीकत यह है कि मैं जानेट क्रास्बी की मौत के बारे में संतुष्ट नहीं हूं।'

उसके चेहरे पर चिंता के लक्षण स्पष्ट परिलक्षित होने लगे।

'इस बात को तो मुद्दत गुजर गई। गड़े मुर्दे उखाड़ने का क्या लाभ। बहरहाल, मुझे इस बारे में कुछ नहीं मालूम।'

'उसकी मौत के समय तुम उसके पास थीं?'

'मेरे पास बर्बाद करने के लिए समय नहीं है। कह दिया न कि मैं इस बारे में कुछ

नहीं जानती।'

'मिस ड्रिफं' में संदेह से भरे चेहरे की ओर देखता हुआ बोला– 'किसी ऐसी चीज के दर्शन किए हैं जो बिलकुल बेआवाज हो लेकिन फिर भी उसका शोर मीलों दूर तक सुनाई पड़ता हो।'

'तुम पागल तो नहीं हो।' वह पीछे हटती हुई बोली।

'सोच लो, कुछ लोग इसकी आवाज मीजों दूर से सुन लेते हैं।'

'क्या–क्या है ऐसी चीज?' वह बोली।

'सौ डॉलर का ऐसा नोट जो चुपके से उंगली और अंगूठे के बीच सरकाया गया हो।' उसके चेहरे पर आश्चर्य के भाव उभर आए।

'तुम सोचते हो सौ डॉलर का नोट मेरे किसी काम का जाएगा।' उसने नफरत भरे स्वर में कहा।

'अगर कोई खरीदने लायक तुम्हारे पास चीज हो तो रकम बढ़ाई भी जा सकती है।'

मुझे लग रहा था कि वह लालच में फंस रही है। मैं उससे उसी जुबान में बात कर रहा था, जो वह समझती थी। उसकी आंखों के चारों ओर नोट तैर रहे थे। एकाएक उसके चेहरे पर परिवर्तन हुआ। वह मुस्कराई–मैं समझ गया कि बात बन गई है। 'तुमने यह कैसे सोच लिया कि उसकी मौत में कहीं कुछ गड़बड़ है? उसने मेरी ओर देखते हुए पूछा।

'यह सब कहा है मैंने–मैंने तो यह कहा कि मैं मिस क्रास्बी की मौत से संतुष्ट नहीं हूं। जब तक मैं उन लोगों से जो उस वक्त वहां मौजूद थे, मिलकर तसल्ली न कर लूं, मैं कोई नतीजा नहीं निकालना चाहता। तुमने उसे कभी दिल की तकलीफ में देखा था?'

'बात बहुत पुरानी हो चुकी है मि. और मेरी स्मरण शक्ति इतनी तेज नहीं। अगर तुम रात के नौ बजे के करीब आओ तो शायद मुझे कुछ बातें याद आ जाएं, लेकिन यह याद रहे कि काम सौ डॉलर से बनने वाला नहीं है।'

'फिर कितने से बन सकता है?'

'कम-से-कम पांच सौ। इससे कम पर मैं अपने दिमाग पर कोई जोर डालना नहीं चाहती।'

'लेकिन इतनी रकम खर्चने के बाद मुझे इस बात का भरोसा होना चाहिए कि कोई काम की चीज हासिल भी हुई है या नहीं।'

'जब मेरी याददाश्त काम करने लगेगी, तो जो तुम्हें हासिल होगा वह तुम्हारे काम का ही होगा।'

'ठीक है। फिर रात के नौ बजे मुलाकात होगी।'

'रकम अंटी में बांधकर लाना बिलकुल नकद–कोई उधार नहीं, कोई चेक नहीं।'

'जरूर! मैं समझता हूं यह एक बड़ी खूबसूरत दोस्ती की ओर बढ़ता हुआ कदम होगा।'

कुछ क्षण तक वह मेरे चेहरे को घूरती रही और फिर दरवाजा बंद कर लिया। मैं वापस लौटा और अपनी ब्यूक में जा बैठा। मैंने कार स्टार्ट की।

मैं सोचने लगा– नौ बजे ही क्यों अभी क्यों नहीं? इसे क्या मालूम था कि इतनी रकम मेरी जेब में मौजूद है या नहीं। इसने पूछा भी नहीं था। बड़ी चालाक छोकरी है। हर बात का रेडीमेड जवाब हाजिर था इसके पास। मैंने कार की रफ्तार तेज कर दी। मोड़ पर पहुंचकर मैंने कार बीच रोड की ओर मोड़ी और उसे एक ड्रग स्टोर के आगे खड़ा कर दिया।

वहां से मैंने पाला को फोन किया।

'पाला! मैं विक मैलोप बोल रहा हूं, मोटल गैविल्स के एक ड्रग स्टोर से। फौरन तीर के मानिंद यहां पहुंचो। आज मैं आशिकी के मूड में हूं।'

'इस समय तुम कहां हो?' वह मेरी आशिकी की बात को नजरअंदाज करती हुई बोली थी। 'बीच रोड पर, फौरन पहुंचो।' मैंने फोन रख दिया।

कार को वहीं छोड़कर मैं बीच रोड के कोने पर पहुंचा। उस जगह से मुझे योदोरा ड्रिपु का केबिन साफ नजर आ रहा था।

'नौ बजे' मैं अपने आप बड़बड़ाया। अभी तीन घंटे का समय बाकी था। अच्छा होता मैं फोन पर पाला को स्कॉच और सैंडविच के लिए भी कह देता।

बीस मिनट तक मैं यूं ही एक खंभे के साथ टिका केबिन पर निगाह जमाए रहा। कोई बाहर नहीं निकला। कोई भीतर भी नहीं गया। दूसरे केबिनों में गहमा-गहमी थी। कुछ दादा टाइप के लोग बाहर आ रहे थे। कुछ वेश्या टाइप की छोकरियां योदोरा के

केबिन के साथ वाले केबिनों से निकली और बाहर कुछ आवारा टाइप लड़कों से छेड़खानी करती आगे बढ़ने लगी। वे लड़कियां जब मेरे पास से गुजरी तो एक ने आशावान निगाहों से मुझे देखा–मैं खामोश रहा। वह आगे बढ़ गई। मेरी चौकस निगाहें बराबर केबिन पर लगी हुई थीं।

क्या अजीब इलाका था!

पाला अपने टू-सीटर से दनदनाती हुई उतरी। स्लेटी रंग के स्वेटर में वह बड़ी दिलकश लग रही थी। मैंने अपना बाजू उसके बाजू में फंसाया और उसे लेकर कार में आ बैठा।

'धीरे-धीरे बढ़ाओ। कार को आगे मोड़ पर रोक देना वहां।' मैं हाथ का इशारा करते हुए बोला– 'सफेद और नीले रंग का केबिन योदोरा ड्रिपु का है।' जल्दी-जल्दी मैंने वहां जो कुछ हुआ, उसे बतलाया। 'मुझे मालूम होता है, वह किसी से संपर्क कायम करेगी।' अंत में मैं बोला– 'मेरा विचार गलत भी हो सकता है, लेकिन अगले दो घंटे उसकी निगरानी करने से पता चल जाएगा कि हमारी मेहनत सफल हुई या नहीं। किसी को संदेह नहीं हो, इसके लिए इस इलाके में निगरानी करने का एक ही तरीका है कि हम ऐसा जाहिर करें, जैसे हम इश्क के मरीज हैं। ऐसी बातें इस इलाके में आम होती रहती हैं।'

'और तुमने मुझे ही इस काम के लिए क्यों चुना है?' वह ठहरे हुए स्वर में बोली।

'और क्या जैक को चुनता, हालांकि मैं ऐसी लड़कियों को जानता हूं, जिनसे इसके लिए कहता, वह अपना सौभाग्य समझती।'

'वे कोई अक्ल से खारिज लड़कियां होंगी।'

उसने मोड़ पर कार रोक दी।

मैंने अपनी बांहें उसकी गर्दन के गिर्द लपेट दीं। पहले तो वह हिचकिचाई, फिर वह मेरे साथ सट गई और केबिन की ओर देखने लगी। लेकिन उस लिपटने में कोई गर्मी नहीं थी। मुझे ऐसा लग रहा था, जैसे पत्थर का कोई बुत मेरी बांहों में हो। मैंने अपने दांतों से उसके कानों की लौ दबाई। मैं फुसफुसाया– 'अरे ये क्या कर रही हो, हम यहां आशिक-माशूक का रोल कर रहे हैं, कुछ तो गर्मी दिखाओ। इस तरह बुत बने रहने से तो लोगों को शक हो जाएगा।'

'वह अक्ल से खारिज तुम्हारी सहेलियां दिखाती होंगी, ऐसा जोश-खरोश।' वह

सर्द स्वर में बोली और एकाएक झटके के साथ मुझसे परे हट गई।

'ग्लोब कंपार्टमेंट में व्हिस्की और सैंडविच रखे हैं। मन बहलाओ उन्हीं से, मुझ पर ऐसे नखरों का कुछ असर होने वाला नहीं है।'

मैंने ग्लोब कंपार्टमेंट खोला।

'बहुत ख्याल रखती हो तुम मेरा।' मैं सैंडविच चबाता हुआ बोला– 'मेरा मुंह बंद करने का क्या नायाब तरीका सोचा है तुमने, वरना दुनिया की कोई ताकत मुझे तुम्हारा चुंबन लेने से नहीं रोक सकती थी।'

'मुझे मालूम था कि तुम कोई-न-कोई हरकत जरूर करोगे, इसलिए यह लेकर आई हूं।'

मैंने अभी दूसरा सैंडविच खाना शुरू ही किया था कि एक तेज रफ्तार से आती हुई हरे रंग की लेमोसिन डाज दिखाई पड़ी। मैं एक ही निगाह में पहचान गया। यह वही मेरी जानी-पहचानी कार थी। मैंने फौरन विंड स्क्रीन की आड़ ले ली।

'पाला! निगाह रखना इस आदमी पर।' मैं बोला– 'देखना कहां जाता है। यही वह आदमी है, जो मेरा पीछा कर रहा था।'

कार योदोरा ड्रिपु के केबिन के आगे रुक गई थी।

मैंने सिर उठाया, डाज में से एक आदमी बाहर निकला और करीब-करीब भागता हुआ केबिन के दरवाजे पर पहुंचा। उसने न दरवाजा खटखटाया, न घंटी बजाई, बल्कि हैंडिल घुमाकर दरवाजा खोला और सीधा भीतर घुस गया।

'देखा, मैं न कहता था कि या तो यह कहीं जाएगी या किसी को यहां बुलाएगी। इस आदमी को उसने सलाह के लिए बुलाया मालूम होता है। अब आएगा मजा।'

'इस आदमी के चले जाने के बाद तुम्हारा क्या करने का इरादा है?'

'मैं भीतर जाकर उस छोकरी को बताऊंगा कि मैं पांच सौ डॉलर का इंतजाम नहीं कर सका, फिर आगे उसकी जो प्रतिक्रिया होगी, देखेंगे।'

थोड़ी देर बाद केबिन का दरवाजा खुला और वह आदमी बाहर निकला। वह कोई साढ़े ग्यारह मिनट अंदर रहा। उसने दाएं-बाएं निगाह डाली, लपककर डाज में सवार हुआ और कार तीर की तरह दौड़ा दी।

'चलो।' मैंने पाला से कहा– 'तुम बाहर ही रहना, मैं भीतर जाऊंगा। इकट्ठे

पहुंचकर मैं उसे नर्वस नहीं करना चाहता।'

पाला ने कार केबिन के सामने ला खड़ी की।

'ईश्वर करे वह तुम्हारी सैंडल से पूजा करके वापस भेजे।' पाला बोली।

'यह भी चलेगा। मुझे ऐसी लड़कियां भी पसंद हैं।' मैं शरारत भरे स्वर में बोला। मैं कार से निकलकर मुख्य द्वार पर पहुंचा। मैंने दरवाजा खटखटाया और इंतजार करने लगा। कहीं कोई प्रतिध्वनि तक सुनाई नहीं दी–केबिन में एकदम शांति व्याप्त थी।

मैंने फिर दरवाजा खटखटाया। मुझे याद आया, डाज वाले व्यक्ति ने बड़ी सतर्कतापूर्वक इधर-उधर देखा था। मुझे लगा कुछ भयंकर बात हो गई–मैंने दरवाजे को धक्का दिया, वह बंद था। इस बार मैंने जोर-जोर से दरवाजा खटखटाया, फिर भी कुछ नहीं हुआ।

'कार को बीच रोड पर ले जाओ और मेरा इंतजार करो।' मैंने पाला से कहा।

पाला ने तुरंत आज्ञा का पालन किया।

मैंने सड़क के दोनों ओर देखा, सड़क बिलकुल खाली थी। मैं घर के पीछे की ओर पहुंचा। किचन से गंदी बदबू आ रही थी। हर तरफ जूठे बर्तन पड़े हुए थे, शायद वहां महीनों से सफाई नहीं हुई थी। कूड़ेदान जिन और व्हिस्की की खाली बोतलों से भरा हुआ था। वहां मक्खियां भिनभिना रही थीं, हर जगह जले हुए दूध और फल की दुर्गंध आ रही थी।

किचन से निकलकर मैं गंदगी भरे हॉल में आया। आगे लिविंग रूम और डायनिंग रूम थे। योदोरा ड्रिपु कहीं नहीं दिखाई दे रही थी। अब सिर्फ ऊपर के कमरे देखने बाकी थे। मैं सीढ़ियां चढ़कर ऊपर पहुंचा। एक पल को मैंने सोचा, क्या पता वह गुसलखाने में नहा न रही हो, जिसकी वजह से दरवाजा खटखटाने की आवाज सुन न पाई हो। दूसरे ही क्षण मेरे दिमाग में कौंधा कि ऐसे बेवक्त में तो वह नहाने वाली लड़की नहीं थी।

आखिर में मैंने उसे ढूंढ लिया। वह बेडरूम में थी। डाज वाले ने बड़ी दक्षता से अपना काम किया था। लड़की ने भी अपनी आत्म-रक्षा के लिए कोई कसर नहीं छोड़ी थी। वह अस्त-व्यस्त अवस्था में बिस्तर पर पड़ी थी। उसकी टांगें फैली हुई थीं और उसका टॉप पीठ से फटा हुआ था। उसकी गर्दन में काले रंग का एक सिल्क का रूमाल कसा हुआ था, जो शायद उसी का था। उसकी आंखें आतंक से फटी पड़ रही थीं। उसकी जबान आगे को लटक रही थी। बड़ा हृदयविदारक दृश्य था। लगता था, उसकी जान बड़ी

मुश्किल से निकली थी।

मैंने चारों ओर देखा। कमरे की सारी चीजें यथावत थीं। कमरा धूल भरा था और उसमें सस्ते परफ्यूम की गंध छितरा रही थी।

मैं चुपचाप कमरे से बाहर निकल आया। दुबारा लाश को देखने की मेरी हिम्मत नहीं हुई। बड़ी सावधानी से मैंने उन जगहों पर, जहां मेरे हाथ के निशान होने की संभावना थी, रूमाल फेर दिया। मैं उसी तरफ से, जिधर से आया था, निकल गया। सड़क पर पहुंचकर लापरवाह दिखाई देते हुए, मैं उस दिशा की ओर बढ़ा, जिधर पाला मेरा इंतजार कर रही थी।

6

पुलिस कैप्टन ब्रैंडन अपनी मेज के पीछे बैठा था। उसने तीखी निगाहों से मुझे देखा। वह लगभग साठ साल का, एकदम सफेद बालों वाला और सख्त निगाहों वाला आदमी था।

कमरे में पाला भी मौजूद थी। वह बड़ी शांति से मुझसे थोड़ा पीछे बैठी थी। दीवार के साथ पीठ लगाए टिक मिफलिन यूं खड़ा था, जैसे खड़ा-खड़ा सो गया हो।

वह एक सजा-सजाया, विशाल, हवादार कमरा था। मेरा वहां पहले भी आगमन हो चुका था। वहां की पुरानी यादें मेरे लिए खुशगवार नहीं गुजरी थीं। ब्रैंडन को मैं उतना ही नापसंद था, जितना हिरोशिमा को एटम बम, इसलिए फिर कोई बखेड़े वाली बात होने की संभावना थी।

इंटरव्यू की शुरुआत अच्छी नहीं हुई थी और अभी भी उसमें कोई बेहतरी होती दिखाई नहीं दे रही थी। ब्रैंडन अपने सिगार से खेल रहा था, जो इस बात का सबूत था कि वह खुश नहीं था।

'ऑल राइट!' वह पतली आवाज में बोला– 'एक बार फिर से शुरू करो। तुम्हें यह चिट्ठी मिली।' उसने आगे झुककर मेज पर पड़ी जानेट क्रास्बी की चिट्ठी को यूं झांका, जैसे उस पर टिटनेस का असर हो। उसने उसको छूने की कोशिश नहीं की थी– 'तारीख है 15 मई, 1948।

कम-से-कम इससे यह तो जाहिर हो गया कि वह पढ़ सकता था। मैं चुप रहा।

'इस चिट्ठी के साथ सौ के पांच नोट थे। ठीक?

'ठीक।'

'तुम्हें 16 मई को चिट्ठी मिल गई, लेकिन तुमने उसे बिना खोले जेब में रख लिया और उसके बारे में भूल गए। जब तुमने जेनिटर को कोट दिया, तभी वह चिट्ठी दोबारा तुम्हारे हाथ आई। ठीक?'

'ठीक।'

'बड़ा बढ़िया तरीका है, धंधा करने का।'

'ऐसा हो जाता है।' मैं बोला– 'मुझे याद है टेट्जी ट्रायल के दौरान पुलिस भी यूं ही...।'

'उसे छोड़ो।' ब्रैंडन इतनी तीखी आवाज में बोला कि उससे डबल रोटी काटी जा सकती थी– 'हम इस चिट्ठी की बात कर रहे हैं। तुम मारीन क्रास्बी से मिलने के ख्याल से क्रास्बी की एस्टेट में गए। ठीक?'

'ठीक।'

'उसकी तबीयत खराब थी, इसलिए तुम उससे मिल नहीं पाए, लेकिन तुम और आगे अपनी टांग अड़ाने से बाज नहीं आए, इसलिए जानेट क्रास्बी की पुरानी नौकरानी के यहां पहुंच गए, ठीक।'

'ठीक।'

'इस औरत ड्रिपु ने तुमसे अपनी जुबान खोलने की पांच सौ डॉलर कीमत मांगी। यह तुम्हारी कहानी है और यह मुझे नहीं जंची है। तुम घर की निगरानी करने लगे। थोड़ी देर बाद एक हरे रंग की डॉज वहां पहुंची और विशालकाय आदमी भीतर गया। वह दस मिनट भीतर रहा और फिर बाहर निकल आया। फिर तुम भीतर गए और तुमने उसे मरा पाया, ठीक?'

'ठीक।'

उसने सिगार सुलगा लिया।

'तुम्हारा दावा है कि डॉज डॉ. साल्जर की है।' वह बोला।

'मिफलिन का दावा है। मैंने इससे पूछा था।'

ब्रैडन ने मिफलिन की ओर देखा। वह खाली निगाहों से सामने की दीवार की ओर देख रहा था।

'मैलोप के उस कार के बारे में टेलीफोन करने के आधे घंटे बाद तुम्हें डॉ. साल्जर ने रिपोर्ट लिखवाई थी कि उसकी कार चोरी हो गई, ठीक?'

'बस, सर!' मिफलिन बोला।

ब्रैंडन की निगाह मेरी ओर घूमी।

'तुमने सुना?'

'हां।'

'ऑल राइट।' ब्रैंडन ने सिगार का एक लंबा कश लगाया– 'इससे पहले कि तुम डॉ. साल्जर के बारे में कोई ऊटपटांग बातें सोचने लगो, मैं तुम्हें यह बता देना चाहता हूं कि डॉ. साल्जर इस नगर का एक गणमान्य और सम्मानित नागरिक है। मैं नहीं चाहता कि उसे तुम या तुम्हारे जैसा कोई आदमी खामखाह परेशान करे, समझे?'

मेरे लिए यह अप्रत्याशित बात थी।

'हां।' मैं बोला।

उसने मेरी ओर धुआं उछाला।

'मैलोप! मैं तुम्हें पसंद नहीं करता और न ही मैं तुम्हारी उस वाहियात संस्था को पसंद करता हूं। शायद उसका कोई फायदा भी हो, लेकिन मुझे शक है। मेरी निगाह में तुम एक बखेड़ा खड़ा करने वाले आदमी हो। तुमने कुछ महीने पहले कर्फ वाले केस में भी बहुत बखेड़ा खड़ा किया था और अगर तुम्हारे मुकद्दर ने साथ न दिया होता तो तुम भी बुरी तरह फंसते उसमें। मिस जानेट क्रास्बी मर चुकी है।' उसने फिर मेज पर पड़ी चिट्ठी पर निगाह डाली– 'क्रास्बी परिवार अभी भी बहुत धनवान और प्रभावशाली है। मैं यह सहन नहीं करूंगा कि तुम उनके लिए कोई बखेड़ा खड़ा करो। जो पांच सौ डॉलर जानेट क्रास्बी ने तुम्हें भेजे थे, उन पर तुम्हारा कोई कानूनी अधिकार नहीं है। वह तुम्हें उसकी एस्टेट को लौटाने होंगे–फौरन। तुम मिस मारीन क्रास्बी को तंग नहीं करोगे। अगर वह किसी ब्लैकमेलर के फंदे में फंसी हुई है, जिसका कि मुझे शक है, तो वह मेरे पास आएगी और मैं उसकी मदद करूंगा। इससे तुम्हारा कोई मतलब नहीं है। अगर मुझे

मालूम हुआ कि तुम अभी भी अपनी टांग अड़ा रहे हो, तो मैं तुम्हारा ऐसा इंतजाम करूंगा कि एक लंबे अरसे तक तुम कहीं भी टांग अड़ाने के काबिल नहीं रहोगे। समझे?'

मैं हंसा।

'समझना शुरू कर दिया है। तुम्हारे स्पोर्ट्स फंड में साल्जर कितना चंदा देता है, ब्रैंडन?'

उसका चेहरा लाल हो गया। आंखें अंगारों की तरह दहकने लगीं।

'मैं तुम्हें चेतावनी दे रहा हूं, मैलोप।' वह गुर्राया– 'मेरे आदमी तुम्हारे जैसे हरामी से भुगतना जानते हैं। किसी अंधेरी रात को तुम्हारी किसी अंधेरी गली में ले जाकर ऐसी धुनाई की जाएगी कि याद करोगे। साल्जर और क्रास्बी परिवार से दूर ही रहना। अब दफा हो जाओ।'

मैं उठ खड़ा हुआ।

'और क्रास्बी एस्टेट तुम्हारे वेलफेयर फंड में कितना चंदा देती है, ब्रैंडन?' मैंने पूछा– 'दो साल पहले मारीन ने जो घातक एक्सीडेंट किया था, उसको दबा देने के लिए बूढ़े ने कितना माल-पानी सरकाया था तुम्हें? गणमान्य और सम्मानित? मुझे हंसी आ रही है। साल्जर उतना ही गणमान्य और सम्मानित है, जितना डेलमानिको बार का कोई वेटर। मुझे बताओ जब वह प्रशिक्षण प्राप्त नहीं है, तो उसने मैक्डोनाल्ड क्रास्बी की मौत के प्रमाणपत्र पर हस्ताक्षर कैसे कर दिए?'

'दफा हो जाओ।' ब्रैंडन बेहद शांत स्वर में बोला।

एक क्षण के लिए हमारी निगाहें मिलीं। फिर मैंने कंधे झटकाए, खड़ा हुआ और घूमकर दरवाजे की ओर बढ़ा।

'आओ पाला, इससे पहले कि यहां हमारा दम घुटने लगे, हम यहां से निकल चलें।' मैंने एक झटके से दरवाजा खोला– 'और वह किसी अंधेरी गली में मेरी धुनाई करवाने वाली बात याद रखना। पुलिस कैप्टन पर अदालत में फौजदारी का केस चलाने में बड़ा मजा आएगा मुझे।'

मैं और पाला गलियारे में आ गए। मिफलिन दबे पांव हमारे पीछे-पीछे चलने लगा। गलियारे के सिरे पर वह हमारे समीप पहुंचा।

'जरा ठहरो।' वह बोला– 'इधर आओ।' और उसने अपने कार्यालय का दरवाजा

खोला।

हम भीतर दाखिल हुए। मैं और पाला दोनों मफलिन को पसंद करते थे और फिर वह हमारे इतने काम आता था कि हम उससे यारी नहीं बिगाड़ना चाहते थे। उसने दरवाजा बंद किया और उसके साथ पीठ लगाकर खड़ा हो गया। उसके लाल चेहरे पर चिंता के लक्षण थे।

'बड़ा अच्छा तरीका चुना तुमने ब्रैंडन से बात करने का।' वह कड़वे स्वर में बोला– 'तुम्हारी अक्ल खराब है, विक। तुम जानते हो ऐसी बातों से कोई नतीजा नहीं निकलने वाला।'

'जानता हूं।' मैं बोला– 'लेकिन उस चूहे ने मुझे हिला दिया था।'

'मैं तुम्हें होशियार कर देता हूं, लेकिन मुझे मौका नहीं मिला। लेकिन तुम तो जानते हो, ब्रैंडन को तुम्हारी जात से नफरत है।'

'जानता हूं। लेकिन मैं क्या कर सकता हूं? सारी बात तो मुझे उसकी बतानी ही पड़नी थी। साल्जर उसका क्या लगता है?'

'साल्जर पुलिस का मित्र है। मैं जानता हूं सेनेटोरियम में वह कोई चक्कर चलाता है, लेकिन उसमें गैरकानूनी कुछ नहीं है।' फिर वह धीमे स्वर में बोला– 'तुम्हारे ख्याल से ब्रैंडन के पास वह कैडीलाक कहां से आई है? पुलिस कप्तान की तनख्वाह में क्या ऐसी कार खरीदी जा सकती है? और सुनो–मारीन क्रास्बी ब्रैंडन के लड़के की कॉलेज की पढ़ाई का सारा खर्च देती है और उसकी बीवी के दवा-दारू का पूरा पैसा खुद अदा करती है। तुमने ब्रैंडन के दो सबसे बढ़िया कमजोरियों पर हाथ डाला है।'

'मुझे मालूम था, ब्रैंडन जो इतना लाल-पीला हो रहा था, उसके पीछे जरूर कोई ऐसी ही बात होगी।' मैं बोला– 'लेकिन टिम, क्या साल्जर ने वाकई कार की चोरी की रिपोर्ट की थी?'

'हां, खुद मेरे से बात हुई थी उसकी।

'उस हत्यारे के बारे में क्या करोगे? कुछ करोगे भी या नहीं?'

'क्यों नहीं करेंगे? हम उसे तलाश करेंगे। मैं जानता हूं तुम क्या सोच रहे हो, लेकिन तुम गलती पर हो। साल्जर ऐसा अहमक नहीं कि किसी कत्ल के मामले में अपने आपको फंसा ले। उसका ख्याल छोड़ दो।'

'अच्छा!'

'और होशियार रहना। वह अंधेरी गली में धुनाई की बात मजाक नहीं थी, ब्रैंडन ऐसी हरकतें पहले भी करवा चुका है। मैं तुम्हें चेतावनी दे रहा हूं। होशियार रहना।'

'चेतावनी के लिए धन्यवाद, टिम। मैं अपनी रक्षा खुद कर सकता हूं।'

'बात इतनी सरल नहीं। तुमने जवाब में लड़ने की कोशिश की, तो पुलिस के साथ फौजदारी करने की कोशिश के इल्जाम में गिरफ्तार कर लिए जाओगे। वे तुम पर कोई और झूठा चार्ज लगाकर तुम्हें अंदर कर देंगे और फिर जेल में वे लोग तुम्हारी बड़ी बुरी गत बनाएंगे।'

मैंने उसकी बांह थपथपाई।

'तुम फिक्र मत करो। कोई और बात?'

'और कुछ नहीं। बस, सावधान रहना।' उसने दरवाजा खोला, बाहर झांककर पहले यह देखा कि गलियारा खाली था और फिर हमें बाहर निकलने का संकेत किया।

हम वहां से उतरे और सीढ़ियां उतरकर लॉबी में आ गए। सादे कपड़ों वाले दो पुलिसवाले दरवाजे के पास मौजूद थे। एक के सिर पर गहरे लाल रंग के बाल थे और फूला हुआ चेहरा था। दूसरा पतला था, लेकिन लोहे जैसा कठोर मालूम होता था। दोनों ने बहुत गौर से हमें देखा। फिर लाल बालों वाले ने जोर से कोने में रखे हुए थूकदान में थूका।

हम उनकी बगल से गुजरकर गली में आ गए।

7

आर्किड बिल्डिंग के पिछवाड़े में एक पतली-सी गली है, जो मुख्य रूप से उस इमारत में काम करने वाले अधिकारियों और उनके कर्मचारियों की कारें पार्क करने के काम आती है। उस गली के आखिरी सिरे पर फिनेगन का बार था।

माइक फिनेगन मेरा बड़ा पुराना दोस्त था। उसकी यारी हमारे लिए बड़ी फायदेमंद साबित होती थी, क्योंकि आर्किड सिटी में पहुंचने वाले सब गुंडे-बदमाशों से उसका संपर्क रहता था और वे लोग क्या खिचड़ी पका रहे थे या पकाने वाले थे, इसकी उसे

जानकारी रहती थी। कुछ साल पहले एक बार फिनेगन की तीन गुंडों से लड़ाई हो गई थी, जो एक टूटी हुई बोतल की सहायता से उसकी आंखें निकाल लेने का इरादा रखते थे। तब मैंने उसमें फिनेगन की ओर से हिस्सा लिया था। फिनेगन का कहना था कि अगर उस रोज मैंने उसकी मदद न की होती, तो वह अंधा हो चुका होता, इसलिए वह मेरा बेहद शुक्रगुजार था।

फिनेगन का बार महत्त्वपूर्ण जानकारी हासिल करने का ठिकाना तो था ही, दफ्तर बंद हो जाने के बाद तफरीह करने के लिए भी बड़ी सुविधाजनक जगह थी। मुझे आशा थी कि कैरमन वहां होगा, इसलिए मैंने कार उसके सामने खड़ी की और पाला के साथ भीतर दाखिल हो गया।

ग्यारह बज चुके थे। बार काउंटर पर कुछ ही लोग मौजूद थे। जैक कैरमन कोने की एक मेज पर बैठा था। उसने अपने सामने एक अखबार फैलाया हुआ था और बगल में एक स्कॉच की बोतल रखी हुई थी।

मैं बार के पीछे मौजूद फिनेगन की ओर हाथ हिलाता हुआ आगे बढ़ा। फिनेगन मुस्कराया। वह गोरिल्ले जैसे कद-काठी का कटे-कटे भद्दे चेहरे वाला आदमी था और दस टन के ट्रक के बीच की कोई चीज मालूम होता था।

कैरमन हमें देखकर खड़ा हो गया। उसने झुककर पाला का अभिवादन किया।

'कमाल है, तुम ऐसी जगह आ गई–लगता है अपना दिमाग और नकचढ़ी आदतें दफ्तर की तिजोरी में रख आई हो।'

'छोड़ो जैक।' मैं बैठता हुआ बोला– 'इससे पहले मैं अपनी कहानी सुनाऊं, तुम बताओ कोई खबर है?'

उसके जवाब दे पाने से पहले फिनेगन वहां पहुंचा।

'इवनिंग मि. मैलोप। इवनिंग लेडी।'

पाला मुस्कराई।

'एक गिलास और माइक।' मैं बोला– 'मैं बोतल खत्म करने में कैरमन की मदद करता हूं।' मैंने पाला की ओर देखा– 'कॉफी?'

उसने हामी भरी।

'और मिस बेनसिंगर के लिए कॉफी।'

फिनेगन के गिलास और कॉफी दे जाने के बाद कैरमन बोला– 'मैं जॉन पारमेटा से मिला था, क्या चीज थी साहब?' उसने हवा में हाथ चलाकर हमें उसके जिस्म के कटावों का अंदाजा दिया– 'बार-बार बटलन न आ-जा रहा होता, तो पता नहीं क्या-से-क्या हो जाता।' उसने आह भरी– 'पता नहीं मेरे में ऐसा क्या है, जो औरतें मेरी तरफ खिंची चली आती हैं।'

'तुम्हारे में अक्ल का घाटा।' पाला तत्पर स्वर में बोली– 'औरतें अपने से कम अक्ल वाले आदमी से बात करना पसंद करती हैं।'

'चख-चख छोड़ो।' मैं तीव्रता से बोला– 'उसकी शक्ल-सूरत को गोली मारो। जानेट के बारे में क्या कहा था उसने?'

कैरमन, जो स्कॉच की बोतल उठाने के लिए खड़ा हुआ था, पाला को घूरता हुआ बैठ गया।

'उसने कहा था कि दुनिया में किसी को इतनी हैरानी नहीं हुई होगी, जितना उसे यह सुनकर हुई थी कि जानेट दिल के दौरे से मरी थी। मौत से दो दिन पहले तो वह पारमेटा के साथ टेनिस खेल रही थी। ये दिल के बीमारी के लक्षण हैं?'

'और?'

'मैंने उससे शेरिल के बारे में पूछा। वह आजकल नगर में नहीं है, इसलिए मैं उससे नहीं मिल सका। जॉन पारमेटा का कहना है कि जानेट, शेरिल पर बुरी तरह फिदा थी। दोनों में खूब मुलाकातें होती थीं। फिर मैकडोनाल्ड क्रास्बी की मौत से एक सप्ताह पहले शेरिल ने उनके घर आना बंद कर दिया था और सगाई टूट गई थी। कोई वजह नहीं बताई गई थी। जॉन, जो कि जानेट के इतनी करीब थी, भी नहीं जान पाई थी, हालांकि उसने जानने की बहुत कोशिश की थी। जानेट ने इतना ही कहा था कि दोनों में मतभेद हो गया था। इसके अतिरिक्त वह और कुछ नहीं कहना चाहती थी।'

'उसने बताया कि शेरिल कैसा आदमी था?'

'वह तो एकाध बार ही उससे मिली थी। कहती थी वह खूबसूरत था। करता क्या था? उसे नहीं मालूम था। पल्ले रुपया-पैसा था या नहीं, यह भी उसे नहीं मालूम था। रासमोर एवेन्यू पर उसका छोटा-सा खूबसूरत घर है। एक चीनी लड़की उसके घर की देखभाल करती है।' उसने छत की ओर एक चुंबन उछाला– 'वह भी बढ़िया थी, लेकिन मैं उससे ज्यादा जानकारी नहीं हासिल कर सका। उसे मालूम नहीं था कि शेरिल वापस

कब लौटने वाला था। लेकिन वह ठाठ से रहता है और खूब पैसा पीटता मालूम होता है। गैराज में एक जंगी जहाज जितनी बड़ी कैडीलॉक मौजूद थी और बाग को देखकर भी लगता था कि उस पर ढेरों रुपया खर्च किया गया था। वहां एक खूबसूरत स्विमिंग पूल भी है।'

'बस?'

कैरमन ने हामी भरी।

फिर मैंने उसे योदोरा ड्रिपु से अपनी मुलाकात की कहानी सुनाई। उसे डाज वाले के वहां आगमन की बात सुनाई। वह अपना जाम भूलकर हक्का-बक्का-सा सुनता रहा।

'हे भगवान!' मेरे चुप होते ही वह फट पड़ा– 'एक ही शाम में इतना हंगामा हो गया? अब क्या इरादा है? हम काम छोड़ रहे हैं?'

'अभी नहीं मालूम।' मैं जाम तैयार करता हुआ बोला– 'रकम तो हमें लौटानी पड़ेगी। इसके लिए हमें मालूम करना होगा कि एस्टेट की देखभाल कौन करता है। मारीन तो निश्चय ही नहीं करती। कोई वकील या उसका कोई और आदमी उसका प्रतिनिधित्व करता होगा। शायद क्रास्बी की वसीयत से कुछ मालूम हो पाए। मैं जानेट की वसीयत पर भी एक निगाह डालना चाहता हूं। मैं यह देखना चाहता हूं कि क्या उसने योदोरा के लिए अपनी वसीयत में कुछ छोड़ा है? अगर नहीं तो योदोरा के पास पैसा कहां से आ रहा था। मैं यह नहीं कह रहा कि हम तफ्तीश आगे बढ़ा रहे हैं या नहीं, मैं यह कह रहा हूं कि हम इसे छोड़ रहे हैं। हम कुछ और तथ्य मालूम करेंगे और फिर फैसला करेंगे। लेकिन हमें अपना अगला हर कदम बड़ी सावधानी से उठाना होगा। ब्रैंडन हमारे लिए मुसीबत खड़ी कर सकता है।'

'अगर हमने रकम वापस कर दी तो केस तो क्लोज हो गया।' पाला बोली– 'फिर फोकट में काम करने का मतलब?'

'तुम्हारी बात ठीक है, लेकिन इसमें मेरी दिलचस्पी पैदा हो गई है। और फिर मैं ब्रैंडन की धौंस नहीं सहना चाहता।' मैंने अपना गिलास खाली किया और कुर्सी को पीछे धकेला– 'फिलहाल खत्म करो, मुझे नींद आ रही है।'

कैरमन ने अंगड़ाई ली, जम्हाई ली और उठ खड़ा हुआ।

'मुझे अभी याद आया है कि कल मैंने हाफलिन के बच्चों को हॉलीवुड की सैर कराने ले जाना है।' वह बोला– 'मैंने उन्हें पैरामाउंट स्टूडियो का टूर करवाना है। अगर

डाट लैमोर से मिलने की उम्मीद होती, तो मैं कभी न जाता। वे तीनों बच्चे मुसीबत की जड़ हैं।'

'ओ.के.।' मैं बोला– 'परसों वापस आ जाओगे?'

'हां, अगर तब तक मैं सलामत रहा।'

'तब तक मैं फैसला कर लूंगा कि हमने आगे क्या करना है। अगर हमने आगे बढ़ना है, तो हमें तेजी से काम करना होगा। जरा ठहरो, मैंने माइक से एक बात करनी है।'

मैं बार पर पहुंचा। फिनेगन बड़े अलसाये भाव से एक गिलास चमका रहा था। एक बूढ़ा और एक छोकरी बार से जाने की तैयारी कर रहे थे। छोकरी ने मेरी ओर देखा और मुझे आंख मार दी। जवाब में मैंने भी आंख मार दी।

उनके चले जाने के बाद मैं बोला– 'एक आदमी, माइक, जो मेरा पीछा करता रहा था। लंबा-चौड़ा आदमी है। बॉक्सर जैसी बनावट है। कान और नाक टूटे हुए हैं। भूरे रंग का डोरीदार हैट पहनता है। चुरुट पीता है और बड़ा सख्त मिजाज लगता है, कभी देखा है ऐसा कोई आदमी?'

माइक ने गिलास को सावधानी से शेल्फ पर रख दिया।

'तो तुम बेनी ड्वान का जिक्र कर रहे मालूम होते हो। क्या उसकी सांरा में से लहसुन की गंध भी आती है?'

'मैं उसके इतने करीब नहीं पहुंच पाया। बेनी ड्वान कौन है?'

माइक ने एक अन्य गिलास उठा लिया और उसे चमकाने लगा। जवाब देने में वह इतनी देर लगाता था कि झुंझलाहट होने लगती थी। ऐसा वह जान-बूझकर नहीं करता था, वह उसकी आदत थी।

'बड़ा सख्त मिजाज आदमी है।' वह बोला– 'साल्जर सैनिटेरियम में काम करता है। साल्जर के पास पहुंचने से पहले छोटा-मोटा जुआरी था। 1938 में एक बार डकैती के इल्जाम में गिरफ्तार हुआ था, तो पांच साल की सजा हुई थी उसे। सुना है अब सुधर गया है, लेकिन मुझे शक है।'

'साल्जर के सैनिटेरियम में क्या करता है वह?'

'छोटे-मोटे काम। जैसे क्लीनर का, माली का, ऐसे ही और काम।'

‘माइक अगर वह इ्वान है, तो वह कल कत्ल के इल्जाम में फंस सकता है।’

‘वही होगा, मैंने भी उसे वह डोरीदार हैट पहने देखा है।’

मैंने उसका धन्यवाद किया और वापस अपने साथियों के पास लौट आया।

‘माइक ने उस आदमी को पहचान लिया है।’ मैंने उसे बताया– ‘उसका नाम बेनी इ्वान है और जानते हो वह किसके लिए काम करता है? साल्जर के लिए।’

‘अब क्या करोगे?’ कैरमन बोला।

‘मिफलिन को बताऊंगा। एक मिनट ठहरो। मैं अभी फोन करता हूं उसे।’

पुलिस हैडक्वार्टर फोन करने पर मालूम हुआ कि मिफलिन घर चला गया था, मैंने उसके घर फोन किया। थोड़ी देर बाद वह लाइन पर आ गया। वह उनींदा और थका हुआ लग रहा था।

‘मैलोप बोल रहा हूं।’ मैं बोला– ‘तुम्हें जगाने के लिए माफी चाहता हूं, टिम! लेकिन मुझे पूरा विश्वास है कि जिस आदमी ने योदोरा ड्रिपु का कत्ल किया था, मैं उसे पहचान सकता हूं।’

‘अच्छा!’ उसकी आवाज में उत्तेजना आ गई– ‘कौन है वह?’

‘बेनी इ्वान। वह साल्जर के लिए काम करता है। अगर तुम अभी सैनिटेरियम पहुंच जाओ, तो तुम उसे गिरफ्तार कर सकते हो।’

काफी देर चुप्पी छाई रही।

‘साल्जर?’ अंत में वह यूं बोला, जैसे मुंह में गर्म आलू भरे हुए हों।

‘हां, ब्रैंडन का यार।’

‘तुम्हें पूरा विश्वास है?’

‘हां, मैं और पाला दोनों उसकी शिनाख्त कर सकते हैं। हम बड़ी खुशी से यह काम करने को तैयार हैं।’

‘दोनों?’ वह अनिश्चयपूर्ण स्वर में बोला।

‘हां, साल्जर उससे ताव खाएगा, लेकिन ब्रैंडन के अलावा साल्जर की और किसे परवाह है।’

‘हुं, मुझे ब्रैंडन से बात करनी पड़ेगी। मैं ऐसे बखेड़े में नहीं पड़ना चाहता।’

'तो कर लो बात। उसे यह भी बता देना कि मैं यही कहानी 'हैराल्ड' के नाइट एडीटर को भी फोन करके बताने जा रहा हूं। मैं नहीं चाहता कि ड्वान इसलिए तुम्हारी उंगलियों से निकल जाए, क्योंकि ब्रैंडन अपने यार को परेशान नहीं करना चाहता।'

'ऐसा मत करना।' मिफलिन चिल्लाया– 'देखो, विक! भगवान के लिए प्रेस को बीच में मत लाना। ब्रैंडन इसे सहन नहीं करेगा।'

'मुझे अफसोस है, लेकिन मैं तो यही करूंगा। तुम उसे बताओ और ड्वान के पीछे पड़ जाओ, अन्यथा प्रेस तुम्हारे पीछे पड़ जाएगी। सो लांग, टिम।' वह अभी भी चिल्ला रहा था कि मैंने फोन बंद कर दिया।

पाला और कैरमन भी फोनबूथ पर पहुंचे हुए थे और वार्तालाप सुन रहे थे।

'झड़का दिया उसे?' कैरमन बोला।

'हां, वे लोग साल्जर को परेशान नहीं करना चाहते।' फिर मैंने 'हैराल्ड' का नंबर डायल किया।

नाइट एडिटर से संपर्क स्थापित होने पर मैंने दो मिनट में उसे सारी कहानी सुना दी। वह कहानी पर यूं झपटा, जैसे भूखा खाने पर झपटता है।

'साल्जर की ब्रैंडन से बड़ी गहरी छनती है।' मैं बोला– 'संभव है, साल्जर सारी बात को दबाने की कोशिश करे।'

'अरे तुम तमाशा देखना।' नाइट एडिटर बोला– 'मुझे भी उस चूहे का भुरकस निकालने के लिए बड़ी मुद्दत से एक डंडे की तलाश थी। यह सब तुम मुझ पर छोड़ दो। मैं उसका पुलिंदा बांध दूंगा।'

मैंने टेलीफोन रख दिया और बूथ से बाहर निकल आया।

'लगता है मैंने मधुमक्खी के छत्ते को छेड़ दिया है।' मैं बोला– 'अगर मेरा अनुमान सही है तो आज रात ब्रैंडन को बड़े बुरे सपने दिखाई देने वाले हैं।'

'बड़ी शर्म की बात है।' कैरमन बोला।

8

आर्किड बोल्वर्ड के उत्तर में, सांता रोजा एस्टेट से आगे जाने पर अंत में जो पतली-सी सड़क आती है, रेत के टीलों तक और मेरे केबिन तक पहुंचती है।

रहने के लिहाज से वह कोई खास जगह नहीं, लेकिन कम-से-कम वहां किसी की रेडियो का शोर नहीं पहुंचता और अगर मैं नहाते समय गला फाड़-फाड़कर गाता हूं, तो कोई परवाह नहीं करता। वह कैनेडियन देवदार की गांठदार लकड़ी का बना चार कमरों का बंगला था। साथ में एक छोटा-सा लॉन था, जिसकी देखभाल मेरा फिलीपिनी नौकर टोनी करता था। मेरे दरवाजे से केवल सौ गज पर नीला पैसीफिक सागर था तथा पिछवाड़े में और दाएं-बाएं थीं झाड़ियां, रेत और पेड़ों का एक अधिवृत। वह मुफलिस की कब्र जैसी शांत और तन्हा जगह थी, लेकिन मुझे पसंद थी। मैं पांच साल से वहां रह रहा था तथा अब और कहीं रहने के लिए तैयार नहीं था।

फिनेगन के बार से निकलकर मैं सीधा घर की ओर रवाना हो गया था। उस वक्त लगभग पौने बारह बज रहे थे। आसमान पर तरबूज के आकार का चांद निकला हुआ था, आसपास का इलाका उसकी किरणों से प्रकाशित था। समुद्र काले शीशे जैसा लग रहा था। हवा गर्म थी और ठहरी हुई थी। आसपास कोई छोकरी होती तो वह बड़ी रंगीन रात होती।

आने वाला दिन बहुत व्यस्त सिद्ध होने वाला था। पाला ने दफ्तर खुलते ही सबसे पहले क्रास्बी पिता-पुत्री की वसीयतें जांचने का दावा किया था। मैं नर्स गर्नी से फिर मिलना चाहता था कि मारीन क्रास्बी का वकील कौन था और उससे बात करना चाहता था। हो सके तो मैं डगलस शेरिल के बारे में और जानकारी हासिल करना चाहता था। अगर वसीयतों में कोई दिलचस्प बात न निकलती, अगर मारीन का वकील सारे सिलसिले से संतुष्ट होता, अगर डगलस शेरिल में प्रत्यक्षत: कोई भयंकर बात न दिखाई देती, तो मैं पांच सौ डॉलर लौटाकर केस बंद कर देना ही पसंद करता। लेकिन मेरा दिल कह रहा था कि यह केस बंद नहीं होने वाला था। हालांकि मेरा दिल यह भी कह रहा था कि मैं समय बर्बाद कर रहा था।

मैंने कार देवदार लकड़ी के उस झोंपड़े के सामने रोकी, जो गैराज का काम देता था। मैंने कार से उतरकर उसके दरवाजे खोले, वापस कार में आकर बैठ गया। कार को गैराज के भीतर पहुंचाया, इंजन बंद किया और एक सिगरेट सुलगाने के लिए ठिठका, तभी संयोगवश मेरी निगाह रियर व्यू मिरर पर पड़ी।

मैंने माचिस बुझा दी और एकदम स्थिर बैठा शीशे में प्रतिबिंबित होती झाड़ियों को देखने लगा। वे झाड़ियां कार के एकदम पीछे कोई पचास गज परे थीं। झाड़ियों में मुझे एक बार फिर हल्की-सी हरकत दिखाई दी और फिर वे यूं स्थिर हो गईं, जैसे कुछ हुआ ही नहीं था।

हवा बिलकुल नहीं चल रही थी, तो फिर झाड़ियां कैसे हिलीं। जरूर उनके पीछे कोई छुपा हुआ था, जिसने झाड़ियों को एक ओर हटाकर बाहर झांकने की कोशिश की थी या फिर अनजाने में ही वह कोई हरकत कर बैठा था, जिससे झाड़ियां हिल गई थीं।

जरूर दाल में कुछ काला था। पाला मुझे कई बार कह चुकी थी कि वह केबिन बड़ी खतरनाक हद तक तन्हा था। मेरा धंधा ऐसा था, जिसमें दुश्मनी बड़ी आसानी से बन जाते थे। कइयों ने तो मुझे कभी-न-कभी मार डालने की भी धमकी दी थी। मैंने अपनी सिगरेट बुझा दी। वह इलाका किसी भी बुरे इरादों को अंजाम देने के लिए एकदम मुनासिब था। यहां तो छोटी-मोटी जंग छिड़ जाती, तो किसी कान पर जूं भी नहीं रेंगती। मैंने बड़े खेदपूर्ण ढंग से अपनी वार्डरोब की दराज में पड़ी पुलिस स्पेशल को याद किया।

इंजन बंद करने के बाद मैंने हैडलाइट्स भी बंद कर दी थीं, इसलिए गैराज में एकदम अंधेरा था। अगर झाड़ियों के पीछे छुपा हुआ शख्स कोई भयंकर हरकत करने का इरादा रखता था, तो वह मेरे बाहर चांद की रोशनी में निकलकर गैराज का दरवाजा बंद करने तक जरूर प्रतीक्षा करता। तब वह बड़ी आसानी से मुझे शूट कर सकता था।

अगर मैंने उस आदमी को हैरान करना था, तो मुझे जल्दी ही कुछ करना चाहिए था। जितनी ज्यादा देर मैं कार में बैठता, उतना ही वह संदिग्ध हो उठता। फिर शायद वह कार पर ही इस उम्मीद में गोलियां बरसानी शुरू कर देता कि मुझे कोई तो लगेगी।

मैंने कार का दरवाजा खोला और बाहर अंधेरे में कदम रखा। अपनी वर्तमान स्थिति से मुझे बीच में घनी झाड़ियां और पेड़ दिखाई दे रहे थे। बाहर चांदनी में कदम रखना पागलपन था। मैं ऐसा नहीं करनेवाला था। मैंने पीछे हटकर पिछली दीवार के तख्तों पर हाथ फेरा। कुछ समय पहले जैक कैरमन के साथ पीने के दौर की एक रात के बाद जब मैं घर लौटा था, तो कार मैंने गैराज में जरा ज्यादा रफ्तार से दाखिल कर दी थी और वह पिछली दीवार को तोड़कर पार निकल जाने से बाल-बाल बची थी। मुझे मालूम था कि कुछ तख्ते तब से ही ढीले पड़े थे। मेरा इरादा उनमें से किसी को अपने स्थान से हटाकर उस रास्ते से बाहर निकलने का था।

मुझे एक ढीला तख्ता मिला। मैं उसे उखाड़ने की कोशिश करने लगा। लेकिन मैंने झाड़ियों से अपनी निगाह एक क्षण को भी नहीं हटाई थी। अब वहां कोई हरकत नहीं दिखाई दे रही थी। जो भी वहां छुपा हुआ था, वह एकदम स्तब्ध बैठा था। तख्ता मेरे दबाव के नीचे चरमराया, पीछे हटा और फिर उसके और बाकी दीवार में जगह बन गई।

गैराज के पिछवाड़े में पहले रेत का सिलसिला था, फिर आगे झाड़ियां थीं, मैं गैराज से बाहर निकला और चुपचाप जाकर ओट में छुप गया। वहां पहुंचता-पहुंचता मैं हांफने लगा था। मैं रेत में बैठ गया और स्थिति को समझने की कोशिश करने लगा।

समझदारी का काम तो था कि मैं घेरा काटकर किसी प्रकार अपने केबिन तक पहुंचता और वार्डरोब के दराज में से अपनी रिवाल्वर निकालकर लाता। एक बार वह हाथ में आ जाने के बाद मैं फिर भुगत लेता। झाड़ियों की दिशा में किया गया मेरा एक फायर पीछे छुपे आदमी के होश उड़ा देता।

लेकिन गड़बड़ यह थी कि मैं गैराज के दरवाजे से बाहर नहीं निकल सकता था। छुपा हुआ आदमी समझ सकता था कि मुझे उसकी उपस्थिति का भान हो गया है और क्या पता वह भी मेरा रास्ता रोकने के लिए उस वक्त इसी दिशा में बढ़ रहा हो। दूसरी ओर वह यह भी समझ सकता था कि मैं अभी भी गैराज में था और बाहर निकलने से डर रहा था। वह मेरे बाहर निकलने का इंतजार कर सकता था।

मैं उकड़ूं-सा केबिन की ओर सरकने लगा। जब तक मुझे झाड़ियों की ओट उपलब्ध थी, तब तक तो यह सिलसिला ठीक था, लेकिन मेरे से दस गज आगे झाड़ियों का सिलसिला खत्म हो गया था। फिर कोई बीस फुट की खाली जगह के बाद झाड़ियां फिर शुरू हो गई थीं। वह बीस फुट का टुकड़ा एकदम नंगा था और चांद की रोशनी, लगता था जैसे उसी पर केंद्रित थी। अब तक मैं गैराज की सुरक्षात्मक ओट से भी परे निकल आया था। अगर मैं उस खाली टुकड़े में कदम रखता तो झाड़ियों के पीछे छुपा शख्स मुझे जरूर देख लेता। खाली स्थान के समीप पहुंचकर मैं रुक गया। फिर मैंने सावधानी से झाड़ियों की ओट से बाहर झांका। वर्तमान स्थिति में राहत की बात मुझे नहीं दिखाई दी कि अब मेरे में और झाड़ियों में छुपे शख्स में फासला बढ़ गया था। इतने फासले से किसी चलती-फिरती मानव शरीर जैसी विशाल चीज को भी शूट कर पाने के लिए निशानेबाजी के तगड़े ज्ञान की जरूरत थी। मैंने खतरा मोल लेने का फैसला कर लिया।

मैंने अपना हैट उतारा और उसे किनारे से पकड़कर इस उम्मीद से झाड़ियों की ओर उछाला कि उसका ध्यान बंट जाएगा। फिर हैट के रेत पर गिरने से पहले ही मैंने सामने की ओर छलांग लगाई और भागा।

लेकिन टखने-टखने तक रेत में भागना क्या कोई आसान काम होता है। मेरा जिस्म तो आगे को लपका, लेकिन मेरे पांव लगभग वहीं रहे, जहां कि वे थे। अगर मैंने हवा में हैट उछालकर उसका ध्यान न बंटाया होता तो अब तक मैं परलोक सिधार चुका होता।

किसी प्रकार गिरता-पड़ता मैं ओट में पहुंचा। रात के सन्नाटे में गोली की आवाज गूंज गई। गोली मेरे सिर को हवा देती हुई गुजरी। वह शूटिंग मेरी उम्मीद से कहीं बेहतर थी। मैंने स्वयं को जमीन पर गिरा दिया। मैंने अपनी टांगें अपने नीचे खींच लीं, एक कलाबाजी खाई और फिर ओट में पहुंच गया। गोली एक बार फिर चली। ढेर सारी रेत मेरे चेहरे पर उछल गई।

अब मैं इतना शांत था, जितनी कोई बुढ़िया घर में चोर घुस आने पर होती है। मैं पसीने से नहा गया था और कांप रहा था। मैं घनी झाड़ियों की ओट लेने के लिए आगे को झपटा। फिर फायर हुआ। इस बार गोली मेरे हाथ के पृष्ठ भाग से रगड़ खाती हुई गुजरी। मुझे यूं लगा जैसे वहां दहकता हुआ अंगारा छू गया हो। मैं जमीन पर लोट गया और हांफने लगा। अब मुझे जंगली घास और झाड़ियों की जड़ों के अलावा कुछ भी दिखाई नहीं दे रहा था।

अगर उस शख्स ने समीप आकर मुझे शूट कर देने का इरादा कर लिया, तो मेरा हाल-बेहाल हो जाना था। मुझे आगे बढ़ते रहना था। अब अगर मैं बिना आवाज किए आगे बढ़ पाता, तो निश्चय ही केबिन तक पहुंच सकता था। अब मैं और खतरा मोल लेने की स्थिति में नहीं था। वह शख्स जो कोई भी था, गोली चलाना खूब जानता था। इतने फासले से भी उसने मुझे लगभग निशाना बना ही लिया था। मैं आतंकित तो नहीं था, लेकिन पसीने से नहाया हुआ था और मेरा दिल हथौड़े की तरह बज रहा था। मैं घुटनों के बल चुपचाप रेत में रेंगने लगा। मैं कोई पचास फुट आगे बढ़ आया, तो मुझे घास की सरसराहट सुनाई दी। साथ ही सूखी शाखा टूटी। मैं ठिठक गया और सांस रोके आहट सुनने की कोशिश करने लगा। फिर आहट हुई। इस बार रेत पर पांव पड़ने से उत्पन्न होने वाली चरमराहट भी सुनाई दी, बहुत करीब से। मैं रेत से चिपटा लेटा रहा। मेरे रोंगटे खड़े हो रहे थे।

कुछ गज परे झाड़ियां हिलीं, एक और शाखा टूटी तथा फिर सन्नाटा। वह एकदम मेरे सिर पर पहुंच चुका था। मुझे लग रहा था, जैसे मैंने उसके सांस लेने की आवाज सुनी हो।

इंतजार करने के अलावा मैं कुछ नहीं कर सकता था, इसलिए मैं इंतजार करता रहा। वक्त गुजरता गया। उसे भी शायद अनुभव हो गया था कि मैं करीब ही कहीं था, इसलिए मैं भी इंतजार करने लगा। उस उम्मीद में कि मेरी किसी हरकत की आवाज से उसे मेरी स्थिति की खबर लग जाएगी। मैं वर्तमान स्थिति में सारी रात इंतजार करने को तैयार था। थोड़ी देर बाद मुझे फिर उसकी आहट मिली। इस बार अपने से परे। मैं फिर भी नहीं हिला। मुझे उसके कदमों की आहट मिल रही थी। वह झाड़ियों में मुझे तलाश करता फिर रहा था। बड़ी सावधानी से, बहुत धीरे-धीरे मैं हाथों और घुटनों के बल ऊंचा उठा। एक-एक इंच करके मैंने अपना सिर ऊंचा उठाया और फिर झाड़ियों के बीच में से सामने झांका। फिर वह मुझे दिखाई दिया–वह वही था। मुझे उसकी चपटी नाक और टूटे हुए कान दिखाई दिए। उस वक्त भी वह भूरे रंग का डोरीदार हैट पहने था। वह मेरे से दाईं ओर तीस गज परे हाथ में 145 कैलिबर की कोल्ट लिए खड़ा था। वह मेरे से दाईं ओर की झाड़ियों में देख रहा था। अगर मेरे पास भी रिवाल्वर होती तो मैंने उसे बड़ी आसानी से मार गिराया होता, लेकिन मेरे पास रिवाल्वर कहां थी। मैं तो उसे देखता रह सकता था और यह आशा कर सकता था कि वह वहां से चला जाएगा।

वह कितनी ही देर अपना रिवाल्वर वाला हाथ सामने फैलाए स्थिर खड़ा रहा। फिर वह घूमा। अब उसका रुख मेरी ओर हो गया। वह मेरी ओर बढ़ने लगा। लेकिन ऐसा नहीं लगता था, जैसे उसे मालूम हो कि वह मेरी ओर बढ़ रहा था।

मुझे फिर पसीना आने लगा। वह दस लंबे डग भरता तो मेरे सिर पर होता। मैं उकड़ूं हो गया और दांत भीचे उसके कदमों की समीप आती आवाज सुनता रहा।

वह मुझसे मुश्किल से तीन फुट दूर आकर ठिठका। अब मुझे उसकी टांगें दिखाई दे रही थीं। अगर मैं उसकी रिवाल्वर हथिया पाऊं।

वह घूमा। अब उसकी पीठ मेरी ओर हो गई। मैंने उस पर छलांग लगा दी। मेरी छलांग, मेरा दिमाग, मेरे हाथ सब उसकी रिवाल्वर पर केंद्रित थे। मेरे दोनों हाथ उसकी कलाई पर पड़े और मेरा कंधा उसकी छाती से टकराया। वह लड़खड़ाया। उसके मुंह से क्रोध और बौखलाहट भरी एक चीख निकली। मैंने उसकी कलाई मोड़ दी और उसकी

रिवाल्वर को उसकी उंगलियों से निकालने की कोशिश की। एक क्षण के लिए मेरी बन आई थी। वह तो मेरी अप्रत्याशित छलांग से सकते में आ गया था, फिर ज्योंही रिवाल्वर मेरे हाथ में आई, वह सजग हो गया। उसका घूंसा मेरी गर्दन की तरफ से इतनी भयंकर शक्ति से टकराया कि अगर किसी कील पर पड़ा होता, तो वह छह इंच ठोस लकड़ी में घुस जाती। मैं झाड़ियों में जाकर गिरा। रिवाल्वर अभी भी मेरे हाथ में थी और मैं अपनी उंगली ट्रिगर में घुसाने की कोशिश कर रहा था, लेकिन उससे पहले ही उसके पांव की ठोकर से रिवाल्वर मेरे हाथ से निकल गई। रिवाल्वर उछलकर झाड़ियों में जा गिरी, जो कि अच्छा ही था। रिवाल्वर अब मेरे पास नहीं थी, तो उसके पास भी नहीं थी।

गोली की रफ्तार से वह मेरी दिशा में झपटा। मुझ तक पहुंचने की कोशिश में उसने झाड़ियां उधेड़ डालीं, लेकिन उन झाड़ियों में से और रेतीली जमीन में झपटना आसान नहीं होता। वह दो ही कदम आगे बढ़ा था कि उसका पांव फिसल गया और वह धड़ाम से गिरा। इससे मुझे उठकर अपने पैरों पर खड़ा होने का वक्त मिल गया, मैं खुले की ओर भागा। वह आदमी मुझसे बहुत तगड़ा था। उसके एक ही घूंसे ने मेरे छक्के छुड़ा दिए थे। मैं वैसा घूंसा दोबारा नहीं खाना चाहता था। उससे भिड़ने का एक ही मुनासिब तरीका था कि मेरे पास पीछे हटने को और फिर आगे को झपटने की काफी जगह हो।

कुछ ही सेकंडों में वह फिर अपने पैरों पर खड़ा हो गया। वह झाड़ियों के आखिरी बाड़ से बाहर निकलकर फिर मेरे सिर पर पहुंच गया। मैं पहली बार उसका वार बचा गया। वह दूसरी बार मुझ पर झपटा, तो मैंने उसकी नाक पर घूंसा जमा दिया, लेकिन साथ ही उसका ऐसा प्रचंड प्रहार मेरी कनपटी पर पड़ा कि मेरे दांत झनझना गए।

वह दोबारा मेरी ओर झपटा, तो चांद की भरपूर रोशनी उसके चेहरे पर पड़ी। वह एक कातिल का खूंखार चेहरा था, जिसने अपने नापाक इरादे से कोई नहीं रोक सकता था। मैं परे कूदकर वापस घूमा और एक प्रचंड प्रहार उसकी कनपटी पर किया। वह लड़खड़ाता हुआ पीछे हटा, तो मेरा हौसला बढ़ गया। वह कितना ही ताकतवर क्यों नहीं था, लेकिन तगड़ा प्रहार होने पर दर्द तो उसे भी होना था। उसके मुंह से एक घरघराहट निकली। उसने अपने सिर को एक झटका दिया और उसके हाथ आगे को बढ़े। मैंने उसके समीप पहुंचने का इंतजार नहीं किया, बल्कि मैंने आगे को लपककर अपने दोनों हाथों के घूंसे उस पर बरसाने शुरू कर दिए, लेकिन इस बार उसका चेहरा घूंसों के सामने नहीं था। उसके हाथ मेरे गिरेबान से लिपटे और उसने मुझे अपनी ओर घसीट लिया।

मैंने एक झटके से अपना घुटना ऊपर उठाया, लेकिन वह लड़ाई के ऐसे तमाम लटके जानता मालूम होता था। वह एक ओर घूम गया। मेरा घुटना उसकी जांघ से टकराकर रह गया। उसका एक हाथ मेरे गिरेबान से हटा और मेरे गले से लिपट गया। मैंने उसकी पसलियों में घूंसा जमाया। वह कराह उठा, लेकिन उसकी फौलादी उंगलियां मेरे गले से नहीं हटीं।

फिर मैंने पूरी शक्ति से उस पर प्रहार करने आरंभ कर दिए। मैं जानता था कि अगर एक बार मैं कमजोर पड़ गया, तो मेरी कहानी खत्म थी और अगर मैंने उसकी अपने गले पर पकड़ ढीली नहीं की होती तो मेरी शक्ति ने मेरा साथ नहीं देना था। उसकी पसलियों पर मेरे प्रहारों का कोई प्रत्यक्ष प्रभाव नहीं दिखाई दे रहा था। फिर मैंने अपनी उंगलियां उसकी आंखों में धंसा दीं।

उसे मुंह से चीख निकली। उसने मेरा गला छोड़ दिया और लड़खड़ाता हुआ पीछे हटा। मैंने ताबड़तोड़ उसको धुनना शुरू कर दिया। उसका सारा ध्यान अपनी आंखों की ओर था, इसलिए वह बचाव भी नहीं कर पा रहा था। फिर उसके घुटने मुड़ गए। मैं पीछे हटा। उसकी सांस उखड़ने लगी थी। उसने अपने पैरों पर खड़ा होने की कोशिश की, लेकिन सफल न हो सका। कराहते हुए उसने अपने हाथ जमीन पर लगाकर उठने की कोशिश की। मैं ऐसे ही अवसर की प्रतीक्षा कर रहा था। मैंने अपनी पूरी शक्ति लगाकर एक फौलादी घूंसा उसके जबड़े पर जमाया। वह पीछे को उलट गया। एक बार उसने सीधा खड़ा होने की कोशिश की, लेकिन कामयाब न हो सका।

मैं उसके समीप पहुंचा। अब वह उखड़ चुका था। उसकी आंखों की कोरों से खून बहता देखकर मुझे उस पर तरस आने लगा। मैं उसे इतनी चोट नहीं पहुंचाना चाहता था, लेकिन वह मेरी जिंदगी का सवाल था। मैंने तो उसे घायल ही किया था, वह तो मुझे मार डालने वाला था।

मैं आगे को झुका। मैंने उसकी पतलून में से उसकी पेटी खींच ली और उसे लुढ़काकर उलटा किया। पेटी से मैंने उसके हाथ उसकी पीठ के पीछे बांध दिए। अपनी पेटी निकालकर मैंने टखनों के पास उसकी टांगें बांध दीं। फिर मैं उसे वहीं छोड़कर अपने केबिन की ओर बढ़ा।

मिफलिन को फिर से जगाने में मुझे कितनी ही देर लग गई। इस बार वह बहुत गुस्से में मालूम होता था।

'ऑल राइट-ऑल राइट।' मैं बोला– 'इ्वान यहां है।'

'इ्वान?' उसकी आवाज से गुस्सा गायब हो गया– 'तुम्हारे पास?'

'हां, जल्दी पहुंचो। पूरे लाव-लश्कर के साथ आना ताकि मुझे भी थोड़ी नींद नसीब हो।'

'इ्वान! लेकिन ब्रेंडन कहता था...।'

'अरे भाड़ में गया ब्रेंडन।' मैं चिल्लाया– 'यहां आकर इ्वान को संभालो।'

'चिल्लाओ मत, मैं आता हूं।'

मैंने रिसीवर रखा, तभी बाहर रेत के टीलों की दिशा में कहीं से एक फायर होने की आवाज आई। मैं छलांग मारकर अपनी वार्डरोब के पास पहुंचा। मैंने झपटकर दराज खोला और उसमें से रिवाल्वर निकाली। अभी फायर की प्रतिध्वनि वातावरण में गूंज ही रही थी कि मैं सामने के दरवाजे पर पहुंच गया। बरामदे की ओट में से मैंने सावधानी से चारों ओर झांका। मुझे न कुछ दिखाई दिया, न सुनाई दिया।

फिर पेड़ों के पीछे से एक कार के स्टार्ट होने की और फिर तेज रफ्तार से आगे बढ़ने की आवाज आई।

मैं रिवाल्वर हाथ में लिए सावधानी से बरामदे के नीचे कदम रखा। कार की आवाज दूर होती जा रही थी। कुछ क्षणों में वह आवाज आनी बंद हो गई।

मैं बेनी इ्वान के समीप पहुंचा। किसी ने बहुत पास से उसके सिर में गोली मार दी। गोली ने उसकी खोपड़ी के परखच्चे उड़ा दिए थे।

9

भूरे बालों वाली छोटी-सी लड़की, जो बाहरी दफ्तर में पी.बी.एक्स. बोर्ड ऑपरेट करती थी। मुझे दफ्तर का धुंधले शीशे वाला दरवाजा ठेलकर भीतर आता देखकर बड़ी अदा से मुस्कराई। शीशे पर सुनहरे अक्षरों में लिखा था–यूनिवर्सल सर्विसेज। दाईं और नीचे कोने में उससे छोटे अक्षरों में लिखा था–एग्जीक्यूटिव डायरेक्टर विक्टर मैलोप।

'गुड मॉर्निंग, मि. मैलोप।' ऑपरेटर अपने खूबसूरत सफेद दांत चमकाती हुई

बोली। उसके बिल्ली के बच्चे जैसे हाव-भाव थे कि आप उसकी पीठ थपथपाओ, वह फौरन प्यार से म्याऊं कर देगी। बड़ी अच्छी लड़की थी। मुश्किल से अट्ठारह साल की और सिर्फ दो आदमियों की दीवानी थी–मेरी और बिंग क्रास्बी की।

बिलकुल उसके जैसी दो और लड़कियां टाइपराइटरों के पीछे बैठी थीं। वे भी बड़ी अदा से मुस्कराई और बोलीं– 'गुड मॉर्निंग मि. मैलोप।'

मि. मैलोप ने अपने हरम का निरीक्षण किया और कबूल किया कि मॉर्निंग गुड थी।

'मिस बेनसिंगर काउंटी बिल्डिंग गई हैं। शायद उन्हें लौटने में थोड़ी देर हो जाए।' ऑपरेटर बोली।

'थैंक्स, ट्रिक्सी! मैं कार्यालय में हूं। वह आए तो कहना, मैं याद कर रहा था।'

उसने मेरी ओर ऐसी निगाह फेंकी कि अगर वह उम्र में दो-एक साल और बड़ी होती तथा मेरे दफ्तर में काम न करती होती, तो उसका बड़ा रंगीन मतलब होता।

मैं अपने कार्यालय में आ गया। मैंने मेज पर रखी घड़ी देखी। दस बजकर पांच मिनट हुए थे। हालांकि पीने की बड़ी इच्छा हो रही थी, लेकिन इतनी जल्दी पीना शुरू करना। मुनासिब नहीं लग रहा था। मैं कुछ क्षण हिचकिचाता रहा, फिर मैंने यह सोचकर बोतल निकाल ली कि बोतल को क्या मालूम था कि अभी दस ही बजे थे। फिर मैंने शर्मिंदगी का अहसास करते हुए एक छोटा-सा पैग तैयार कर लिया। थोड़ी देर मैं डाक देखता रहा। फिर मैंने बोर होकर सारी चिट्ठियां पाला की ट्रे में डाल दीं और अपने पांव मेज पर रखकर आंखें बंद कर लीं।

कोई पौने ग्यारह बजे के करीब बाहरी दफ्तर में पाला की आवाज सुनकर मैंने हड़बड़ा कर आंखें खोलीं। मैं अभी मेज पर से पांव हटाकर सीधा बैठा ही था कि पाला ने भीतर कदम रखा।

'आओ।' मैं अपने स्वर को भरसक प्रफुल्ल बनाता हुआ बोला– 'आ गईं।'

'अगर दफ्तर में सोने से बाज नहीं आ सकते हो, तो कम-से-कम खर्राटे तो न भरा करो।' वह एक कुर्सी खींचकर बैठ गई– 'इसका स्टाफ पर बुरा असर पड़ता है।'

'कोई फर्क नहीं पड़ता।' मैं हंसता हुआ बोला– 'पिछली रात मैं मुश्किल से दो घंटे सो पाया था। आज सुबह तुम मुझे एक थका हुआ बूढ़ा समझो और मेरे साथ हमदर्दी से पेश आओ।'

उसने मेरे चेहरे पर लगी खरोचों पर निगाह दौड़ाई।

'बखेड़ा?'

'भारी।' मैंने उसे बेनी ड्वान के आगमन के बारे में बताया।

'वह मर गया?' वह हैरानी से बोली– 'किसने मारा उसे?'

'दावे के साथ नहीं कह सकता, लेकिन मुझे अंदाजा है।' मैं फिर मेज पर पांव रखता हुआ बोला– 'मेरे मिफलिन को फोन करने के दस मिनट बाद ही पुलिस वहां पहुंच गई थी, लेकिन मिफलिन साथ नहीं आया था। तुम्हें वे दो पुलिसिये याद हैं। हैडक्वार्टर से निकलते समय जिनसे हमारा आमना-सामना हुआ था। वही वहां पहुंचे। लाल बालों वाला सार्जेंट मैकग्राथ है और दूसरा सार्जेंट हार्टसल है। दोनों ऐसे हरामी हैं कि कोई भी भला आदमी उनसे दूर-दूर ही रहना पसंद करेगा। ड्वान की लाश देखकर उनकी खुशी छुपाए नहीं छुप रही थी। बात समझ में आने वाली थी। उसकी मौत से साल्जर की जहमत खत्म हो गई थी। वह कह सकता था कि यह मालूम करना पुलिस का काम था कि ड्वान ने उसकी कार क्यों चुराई, उसने योदोरा का कत्ल क्यों किया और मेरा कत्ल करने की कोशिश क्यों की? और मेरा दावा है पुलिस यह सब कभी नहीं जान पाएगी।'

'तुम कह रहे थे कि तुम्हें अंदाजा है कि ड्वान का कत्ल किसने किया है?'

'हां, उन दोनों सार्जेंटों के ड्वान की लाश के साथ वहां से चले जाने के बाद मैंने किसी सूत्र की तलाश में घटनास्थल का निरीक्षण किया। वे जिस पुलिस कार में आए थे, उसमें डायमंड ट्रीड वाले टायर लगे हुए थे। वही पैट्रन मुझे अपने केबिन के पिछवाड़े की रेत में मिला। मेरा अनुमान है कि वे मुझ पर निगाह रखने की नीयत से वहां पहले से ही मौजूद थे तथा मेरे और ड्वान के बीच में जो गुजरी थी, वे उसके तटस्थ दर्शक बने रहे थे। जब मैं ड्वान के हाथ-पांव बांधकर मिफलिन को फोन करने के इरादे से केबिन के भीतर गया था, तभी शायद उन्होंने ड्वान के पास पहुंचकर हमेशा के लिए उसकी जुबान बंद कर दी थी।'

'तुम्हारा मतलब है दो पुलिस अधिकारियों ने...?' पाला के नेत्र फैल गए।

'इससे झंझट कितना बचता है।' मैं बोला– 'अपने आपको उनकी जगह पर रखकर सोचो। एक ऐसे आदमी की कत्ल के इल्जाम में तलाश है, जिस पर अगर मुकदमा चला तो वह अपनी जुबान खोले बिना नहीं रहेगा। शायद वह डॉ. साल्जर के

बारे में कई ऐसी बातें बताता तो अखबार में पढ़ने में बड़ी दिलचस्प लगतीं। ब्रेंडन साल्जर का दोस्त है। इससे ज्यादा सहूलियत का काम और क्या हो सकता है कि इ्वान को गोली मार दी जाए ताकि मुकदमे की नौबत न आए और ब्रेंडन के दोस्त को असुविधा न हो। शायद मेरा ख्याल गलत हो, लेकिन शायद न भी हो। बहरहाल, इस बारे में हम कुछ कर नहीं सकते, इसलिए इसे छोड़ो और ऐसी बात पर आओ, जिसके बारे में हम कुछ कर सकते हैं। तुमने क्रास्बी पिता-पुत्री की वसीयतें देखीं?'

पाला ने हामी भरी।

'जानेट ने कोई वसीयत नहीं की। क्रास्बी अपनी जायदाद का तीन-चौथाई उसके लिए और एक-चौथाई मारीन के लिए छोड़कर मरा था। जाहिर है जानेट से उसका ज्यादा लगाव था। जानेट की मृत्यु की सूरत में सारी जायदाद मारीन को मिलती, बशर्ते वह कोई बेहूदा हरकतें न करती। लेकिन अगर वह फिर कोई स्कैंडल खड़ा कर बैठती और उसका नाम अखबारों में आने लगता, तो सारी जायदाद आर्किड सिटी रिसर्च सेंटर को मिल जाती और उसे सिर्फ एक हजार डॉलर सालाना मिलता। क्रास्बी के ट्रस्टी हैं ग्लिन एंड कापली। उनका दफ्तर इसी इमारत की तीसरी मंजिल पर है। आधी दौलत तो व्यापार में लगी हुई है, बाकी आधी पर मारीन का पूरा, स्वतंत्रतापूर्ण अधिकार है, बशर्ते कि वह कोई स्कैंडल न खड़ा करे।'

'यह तो किसी ब्लैकमेलर के लिए बड़ा बढ़िया सिलसिला है।' मैं बोला– 'अगर मारीन एक भी कदम गलत उठाती और किसी ब्लैकमेलर को उसकी खबर हो जाती तो वह बड़ी आसानी से उसका खून चूसना शुरू कर सकता था। वह एक हजार सालाना की मामूली रकम पर भी जिंदा नहीं रहना चाहेगी।'

'बहुतेरी लड़कियां इससे भी कम पर जिंदा रहती हैं।'

'रहती हैं, लेकिन लखपतियों की लड़कियां नहीं।' मैंने कागज काटने वाला चाकू उठा लिया और उससे ब्लाटिंग पेपर में छेद करने लगा। 'तो जानेट ने कोई वसीयत नहीं छोड़ी। इसका मतलब है योदोरा को कुछ विरासत में नहीं मिला था। तो उसे पैसा कहां से हासिल हो रहा था?' मैंने सिर उठाकर विचारपूर्ण ढंग से पाला की ओर देखा– 'मान लो, उसे मारीन के नशे के इलाज के बारे में मालूम था। मान लो, उसका मुंह बंद रखने के लिए मारीन उसे पैसा दे रही थी। यह ख्याल बुरा नहीं है। फिर मैं प्रकट हुआ, तो योदोरा ने सोचा वह मारीन से और धन झाड़ सकती है। वह मुझे तो नौ बजे वापस आने को

कहती है और खुद मारीन को या उसके किसी प्रतिनिधि को–जो कि डॉ. साल्जर भी हो सकता है–फोन करती है। मुझे तो लगता है वह डॉ. साल्जर ही था। वह कहती है–मुझे और पैसे दो नहीं, तो मैं अपनी जुबान खोल दूंगी। साल्जर उसे समझाने के लिए इ्वान को भेजता है, लेकिन इ्वान अपनी मर्जी से या साल्जर के निर्देश पर उसे मार डालता है। कुछ जंचा?'

'हां, लेकिन है तो यह अनुमान पर ही आधारित।'

'ठीक है, लेकिन हर बात जंचने वाली है। मेरा ख्याल है मुझे नर्स गर्नी से फिर बात करनी चाहिए। देखो पाला, दिन के वक्त वह ड्यूटी पर नहीं होती। तुम नर्सों की एसोसिएशन में फोन करके उसका निजी पता मालूम करने की कोशिश करो। उन्हें कोई बहाना गढ़कर सुना देना। मुझे उम्मीद है वे लोग तुम्हें पता बता देंगे।'

वह दफ्तर से बाहर गई तो मैंने बोतल में से एक घूंट भरा फिर एक सिगरेट सुलगा ली। पहले नर्स गर्नी–मैं अपने आपसे बोला–और फिर ग्लिन कापली।

कुछ क्षण बाद पाला वापस आई। उसने मेरे सामने एक कागज रख दिया।

'अपार्टमेंट 246, 3882 हॉलीवुड एवेन्यू।' उसने बताया– 'क्या तुम्हें मालूम है, वह डॉ. साल्जर की नर्सों में से एक है?'

'अच्छा!' मैं अपनी कुर्सी पीछे सरकाई– 'हर बात घूम-फिरकर साल्जर पर ही पहुंच जाती है।'

'अब इरादा क्या है? केस की तफ्तीश जारी रखोगे?'

'मैंने अभी कोई पक्का फैसला नहीं किया। शाम तक बताऊंगा।'

आधे घंटे में मैं हॉलीवुड एवेन्यू पहुंचा।

3882, हॉलीवुड एवेन्यू एक छह मंजिला अपार्टमेंट ब्लॉक था। लॉबी भद्दी और अंधेरी थी। लिफ्ट इतनी बड़ी थी कि तीन आदमी भी उसमें फंसकर आते थे। एक दीवार पर बेसमेंट की ओर इशारा करते हुआ एक तीर का निशान लगा हुआ था, जिस पर धुंधलाए अक्षरों में जेनिटर लिखा था।

लड़खड़ाती हुई लिफ्ट द्वारा मैं दूसरी मंजिल पर पहुंचा।

कोई आधे मील लंबे गलियारे में निरंतर चलते रहने के बाद कहीं मैं जाकर अपार्टमेंट नंबर 246 के सामने पहुंचा। वह गलियारे के एकदम सिरे पर था। उस सिरे पर

आमने-सामने अपार्टमेंट थे, जिनमें से एक वह था। मैंने घंटी बजा दी। मैंने एक सिगरेट सुलगाई और प्रतीक्षा करने लगा। पता नहीं, नर्स गर्नी पर मेरे आगमन की क्या प्रतिक्रिया होगी।

कोई दो मिनट बाद दरवाजा खुला। नर्स गर्नी नर्स की यूनिफॉर्म के बिना और भी दिलचस्प लगती थी। वह एक टखनों तक लंबा हाउस कोट पहने थी। कोट घुटनों के पास से खुला हुआ था, जिससे जाहिर होता था कि उसकी टांगें नंगी थीं।

'हैलो!' वह बोली– 'क्या भीतर आना चाहते हो?'

'मुझे कोई एतराज नहीं।'

वह एक ओर हट गई।

'मेरा पता कैसे मालूम हुआ तुम्हें?' वह मुझे एक छोटे से लिविंग रूम में ले आई। 'मैं तो हैरान हो गई, तुम्हें देखकर।'

'अच्छा! सूरत से तो हैरान हो गई नहीं लगती हो।'

वह हंसी।

'मैंने तुम्हें खिड़की में से ही आता हुआ देख लिया था, इसलिए मुझे संभलने का वक्त मिल गया था। तुम्हें कैसे मालूम हुआ, मैं यहां रहती हूं?'

'नर्सिंग ऐसोसिएशन को फोन किया था। क्या सोने की तैयारी कर रही थीं तुम?'

'हां, लेकिन सुनकर भाग मत जाना।'

'तुम बिस्तर पर पहुंचो, मैं तुम्हारे पास बैठकर तुम्हारे हाथ थामे रहूंगा।'

उसने इनकार में सिर हिलाया।

'यह तो बड़ा रूखा काम लगता है। इससे अच्छा तो एक-एक जाम हो जाए। कोई खास बात है या ऐसे ही मिलने आ गए हो?'

'फिफ्टी-फिफ्टी।' मैं एक कुर्सी पर बैठता हुआ बोला– 'फिर भी मुलाकात का ख्याल ज्यादा था। पैग और तैयार करने के लिए मत कहना। आज मेरी हालत बहुत खस्ता है। मैं पिछली रात ठीक से सो नहीं पाया था।'

'पिछली रात किसके साथ थे तुम?'

'वैसी बात नहीं है।' मैंने उसके हाथ से हाईबाल ले लिया।

वह दीवान पर बैठ गई। उसका हाउसकोट पीछे को हट गया। हाउसकोट व्यवस्थित हो पाने से पहले मेरी आंखें बाहर को उबल आने के काबिल नजारा कर चुकी थीं।

'जानते हो मुझे तुमसे दोबारा मुलाकात होने की कतई उम्मीद नहीं थी।' वह अपना व्हिस्की और बर्फ का गिलास यूं थामे हुई थी कि उसकी ठोड़ी किनारे पर टिकी हुई थी। 'मैं तो समझी थी कि तुम तो काम हुआ और खिसके मार्का आदमी थे।'

'मैं? और वैसा आदमी? अरे नहीं, तुमने मुझे एकदम गलत समझा है। मैं तो कब्र तक पीछा न छोड़ने वाली किस्मत का आदमी हूं।'

'अच्छा! नई चीज से ऐसा ही लगाव होता है, पता तो बाद में लगता है, जब नवीनता खत्म हो जाती है।' वह तनिक कड़वे स्वर में बोली– 'जाम ठीक है?'

'हां।' मैंने टांगें फैलायीं और जम्हाई ली। 'मारीन क्रास्बी की कब तक तीमारदारी करने का इरादा है?'

मैंने बात बड़े सहज भाव से कही थी, लेकिन उसने बड़ी हैरानी से और बड़ी तीखी निगाहों से मेरी ओर देखा।

'नर्सें अपने मरीजों के बारे में बात नहीं करतीं।' वह हाईबाल का एक घूंट पीती हुई बोली।

'जब तक कि बात करने की कोई बढ़िया वजह न हो।' मैंने संशोधन किया। 'सच बताओ, क्या तुम अपना मौजूदा काम बदलना चाहती हो? मैं उसका इंतजाम कर सकता हूं।'

'मैं तो चाहती हूं। मैं तो इस काम से बुरी तरह बोर हो चुकी हूं। काम तो यह है नहीं। बैठी मक्खियां ही मारती हूं।'

'लेकिन कुछ तो करने को होता होगा?'

उसने इनकार में सिर हिलाया, कुछ कहने के लिए मुंह खोला और फिर ख्याल बदल दिया।

मैं प्रतीक्षा करता रहा।

'तुम किस चीज की बात कर रहे हो?' उसने पूछा– 'तुम्हें नर्सिंग की जरूरत है?'

'नहीं, मुझे नहीं, हालांकि मुझे खुशी होती। मेरे एक दोस्त को जरूरत है। उसका एक फेफड़ा लोहे का है। उसे एक ऐसी खूबसूरत नर्स की जरूरत है, जो उसकी दिलजोई

कर सके। उसके पास बहुत पैसा है। तुम चाहो तो मैं उससे बात कर सकता हूं।'

वह कुछ क्षण सोचती रही, फिर उसने इनकार में सिर हिला दिया।

'मैं नहीं कर सकती। करना चाहती हूं, लेकिन कुछ कठिनाइयां हैं।'

'कठिनाइयां तो नहीं होनी चाहिए। तुम्हारी एसोसिएशन सब ठीक कर देगी।'

'मैं नर्सिंग एसोसिएशन की नौकरी में नहीं हूं।'

'फिर तो काम और भी आसान है। अगर तुम अपनी मर्जी की मालिक हो तो...।'

'मैं डॉ. साल्जर के साथ अनुबंधित हूं। वह फुटहिल बोल्वर्ड पर साल्जर सैनिटेरियम चलाता है। नाम सुना होगा तुमने।'

'सुना है। क्या मारीन का डॉक्टर वह है?'

'हां, कम-से-कम मेरे ख्याल से तो वही है। वह उसे देखने तो आता नहीं।'

'तो क्या उसने कोई असिस्टेंट रखा हुआ है?'

'नहीं, लड़की के करीब कोई भी नहीं आता।'

'अजीब बात है। क्यों, है न?'

'तुम बहुत सवाल पूछते हो?'

मैं हंसा।

'यूं ही। क्या उसकी हालत इतनी खराब नहीं कि डॉक्टर का उसे देखना जरूरी हो?'

'सच पूछो तो मुझे कुछ नहीं मालूम। मैंने मरीज को कभी नहीं देखा है।'

'क्या?' मैं हैरानी से उसका मुंह देखने लगा। 'क्या मतलब? तुम उसकी तीमारदारी करती हो या नहीं?'

'मुझे बात तुम्हें बतानी नहीं चाहिए, लेकिन मुझे भी चिंता लगी हुई है और मैंने किसी से तो बात करनी ही है। वादा करो कि तुम किसी से आगे बात नहीं करोगे।'

'मैंने किससे बात करनी है? क्या तुम यह कहना चाहती हो कि तुमने मारीन क्रास्बी को कभी नहीं देखा?'

'हां, नर्स फ्लेमिंग मुझे उसके कमरे में जाने ही नहीं देती। मेरा काम तो आगंतुकों को टरकाते रहना है। चूंकि अब तो कोई आता ही नहीं, इसलिए मेरे पास करने के लिए

कोई काम ही नहीं है।'

'तो फिर रात को क्या करती हो?'

'कुछ भी नहीं। सोई रहती हूं। टेलीफोन आने पर मुझे उसका जवाब देना होता है, लेकिन टेलीफोन आता ही नहीं कभी।'

'कभी नर्स फ्लेमिंग की गैरहाजिरी में तो मारीन के कमरे में झांका होगा?'

'कभी नहीं झांका। दरवाजे को तो ताला लगा रहता है। मेरा तो दावा है कि वह घर में है ही नहीं।'

'तो और कहां होगी?' अब मैं अपनी उत्तेजना छुपाने की कोशिश तक नहीं कर रहा था।

'अगर नर्स फ्लेमिंग की बात ठीक है, तो वह सैनिटेरियम में हो सकती है।'

'क्या कहती है वह?'

'मैंने बताया था तुम्हें। मारीन के मादक पदार्थों के नशे की आदत का उपचार हो रहा है।'

'अगर वह सैनिटेरियम में है, तो यह धोखा क्यों? वे साफ ही क्यों नहीं कह देते कि वह वहां है? दो नर्सें लगाकर यह धोखाधड़ी करने की क्या जरूरत है कि वह एस्टेट में है?'

'अगर मुझे मालूम होता तो तुम्हें जरूर बताती।' वह बोली। उसने अपना गिलास खाली कर दिया– 'बड़ी अजीब बात है, जब भी आते हो मारीन क्रास्बी की ही चर्चा शुरू हो जाती है।'

'हर वक्त नहीं।' मैं उठकर दीवान के पास पहुंचा और उसकी बगल में बैठ गया– 'क्या तुम साल्जर को छोड़ नहीं सकतीं?'

'उसके साथ मेरे अनुबंध के अभी दो साल और बाकी हैं। मैं उसे नहीं छोड़ सकती।'

मैं अपनी उंगलियों से उसका घुटना सहलाने लगा।

'साल्जर कैसा आदमी है? सुना है खब्ती है।'

उसने मेरे हाथ पर तमाचा मारा।

'वह ठीक है। वह होगा खब्ती, लेकिन जिन लोगों का वह इलाज करता है, वह खा-खाकर मुटियाये हुए होते हैं। वह उन्हें भूखा मारता है और मोटी फीस भी वसूल करता है। यह काम करने के लिए तुम्हारा प्रशिक्षण प्राप्त आदमी होना जरूरी नहीं होता।'

मेरा हाथ भटकता हुआ फिर उसके घुटने पर पहुंच गया।

'क्या तुम यह पता लगा सकती हो कि मारीन सैनिटेरियम में है या नहीं?' मैंने पूछा। मेरा हाथ एक पेचीदी मंजिल तय करने की कोशिश कर रहा था।

उसने फिर मेरे हाथ पर तमाचा मारा–इस बार बड़ी जोर से।

'फिर मारीन की चर्चा।'

मैं अपना हाथ सहलाने लगा।

'बड़े जोर का तमाचा मारती हो।'

वह हंसी।

'जब सूरत मेरे जैसी हो तो जोर का तमाचा मारना अपने आप आ जाता है।'

तभी कॉलबेल बजी।

'जवाब मत देना।' मैं बोला– 'अब मैं मारीन के बारे में बात न करने के लिए तैयार हूं।'

'पागल मत बनो।' वह दीवान से उठती हुई बोली– 'कोई फेरीवाला होगा।'

'उसमें ऐसा क्या है, जो मुझमें नहीं?'

'वापस आकर बताऊंगी। तुम्हें खुश करने के लिए मैंने भूखा नहीं रहना।'

वह कमरे से बाहर निकल गई। अपने पीछे वह दरवाजा बंद करती गई। मैंने नया जाम तैयार कर लिया और दीवान पर लेट गया। उसने मुझे बड़ी दिलचस्प बातें बताई थीं। उजड़ा हुआ बाग, जुआ खेलते चायना-मैन, धूप सेंकता शोफर, धूम्रपान करता हुआ खानसामा–सब इस बात के सबूत थे कि मारीन क्रैस्टवेज में नहीं रह रही थी। तो फिर कहां थी? सैनिटेरियम में? क्या वाकई उसकी नशे की आदत का इलाज हो रहा था वहां? नर्स फ्लेमिंग को मालूम होगा। डॉ. साल्जर को भी मालूम होगा। शायद ब्रेनी ड्वान और योदोरा को भी मालूम था। शायद ग्लिन एंड कापली मेरी पीठ पर हों, तो ब्रैंडन कोई बखेड़ा खड़ा करने का हौसला नहीं कर सकता था। ग्लिन एंड कापली रैंक कैलीफोर्निया के सर्वोच्च, सर्वश्रेष्ठ और सबसे अधिक महंगे वकील थे। इनकी सैनफ्रांसिस्को,

हॉलीवुड, न्यूयॉर्क और लंदन में ब्रांचें थीं। वे ऐसे लोग नहीं थे, जो ब्रैंडन जैसे बदमाश पुलिस को कोई बेजा हरकत करने की इजाजत दे दें। वे चाहें तो इतना प्रभाव रखते थे कि ब्रैंडन की नौकरी छुड़वा सकते थे।

मैंने अपनी आंखें बंद कर लीं और सोचने लगा कि कितना अच्छा हो, अगर ब्रैंडन का पत्ता साफ हो आए और कोई मिफलिन जैसा अच्छा, ईमानदार पुलिस कप्तान हैडक्वार्टर का इंचार्ज बन जाए। फिर मेरा काम कितना आसान हो जाएगा। जब मुझे अंधेरी गलियों में पिटवाए जाने की धमकियों के स्थान पर पुलिस का सहयोग प्राप्त होने लगेगा।

तभी मुझे सूझा कि नर्स गर्नी को गए हुए जरूरत से ज्यादा देर हो चुकी थी। मैं उठकर बैठ गया। उसकी बात करने की आवाज भी नहीं आ रही थी। कुछ भी सुनाई नहीं दे रहा था। मैंने गिलास रख दिया और उठ खड़ा हुआ। मैंने कमरा पार करके दरवाजा खोला और लॉबी में झांका। मुख्य द्वार आधा खुला था, लेकिन वहां दिखाई कोई नहीं दे रहा था। मैं गलियारे में झांका, गलियारा खाली था। मैं लॉबी में लौट आया। शायद वह बाथरूम में थी–मैंने सोचा–और मैं सिटिंग रूम में वापस लौट आया। मैं बैठकर प्रतीक्षा करने लगा। मेरी बेचैनी बढ़ती जा रही थी। पांच मिनट बाद अपना जाम खत्म करके मैं फिर दरवाजे पर पहुंचा।

अपार्टमेंट में कहीं से रेफ्रिजरेटर ने अजीब-सी आवाज निकाली। मैं एकदम बौखला गया। मैंने उच्च स्वर में आवाज लगाई– 'हैलो!' कोई जवाब नहीं मिला। मैं जल्दी से चलता हुआ सामने दरवाजे के पास पहुंचा। मैंने भीतर झांका। वह उसका बेडरूम मालूम होता था, लेकिन वह वहां नहीं थी। मैंने पलंग के नीचे भी झांका। मैंने बाथरूम, किचन और एक अन्य कमरे का चक्कर लगाया। वह कहीं नहीं थी। मैं वापस लिविंग रूम में पहुंचा। मैंने दाएं-बाएं देखा। बंद दरवाजों ने वापस मेरी ओर देखा। कुछ हिला नहीं, कुछ हुआ नहीं। गलियारे के दोनों तरफ बंद दरवाजों की लंबी कतार थी, लेकिन नर्स गर्नी कहीं नहीं थी।

10

मैंने लिविंग रूम की खिड़की में से खाली-खाली आंखों से नीचे खड़ी ब्यूक की

ओर देखा।

सिर्फ हाउसकोट पहनकर नंगे पांव कहां जा सकती थी वह? फिर एकाएक मेरी आंखों के सामने मरी पड़ी योदोरा ड्रिपु का वीभत्स चेहरा घूम गया।

कुछ क्षण मैं अनिश्चित-सा खड़ा रहा। मैं कुछ कर नहीं सकता था। आगे बढ़ने के लिए मेरे पास कोई सूत्र नहीं था। दरवाजे की घंटी बजती है। वह कहती है– कोई फेरीवाला आया होगा। वह लॉबी में जाती है। वह गायब। कोई चीख-पुकार नहीं। कोई खून-खच्चर नहीं, कुछ नहीं।

लेकिन मुझे कुछ तो करना था। मैं फिर सामने दरवाजे के पास पहुंचा। उसे खोलकर मैंने गलियारे के पार के अपार्टमेंट के दरवाजे की ओर झांका। मैंने उसके सामने पहुंचकर उसकी घंटी बजाई। लगभग फौरन दरवाजा खुला, जैसे मेरे सामने खड़ी औरत घंटी ही बजने का इंतजार कर रही थी।

वह सफेद बालों और नीली आंखों वाली थुलथुल जिस्म की औरत थी। उम्र कोई पचास साल होगी। मुझे देखकर मुस्कराई, तो मुझे दांत साफ नकली मालूम हुए। वह भूरे रंग का बड़ा कीमती लगने वाला कोट और स्कर्ट पहने थी। अपने हाथ में वह एक कागज का लिफाफा थामे थी।

'गुड मॉर्निंग।' वह नकली दांत चमकाती हुई बोली।

मैं सकपकाया। मैं ऐसी औरत से सामना होने की अपेक्षा नहीं कर रहा था।

'मैं तकलीफ देने के लिए माफी चाहता हूं।' मैं अपना हैट सिर से ऊंचा करता हुआ बोला– 'मैं नर्स गर्नी को तलाश करने की कोशिश कर रहा था।' मैंने अपनी पीठ पीछे अधखुले दरवाजे की ओर संकेत किया। 'वह जो वहां रहती है।'

वृद्धा ने लिफाफे में से एक बेर निकाला। कुछ क्षण उसे गौर से देखा, संदिग्ध निगाहों से उसे घूरा और अंत में संतुष्टिपूर्ण ढंग से सिर हिलाते हुए उसे मुंह में रख लिया। मैं सम्मोहित-सा उसे देखता रहा।

'हां।' वह बोली– 'वहीं रहती है वह।' उसने मुंह से बेर की गुठली निकाली और उसे लिफाफे में डाल दिया। वह बोली– 'बेर खाओ।'

मैंने उसका शुक्रिया अदा किया और कहा कि मैं बेर नहीं खाता।

'बड़ी अच्छी चीज है।' उसने एक और बेर निकाला, लेकिन इस बार वह बेर उसे

नहीं जंचा। उसने उसे लिफाफे में वापस डालकर नया अपनी पसंद का बेर निकाल लिया।

'आपने उसे देखा है?' मैंने व्यग्र स्वर में पूछा।

'किसे?'

'नर्स गर्नी को। मैं अभी यहां पहुंचा हूं। उसका दरवाजा तो खुला है, लेकिन भीतर से कोई जवाब नहीं मिल रहा।'

वह भावहीन ढंग से बेर चबाती रही। गुठली को लिफाफे में डाल चुकने के बाद बोली– 'तुम्हें बेर खाने चाहिए। तुम्हारे चेहरे की रंगत स्वस्थ शरीर वाली नहीं है। मैं दो पौंड बेर रोज खाती हूं।'

'शायद मैं भी किसी दिन बेर खाने की आदत डाल सकूं।' मैं धैर्यपूर्ण स्वर में बोला– 'नर्स गर्नी आपके अपार्टमेंट में तो नहीं?'

जब भी मेरा ऐसी औरत से वास्ता पड़ता था, मैं बड़ा खुश होता था कि मैं कुंआरा था।

'यहां क्यों होगी भला वह?'

मेरा खून खौलने लगा।

'देखिए, उसके अपार्टमेंट का सामने का दरवाजा खुला है। वह अपने अपार्टमेंट में मौजूद नहीं मालूम होती। मैं सोच रहा था, कहीं वह बातचीत करने आपके पास तो नहीं आई?'

एक और बेर प्रकट हुआ। मैंने निगाहें फिरा लीं।

'अरे नहीं, उसने ऐसा नहीं किया।'

शुक्र है, कोई तो जवाब मिला–मैंने सोचा।

'आप जानती हैं, वह कहां होगी?'

गुठली प्रकट हुई और लिफाफे में पहुंच गई।

'शायद वह अपने बाथरूम में ही...।' वह बोली– 'थोड़ी देर इंतजार करो और उसके बाद फिर घंटी बजाना।'

'वह वहां नहीं है। मैंने देखा है।'

वह एक और बेर खाने ही लगी थी कि ठिठक गई। उसने तिरस्कारपूर्ण निगाहों से मेरी ओर देखा और बोली– 'ऐसा करना तो कोई भली बात नहीं कही जा सकती।'

मेरा अपने बाल नोच डालने का जी चाहने लगा।

'मैंने पहले दरवाजा खटखटाया था।' मैं दांत पीसता हुआ बोला– 'खैर, अगर वह आपके अपार्टमेंट में नहीं है, तो मैं वापस जाकर फिर कोशिश करता हूं।'

'मुझे मालूम है, तुम्हारी जगह मैं होती तो क्या करती।' वह बोली।

'क्या करतीं आप?' मैंने पूछा।

'मैं नीचे जाकर जेनिटर से मिलती। वह बड़ा अच्छा आदमी है। तुम्हारी मदद जरूर करेगा।' फिर उसने अगली बात जोड़कर बेड़ागर्क कर दिया– 'बेर नहीं खाओगे? एक भी?'

'जी नहीं, मैं नहीं खाऊंगा। धन्यवाद! मैं आपकी राय के मुताबिक जाकर जेनिटर से मिलता हूं। मुझे खेद है, मैंने आपका इतना वक्त लिया।'

'कोई बात नहीं।' वह बोली और मुस्कराई।

मैं पीछे हटा। दरवाजा बंद करते-करते भी उसने अपने मुंह में एक और बेर रख लिया।

मैं बेसमेंट में पहुंचा। एक दरवाजे पर 'जेनिटर' लिखा था।

मैंने दरवाजा खटखटाया। एक दुबला, मैला-कुचैला बूढ़ा बाहर निकला। उसने भावहीन ढंग से मुझे देखा और फिर बोला– 'यस?'

मुझे लगा, जब तक वह ऊंघता हुआ-सा बूढ़ा चौकस नहीं होगा, मुझे उससे कोई मदद हासिल नहीं होगी। उसकी सूरत से ऐसा लगता था, जैसे वह अपनी अंधेरी कोठरी से कभी-कभार ही बाहर निकलता था।

मैंने आगे को झुककर उसके कोट की जेब में एक उंगली फंसाई और उसे हल्का-सा झटका दिया।

'सुनो, बाबाजी।' मैं आर्किड सिटी के पुलिसियों जैसे कर्कश स्वर में बोला– 'जरा होश में आओ। मुझे तुम्हारे सहयोग की जरूरत है।' बात करते समय मैंने उसे थोड़ा-थोड़ा आगे-पीछे झुलाया– 'अपार्टमेंट 246, क्या किस्सा है?'

उसने दो बार थूक निगली।

'क्या किस्सा है?' वह पलकें झपकाता हुआ बोला– 'क्या हुआ अपार्टमेंट 246 को?'

'मैं तुमसे पूछ रहा हूं। मुख्य द्वार खुला है। भीतर कोई भी नहीं है। अब कुछ समझ में आया? अगर कोई मुख्य द्वार यूं खुला रह गया हो तो तुम्हें उसकी खबर होनी चाहिए।'

'लेकिन वह तो अपने अपार्टमेंट में है। इस वक्त वह हमेशा अपने अपार्टमेंट में होती है।'

'लेकिन आज नहीं है। आओ, मेरे साथ ऊपर चलो।'

वह एक पालतू कुत्ते की तरह मेरे साथ चल दिया। लिफ्ट में वह मरे स्वर में बोला– 'वह तो बड़ी अच्छी लड़की है। पुलिस उससे क्या चाहती है।'

'मैंने कब कहा है कि पुलिस उससे कुछ चाहती है।' मैं उस पर गुर्राता हुआ बोला– 'मैं सिर्फ यह जानना चाहता हूं कि जब वह भीतर नहीं है, तो अपार्टमेंट का मुख्य द्वार खुला क्यों है?'

'कहीं गई होगी और जाते समय दरवाजा बंद करना भूल गई होगी।' वह सोचता हुआ बोला।

'होशियारी दिखाने की कोशिश कर रहे हो।' लिफ्ट रुकी।

'तुमने उसे इमारत से बाहर जाते देखा था?'

'नहीं।'

'अगर वह बाहर गई होती, तो तुम्हें दिखाई दी होती?'

'हां।' उसने फिर थूक निगली– 'मेरा कमरा इमारत के मुख्य द्वार के एकदम सामने है।'

'तुम्हें पूरा विश्वास है कि पिछले दस मिनटों में वह इमारत से बाहर नहीं गई?'

उसे पूरा तो क्या आधा विश्वास भी नहीं था। उसके कथनानुसार उस समय वह अपना खाना पका रहा था।

हम नर्स गर्नी के अपार्टमेंट में पहुंचे। हमने सारा अपार्टमेंट फिर छान मारा। वह वहां नहीं थी।

'मुख्य द्वार से गुजरे बिना वह इस इमारत से बाहर कैसे निकल सकती थी?' मैं बोला।

उसने बताया कि इमारत से बाहर निकलने का वही एक रास्ता था।

मैंने सामने अपार्टमेंट की ओर इशारा किया।

'वह बूढ़ी औरत कौन है, जो बेर खाती रहती है?'

'बेर?' उसने यूं शब्द दोहराया, जैसे वह मुझे पागल समझ रहा हो।

'हां, कौन है वो?'

उसने अपार्टमेंट 244 के दरवाजे पर निगाह डाली, पलकें झपकाईं, फिर उसकी भयभीत बूढ़ी आंखें मुझ पर आकर टिक गईं।

'244 में, मि.?'

'हां।'

'वहां तो कोई भी नहीं रहता। वह अपार्टमेंट तो खाली है।'

मेरे शरीर में ठंडक की लहर दौड़ गई। मैं लपककर 244 के दरवाजे पर पहुंचा। मैंने घंटी के बटन में अपना अंगूठा गड़ा दिया। भीतर से घंटी बजने की आवाज आई, लेकिन उसकी प्रतिक्रिया कुछ नहीं हुई। कोई दरवाजा खोलने नहीं आया।

'तुम्हारे पास 'की' है?'

उसने अपनी जेब से एक चाबी निकालकर मुझे थमा दी।

'भीतर कोई नहीं है, मिस्टर।' वह बोला– 'यह अपार्टमेंट हफ्तों से खाली पड़ा है।

मैंने ताला खोला, दरवाजे को धक्का दिया और नर्स गर्नी के अपार्टमेंट जैसी ही छोटी-सी लॉबी में दाखिल हुआ। मैं तेजी से सारे कमरों में चक्कर काट आया। अपार्टमेंट एकदम खाली और वीरान था।

बाथरूम की खिड़की में से मुझे फायर एस्केप दिखाई दिया। मैंने खिड़की को धक्का देकर खोला और बाहर झांका, जो आगे जाकर स्काई लाइन एवेन्यू से मिलती थी। किसी शक्तिशाली आदमी के लिए एक लड़की को उठाकर फायर एस्केप की सीढ़ियां उतर जाना मामूली काम था। गली में शायद कोई प्रतीक्षारत कार मौजूद होगी।

मैं तनिक और आगे झुका तो फायर एस्केप की एक सीढ़ी पर मुझे एक बेर की

गुठली पड़ी दिखाई दी। काश! वह उसे निगल गई होती। शायद इसी से उसका दम घुट जाता।

11

एक वक्त था, जब मैं बड़े गौरवपूर्ण ढंग से सोचा करता था कि हमारे कार्यालय जैसा प्रभावशाली, खूबसूरत और सुपर डीलक्स कार्यालय किसी का नहीं होगा। मैंने और पाला ने फर्नीचर, कालीन, परदों और बुक-केसों पर अपनी मेहनत से कमाया हुआ ढेरों पैसा खर्च किया था। हमने भारी कीमतें देकर उस्ताद कलाकारों की दो-तीन पेंटिंग भी कार्यालय में टांगने के लिए खरीदी थीं। मैंने उस इमारत के और भी कई कार्यालय देखे थे। कुछ हमसे घटिया थे, कुछ हमसे जरा अच्छे थे, लेकिन हमने उनका कभी रौब नहीं खाया था। लेकिन जब मैंने मि. गिलन एंड कापली अटार्नी एट लॉ के अध्यक्ष मैनफ्रेड के कार्यालय में कदम रखा, तो मुझे फौरन अनुभव हुआ कि उसके कार्यालय के सामने हमारा कार्यालय तो कूड़ा डालने वाले ड्रम जैसा था।

वह आबनूस की लकड़ी से मढ़ी दीवारों तथा ऊंची छत वाला एक विशाल कमरा था। तीन विशाल खिड़कियों के सामने इतनी बड़ी मेज लगी हुई थी कि उस पर बिलियर्ड खेला जा सकता था। फायर प्लेस इतनी बड़ी थी कि उसमें हाथी खड़ा किया जा सकता था। मेज पर रखा लिखने का साजो-सामान ठोस चांदी का था। कमरा वातानुकूलित था और इस हद तक साउंड प्रूफ था कि आपके पेट में हल्की-सी गड़बड़ हो तो लगे जैसे बादल गरजे हों।

अपनी विशाल मेज के पीछे एक घूमने वाली कुर्सी पर बैठा मैनफ्रेड विलेट सिगरेट पी रहा था। वह लगभग पैंतालीस साल का लंबा, ऊंचा, ठोस व्यक्ति था। वह निहायत खूबसूरत व्यक्ति था। उसका चेहरा भी मेज की आबनूस की लकड़ी जैसा ही साफ-सुथरा और चमकदार था। उसके लंदन कट सूट को देखकर किसी फिल्म स्टार को भी रश्क हो सकता था।

वह चुपचाप, पूर्णतया भावहीन ढंग से अपनी हरी आंखें, अपने चांदी के कमलदान पर टिकाए मेरी बात सुनता रहा।

शुरुआत मैंने उसे जानेट क्रास्बी की चिट्ठी दिखाकर की। फिर मैंने उसे बताया कि मैं क्रैस्टवेज गया था, जगह की कैसी हालत थी, जानेट के बारे में यह समझा जाता था कि वह बीमार थी और दिल का दौरा पड़ने से दो दिन पहले वह टेनिस खेल रही थी। मैंने डॉक्टर बेबली का भी जिक्र किया और उसे बेनी इ्वान के बारे में भी बताया, जो डॉ. साल्जर के लिए काम करता था और जो मेरा पीछा करता रहा था। फिर मैंने उसे बताया कि कैसे मैं योदोरा ड्रिपु से मिलने गया, कैसे मेरे बाद वहां बेनी ड्वान पहुंचा और उसके केबिन से बाहर निकलते ही लड़की मरी पाई गई। मैंने उसे ब्रैंडन की धमकी के बारे में भी बताया, जिसके अंतर्गत उसने मुझे डॉ. साल्जर और मारीन से दूर रहने की चेतावनी दी थी। मैंने उसे यह भी इशारा किया कि ब्रैंडन उनकी तरफदारी क्यों कर रहा था। फिर मैंने बताया कि कैसे ड्वान ने मुझे गोली मारने की कोशिश की थी और फिर कैसे वह किसी ऐसे शख्स द्वारा गोली मार दी गई थी, जिसकी कार में डायमंड ट्रीड वाले टायर लगे हुए थे। मैंने यह भी बताया कि सार्जेंट मेकग्राथ और हार्टसल ऐसे ही टायरों वाली कार पर वहां पहुंचे थे। अंत में मैंने उसे बताया कि कैसे मैं नर्स गर्नी के अपार्टमेंट में रुका था, कैसे वहां मेरा एक बेर खाने वाली बुढ़िया से वास्ता पड़ा था और फिर कैसे नर्स गर्नी गायब हो गई थी। वह लंबी कहानी थी, जो उसने बिना किसी भी प्रकार की टोका-टाकी के बड़े धीरज के साथ सुनी।

'यह है जी कहानी।' अंत में मैं बोला– 'मेरा ख्याल था कि एस्टेट के ट्रस्टी होने के नाते आपको यह सब मालूम होना चाहिए था। और मुझे ब्रैंडन ने पांच सौ डॉलर भी लौटाने के लिए कहा है।' मैंने अपने बटुए से पांच सौ डॉलर के नोट निकालकर उसकी ओर सरका दिए। 'अब मेरा तो वास्ता खत्म। लेकिन यदि आप इस बारे में तफ्तीश जरूरी समझें, तो मुझे काम को आगे बढ़ाकर खुशी होगी। ईमानदारी की बात यह है कि मि. विलेट, इस केस में मेरी दिलचस्पी पैदा हो गई है।'

उसने मेरी ओर देखा, लेकिन ऐसा नहीं लगा जैसे वह मुझे देख रहा हो। वह सोच रहा था।

'बड़ी असाधारण कहानी है।' एकाएक वह बोला– 'अगर मैं आपकी संस्था की प्रसिद्धि से पहले से परिचित न होता, तो मुझे उम्मीद नहीं, मैं इस पर विश्वास कर पाता। आप पहले भी हमारे कई क्लाइंटों के लिए बड़े पेचीदे काम कर चुके हैं और वे अकसर आपकी तारीफ करते हैं। जो कुछ आपने मुझे बताया है, उसमें तो तफ्तीश निहायत जरूरी मालूम होती है और मुझे खुशी होगी, अगर तफ्तीश आप ही जारी रखें।' वह कुर्सी

पीछे धकेलकर उठ खड़ा हुआ– 'लेकिन यह जरूरी है कि जो कुछ आप करें, गुप्त रूप से करें। तफ्तीश से हमारी फर्म का रिश्ता न जोड़ा जाए। हम आपकी फीस देने के लिए तैयार हैं, लेकिन आपने हमारा नाम जाहिर नहीं करना है। हमारी स्थिति बड़ी पेचीदी है। जब तक हमें विश्वास न हो जाए कि कोई गड़बड़ है, हमें मिस क्रास्बी के किसी मामले में दखल नहीं देना चाहिए और ऐसा विश्वास फिलहाल हमें नहीं हो रहा है। हालांकि सबूत पेश कर सकें और इन घटनाओं का संबंध मिस क्रास्बी के साथ जोड़ सकें, तो हम खुलकर सामने आ सकते हैं। लेकिन उससे पहले नहीं।'

'लेकिन इससे मेरी स्थिति बड़ी अटपटी हो जाती है।' मैं बोला– 'मैं तो यह आशा कर रहा था कि आप लोग मेरी पीठ पर होंगे, तो ब्रैंडन मुझे तंग नहीं कर सकेगा।'

'मुझे उम्मीद है कि आप हमारी मदद के बिना भी ब्रैंडन से भुगत लेंगे। लेकिन अगर कोई मुश्किल पेश आए, तो आप उसे यह बता सकते हैं कि मैं आपका वकील हूं। अगर उसने कोई ज्यादती की तो मैं बिना पैसा लिए कोर्ट में आपका प्रतिनिधित्व करूंगा।'

'क्या कहने।' मैं व्यंग्यपूर्ण स्वर में बोला– 'तब तक चाहे वह मेरे हाथ-पांव तुड़वा चुका हो।'

'आप अपने निजी खतरे का हर्जाना भी अपनी फीस में जमा कर सकते हैं।' वह सहज भाव से बोला– 'आखिरकार आप जैसे धंधे में ऐसे खतरे तो उठाने ही पड़ते हैं।'

मैंने कंधे झटकाए। अब तो मैं आसमान छूने वाली फीस लूंगा–मैंने सोचा।

'ठीक है।' मैं बोला– 'फिर मैं आगे बढ़ सकता हूं।'

वह हाथ पीठ पीछे बांधे कमरे में चहलकदमी करने लगा।

'हां, जरूर।'

'मैं कुछ सवाल पूछना चाहता हूं।' मैं नई सिगरेट सुलगाता हुआ बोला– 'आपने आखिरी बार मारीन क्रासबी को कब देखा था?'

'जानेट के अंतिम संस्कार पर। तब से मैंने उसे नहीं देखा। जरूरत ही नहीं पड़ी। हमें अगर किन्हीं कागजों पर उसके हस्ताक्षरों की जरूरत होती है, तो वे उसे डाक से भेज देते हैं।'

'आपने यह नहीं सुना कि वह बीमार है?'

'नहीं।'

'आप संतुष्ट हैं कि मैकडोनाल्ड क्रास्बी की मौत दुर्घटनावश ही हुई थी?'

उसे इस प्रश्न की आशा नहीं थी। उसने तीखी निगाहों से मेरी ओर देखा।

'क्या मतलब? दुर्घटना ही तो थी वह।'

'क्या वह आत्महत्या नहीं हो सकती थी?'

'क्रास्बी के आत्महत्या करने की कोई वजह नहीं थी।'

'आपकी जानकारी में।'

'अगर किसी आदमी के पास रिवाल्वर हो तो वह शाटगन से आत्महत्या नहीं करता। क्रास्बी के पास रिवाल्वर थी, फिर शाटगन क्यों?'

'अगर उसने आत्महत्या की होती तो क्या उसकी एस्टेट पर कोई असर पड़ता?'

'जरूर पड़ता।' वह तनिक सकपकाकर बोला– 'उसने पंद्रह लाख डॉलर का जीवन बीमा करवाया हुआ था। पॉलिसी में एक धारा थी, जिसके अनुसार आत्महत्या से मृत्यु होने पर बीमा रद्द समझा जाता।'

'बीमे की रकम किसे मिली थी?'

'आप इतना कुछ क्यों पूछ रहे हैं?' वह वापस जाकर अपनी कुर्सी पर बैठता हुआ बोला।

'यह बात मुझे बड़ी अजीब लगी है कि उसकी मौत के प्रमाणपत्र पर डॉ. साल्जर ने हस्ताक्षर किए, जो कि प्रशिक्षण प्राप्त डॉक्टर नहीं है। कोरोनर और ब्रैंडन ने जरूर इस पर अपनी सहमति प्रकट की होगी। मैं अपने आपको यह विश्वास दिलाने की कोशिश कर रहा हूं कि क्रास्बी की मौत में कोई भयानक बात नहीं थी। मान लीजिए, उसने आत्महत्या की थी। आपके अनुसार उस सूरत में एस्टेट को पंद्रह लाख का घाटा हो जाता। लेकिन एक बदमाश डॉक्टर, एक बेईमान कोरोनर और लालची पुलिस कप्तान गठजोड़ कर लें, तो क्या उस आत्महत्या को दुर्घटना की सूरत दे देना बहुत कठिन काम है?'

'बड़ी खतरनाक बात कह रहे हैं आप। क्या साल्जर प्रशिक्षण प्राप्त नहीं है?'

'नहीं, बीमे की रकम किसे मिली थी?'

'वह जानेट के लिए छोड़ी गई थी। उसकी मौत की सूरत में मारीन के लिए।'

'तो मारीन के पास अब ये पंद्रह लाख डॉलर नकद भी हैं। ठीक?'

'हां, मैंने जानेट को यह रकम किसी काम-धंधे में लगाने के लिए मनाने की कोशिश की थी, लेकिन उसने रकम बैंक में ही जमा रखने को मुनासिब समझा था। उसकी मौत पर यह रकम नकद ही मारीन को मिल गई थी।'

'क्या वह अभी भी बैंक में है?'

'उम्मीद तो यही है। मेरी उसके बैंक के खाते तक पहुंच नहीं है।'

'आप पहुंच कर तो सकते हैं?'

कुछ क्षण वह सोचता रहा।

'कर सकता हूं, लेकिन करना क्यों चाहूंगा।'

'यह जानना काम आ सकता है कि क्रास्बी कितनी रकम छोड़कर मरा है।' मैंने मेज पर पड़ी जानेट की चिट्ठी की ओर संकेत किया– 'और फिर ब्लैकमेल की बात भी है। लेकिन अगर कोरोनर फ्रैंकलिन लैसवेज और ब्रैंडन की जुबान बंद रखी जाती है, तो संभव है वह रकम काफी घट चुकी हो। अच्छा हो अगर आप पता लगाएं।'

'ऑल राइट! मैं देखूंगा क्या किया जा सकता है।' वह विचारपूर्ण ढंग से अपने जबड़े को मसलता हुआ बोला– 'अगर जो कुछ आप कह रहे हैं, वह सच है तो मेरे ख्याल से हम साल्जर के खिलाफ एक्शन ले सकते हैं। उसे प्रमाणपत्र पर हस्ताक्षर करने का कोई अधिकार नहीं था, लेकिन अभी मैं खुले में आने के लिए उत्सुक नहीं हूं। इस बात में कोई संदेह नहीं मालूम होता कि गोली दुर्घटनावश चली थी। बीमा कंपनी ने अपनी पूरी तसल्ली कर ली थी।'

'उनकी तसल्ली तो ब्रैंडन और कोरोनर के प्रमाणपत्र पर हस्ताक्षर कर देने से ही हो गई होगी। लगता है साल्जर लैसवेज और ब्रैंडन दोनों को पैसा दे रहा है। लैसवेज के बारे में आप क्या जानते हैं?'

'वह खरीदा जा सकता है, नाम बदनाम है उसका।'

'जानेट क्रास्बी को आप अच्छी तरह जानते थे?'

'नहीं, दो-तीन बार मुलाकात हुई थी और बस।'

'आपको वह कमजोर दिल वाली लड़की लगती थी?'

'नहीं, लेकिन इससे कोई फर्क नहीं पड़ता। बहुत लोगों का दिल कमजोर होता है, लेकिन सूरत से जाहिर नहीं होता।'

'लेकिन वैसे लोग जानेट की तरह मरने से दो दिन पहले टेनिस नहीं खेलते।'

अब उसके चेहरे पर चिंता के लक्षण दिखाई दे रहे थे।

'तुम क्या कहना चाहते हो?'

'कुछ नहीं। मैं तो सिर्फ एक हकीकत बयान कर रहा हूं। मुझे इस बात का पूरा यकीन है कि वह दिल का दौरा पड़ने से मरी थी।'

'कहीं तुम यह तो नहीं कहना चाहे रहे कि...।'

'अभी नहीं, लेकिन आपको इस संभावना पर ध्यान रखना चाहिए।'

बात उसे पसंद नहीं आई।

'एक क्षण के लिए इसे छोड़िए।' मैं बोला– 'जरा मारीन क्रास्बी पर फिर आइए। घर की हालत और नर्स गर्नी की बताई बातों से मुझे इस बात की पूरी संभावना दिखाई देती है कि वह क्रैस्टवेज में नहीं रही। अगर वह यहां नहीं है, तो कहां है?'

'हां।' वह बोला– 'यह बात तो है।'

'क्या वह साल्जर के सैनिटेरियम में है? क्या आपको कभी यह बात सूझी है कि शायद वह वहां कैद हो?'

वह एकदम चौंका।

'तुम्हारी कल्पना जरूरत से ज्यादा उड़ानें भरने लगी मालूम होती हैं। मुझे अभी पिछले हफ्ते उसकी चिट्ठी मिली है।'

'इससे क्या फर्क पड़ता है। चिट्ठी क्यों लिखी उसने?'

'मैंने उसके हस्ताक्षरों के लिए कुछ कागजात उसे भेजे थे।' उसने उन पर हस्ताक्षर करके शुक्रिया की चिट्ठी के साथ कागजात मुझे वापस भेज दिए थे।'

'क्रैस्टवेज से?'

'नोट पेपर पर पता तो क्रैस्टवेज का ही लिखा हुआ था।'

'इससे फिर भी साबित नहीं होता कि वह कैदी नहीं है।'

'अगर ऐसी कोई बात है, तो इसका हमें फौरन पता लग सकता है। मैं उसको चिट्ठी

लिखकर यहां बुलाता हूं। मैं बिजनेस की किसी पेचीदगी में उसकी मौजूदगी का बहाना बना दूंगा।'

'अच्छा ख्याल है। फिर जो हो मुझे बताइएगा। जब आपसे मिलने के बाद वह यहां से निकलेगी, तो उसका पीछा करके मैं यह महसूस करने की कोशिश करूंगा कि वह कहां जाती है?'

'ठीक है।'

मैं उठ खड़ा हुआ।

'आप उसके बैंक का खाता भी जरूर जांच करवाइएगा।'

'हां-हां। अगला कदम क्या होगा तुम्हारा?'

'नर्स गर्नी के बारे में कुछ करना पड़ेगा। मुझे वह लड़की बहुत अच्छी लगी थी। अगर वह जिंदा है, तो मैं उसे तलाश करने की कोशिश करूंगा।'

मैं उसे भारी चिंता में डूबा छोड़कर वहां से चला आया।

12

डेस्क सार्जेंट ने मुझे बताया कि गिफलिन व्यस्त नहीं था और मैं उससे मिल सकता था। उसने आशापूर्ण नेत्रों से मेरी ओर देखा। मैं जानता था, वह आशा कर रहा था कि मैं उसे कल की रेस में जीतने वाले घोड़े का नाम बताऊंगा, लेकिन मेरा दिमाग और बातों में उलझा हुआ था।

मैं सीढ़ियों की ओर बढ़ा। रास्ते में सार्जेंट मैकग्राथ से टकरा गया।

'ओह हो! फिर आ गया अलादीन।' वह उपहासपूर्ण स्वर में बोला– 'इस बार कौन-सा बुखार चढ़ा है तुम्हें?'

उसकी सख्त आंखों में जो भाव दिखाई दिया, वह मुझे पसंद नहीं आया। वह ऐसा शख्स मालूम होता था, जो दूसरों को तकलीफ में देखकर खुश होता था। अगर पुलिसवालों ने किसी की मरम्मत करनी हो और वह काम उसे सौंपा जाता तो वह बहुत खुश होता था।

'अभी कोई बुखार नहीं चढ़ा है, लेकिन लगता है थोड़ी देर और तुम्हारे पास खड़ा रहा तो चढ़ जाएगा।' मैं बोला।

'बड़े होशियार बनते हो।' वह दांत निकालकर बोला– 'अपनी खाल में रहना। हमारी पूरी निगाह है तुम पर।'

'सिर्फ मेरी खोपड़ी में गोली मत मारना और जो मर्जी करना।' कहकर मैं आगे बढ़ गया।

मिफलिन के कमरे के दरवाजे के पास पहुंचकर मैं ठिठका। मैंने घूरकर देखा। मैकग्राथ अभी भी सीढ़ियों के सिरे पर खड़ा मुझे घूर रहा था। उसके चेहरे पर सकपकाहट के भाव थे और उसका निचला जबड़ा लटका हुआ था। हमारी आंखें मिलीं तो वह घूमा और सीढ़ियां उतर गया।

मैं मिफलिन के कमरे में दाखिल हुआ।

'तुम फिर आ गए।' मिफलिन मुझे देखते ही बोला– 'भगवान के लिए बार-बार मुझसे मिलने मत आया करो, ब्रैंडन यह पसंद नहीं करता।'

मैं एक कुर्सी खींचकर बैठ गया।

'मैं ऑफिशियल काम से आया हूं, अगर ब्रैंडन को मेरा यहां आना पसंद नहीं तो वह जाकर समुद्र में डूब मरे।'

'कौन-सा काम?'

'मिस क्रास्बी की तीमारदारी के लिए रखी गई नर्सों में से एक गायब हो गई है। इसमें ब्रैंडन को भी दिलचस्पी होनी चाहिए, क्योंकि वह डॉ. साल्जर द्वारा नियुक्त की गई नर्स है।'

'वह गायब हो गई है।' मिफलिन तनिक बौखलाया– 'क्या मतलब?'

मैंने सारी कहानी सुना दी। मैंने उसे बेर खाने वाली बुढ़िया के बारे में और फायर एस्केप की एक सीढ़ी पर पड़ी एक गुठली के बारे में खास तौर पर बताया। मैंने उसे यह भी सुझाया कि किसी शक्तिशाली व्यक्ति के लिए फायर एस्केप के रास्ते नर्स गर्नी को वहां से उठा ले जाना कितना आसान काम था।

'अजीब बात है।' मिफलिन बोला– 'कोई दो साल पहले भी साल्जर की एक नर्स गायब हुई थी। उसका आज तक पता नहीं लगा।'

'तुम लोगों ने उसे तलाश करने की कोशिश की थी?'

'क्या मतलब है तुम्हारा?' वह क्रोधित स्वर में बोला– 'हमने पूरी कोशिश की थी, लेकिन वह हमें नहीं मिली। साल्जर कहता था कि शायद वह अपने किसी प्रेमी के साथ भाग गई थी। शायद उसका बाप उसके प्रेमी से उसकी शादी की इजाजत नहीं दे रहा होगा।'

'साल्जर ने नर्स गर्नी के लापता होने की रिपोर्ट की है?'

'नहीं, उसे मौका ही नहीं मिला होगा और क्या पता वह अपने किसी काम से ही कहीं गई हो। उसके अपने अपार्टमेंट से चले जाने की कितनी ही वजहें हो सकती हैं।'

'हाउसकोट में? बिना जूते पहने? बातचीत के एकदम बीच में? क्यों अपने आपको झुठला रहे हो? यह अपहरण का मामला है और तुम खूब जानते हो।'

'मैं वहां जाकर जेनिटर से बात करूंगा और तुम इस झमेले से बाहर रहो। मैं ब्रैंडन को कह दूंगा, नर्स के गायब हो जाने की रिपोर्ट जेनिटर ने की थी।'

'मर्जी तुम्हारी।' मैं कंधे झटकता हुआ बोला– 'और यह पहले वाली नर्स का क्या किस्सा है? क्या नाम था उसका?'

मिफलिन एक क्षण हिचकिचाया और फिर उठकर फाइलिंग कैबिनेटों की कतार तक पहुंचा।

'उसका नाम एनोना फ्रीडलैंडर था।' उसने कैबिनेट में से एक फाइल निकाली और उसे अपनी मेज पर ले आया– 'हमारे पास ज्यादा जानकारी नहीं है। उसके बाप का नाम जॉर्ज फ्रीडलैंडर है। पता है–247 कैलीफोर्निया स्ट्रीट, सैन फ्रांसिस्को। वह पिछले साल पंद्रह मई को लापता हुई थी। साल्जर ने ब्रैंडन को रिपोर्ट की थी। फ्रीडलैंडर हमारे पास आया था और उसी ने हमें सुझाया था कि शायद उसकी लड़की जैक ब्रैट नामक अपने प्रेमी के साथ भाग गई थी। ब्रैट नेवी में था। एनोना के लापता होने से दो सप्ताह पहले ही वह नेवी से भाग आया था। ब्रैंडन कहता था–ज्यादा खोजबीन करने की जरूरत नहीं थी, इसलिए हमने नहीं की।'

'कभी ब्रैट का पता लगा?'

'नहीं।'

'नर्स गर्नी की तलाश कितने जोरों से करोगे?'

'पहले हमें यह विश्वास तो हो जाए कि उसका अपहरण किया गया है। ब्रैंडन तुम्हारे कहने भर से ही उसकी तलाश थोड़े ही शुरू कर देगा। यह तो साल्जर पर निर्भर करता है।'

'लगता है इस नगर का निजाम साल्जर से ही चलता है।'

'ऐसी बातें मत किया करो।'

'उसे तलाश करो टिम, नहीं तो मैं भारी बखेड़ा खड़ा कर दूंगा। मुझे वह लड़की बहुत पसंद थी।'

'हौसला रखो, अगर वह लापता हो गई है, तो हम उसे तलाश करेंगे। उस क्रैबएवल नाम के घोड़े पर तुम्हें पूरा भरोसा है न? मैं पांच डॉलर खोना नहीं चाहता।'

'क्रैबएवल को छोड़ो, तुम नर्स गर्नी की ओर ध्यान दो।' मैं बोला और कमरे से बाहर निकल गया।

मैं वापस अपने कार्यालय में पहुंचा। पाला मेरे कार्यालय में बैठी मेरा इंतजार कर रही थी।

'तफ्तीश जारी रहेगी।' मैं अपनी कुर्सी पर बैठता हुआ बोला– 'मैं विलेट से मिल चुका हूं। तफ्तीश की फीस वह अदा करेगा, लेकिन अभी वह अपनी फीस को पृष्ठभूमि में रखना चाहता है।'

'डरता है?' पाला नफरत भरे स्वर में बोली– 'यानी कि सारा खतरा तुम उठाओगे।'

'उसके लिए वह अलग से पैसा देगा।' मैं हंसता हुआ बोला। मैंने उसे अपने हैडक्वार्टर यात्रा के बारे में बताया– 'लगता है साल्जर को अपनी नर्सें गायब करवाने की आदत है। जरा तारीख पर ध्यान दो। 15 मई। इसी तारीख को जानेट मरी थी। कोई मुझे यह विश्वास नहीं दिला सकता कि उसके गायब होने का जानेट की मौत से कोई रिश्ता नहीं।'

'तुम्हारा ख्याल है कि जानेट की हत्या की गई है?'

उत्तर देने से पहले मैंने एक सिगरेट सुलगाई और तीली को सावधानी से ऐश ट्रे में डाल दिया।

'मुझे पूरी संभावना दिखाई देती है। उद्देश्य साफ है–लाखों की जायदाद। दिल के

दौरे से तो वह हरगिज नहीं मरी थी। आरसेनिक एक ऐसा जहर है, जो दिल की धड़कन फौरन बंद कर देता है। बेवली जैसा खूसट डॉक्टर बड़ी आसानी से धोखा खा सकता है।'

'लेकिन हकीकत में तुम्हें क्या पता।' पाला बोली– 'तुम यह तो नहीं सोच रहे कि मारीन ने अपनी बहन का कत्ल किया था?'

'उसे फायदा तो मोटा है। उसे लाखों की जायदाद और बीमा की रकम हासिल होती है। मैं यह नहीं कहता कि उसने ऐसा किया है, लेकिन इतनी बड़ी रकम का लालच ऐसा काम कर डालने की भारी प्रेरणा बन सकता हैं खास तौर पर तब, जबकि आप एक ब्लैकमेलर के चंगुल में भी फंसे हों। और एक बात, मुझे तो इस बात पर पूरा विश्वास नहीं कि क्रास्बी का कत्ल हुआ था। अगर शूटिंग में कोई गड़बड़ नहीं थी, तो साल्जर ने बेवली जैसे ही सही, लेकिन किसी और डॉक्टर को क्रास्बी की मौत का प्रमाणपत्र हस्ताक्षर करने के लिए क्यों नहीं बुलाया। उसे खुद हस्ताक्षर करके प्रमाणित क्यों किया? उसे कोरोनर लैसवेज और शायद ब्रैंडन को भी भुगतना था। वह या तो आत्महत्या थी या हत्या थी। मैं शर्त लगाने को तैयार हूं कि वह दुर्घटना नहीं थी। और फिर जैसे विलेट ने कहा था कि अगर किसी आदमी के पास रिवाल्वर हो तो वह शाटगन से अपने आपको क्यों शूट करेगा?'

'तुम कूदकर नतीजों पर पहुंच रहे हो, यही तुम्हारी खराबी है। अनाप-शनाप अटकलें लगाते रहते हो।'

मैंने उसे आंख मारी।

'लेकिन ऐसा करने में आनंद कितना आता है?'

13

तफरीह के लिए मैं 'जिग-सा' पजल में मन लगाया करता था। पाला उसे एक लंगड़े से खरीदकर लाया करती थी। वह आदमी अपना सारा वक्त पाला द्वारा लाकर दिए रेलवे के पोस्टरों को काट-काटकर जिग-सा पजल बनाने में ही लगाता था। बड़ी कठिन पजल होती थीं वे। एक को हल करने में तो एक बार मुझे एक महीना लग गया था।

उस काम के अपने लंबे तजुर्बे से मुझे यह मालूम हुआ था कि अकसर प्रत्यक्षत:

छोटा-सा मामूली और बेकार लगने वाला टुकड़ा ही सारी तस्वीर की चाबी साबित होता था, इसलिए मुझे ऐसे टुकड़े को तलाश करते रहने की आदत हो गई थी। इसी प्रकार जब मैं कोई तफ्तीश कर रहा था, तो मैं ऐसे ही किसी महत्त्वहीन लगने वाले सूत्र की तलाश में ज्यादा रहा करता था, जिसका प्रत्यक्षत: केस से कोई रिश्ता न हो।

मैं पिछले एक घंटे से सोच-विचार में डूबा अपने दफ्तर में बैठा था। सात बजकर कुछ मिनट का वक्त हुआ था। दफ्तर बंद हो चुका था, सिर्फ व्हिस्की की बोतल खुली थी।

मैंने अब तक की सारी घटनाओं के नोट बना लिए थे, जो देखने में बड़े प्रभावशाली लगते थे, लेकिन उनसे नतीजा खास कुछ नहीं निकलता था। उनको दोबारा पढ़ने पर मैं डगलस शेरिल के नाम पर ठिठका। जानेट ने अपने बाप की मौत से एक हफ्ता पहले एकाएक उससे सगाई क्यों तोड़ ली थी? –मैंने अपने आप से सवाल किया। इस बात का प्रत्यक्षत: केस से कोई रिश्ता नहीं लगता था, लेकिन शायद कोई रिश्ता हो। सगाई टूटने की वजह मालूम होने से पहले निश्चित रूप से कुछ नहीं कहा जा सकता था। वजह मुझे कौन बता सकता था? डगलस शेरिल ही, लेकिन अभी मैं उसे अपने इरादों की भनक नहीं लगने देना चाहता था। तो और कौन बता सकता था? मैंने अपने नोट फिर पढ़े। जॉन स्टीवेंस–क्रास्बी का खानसामा, एक संभावना था। मैंने फैसला किया, यह देख लेने में कोई हर्ज नहीं था कि स्टीवेंस कैसा आदमी था। अगर वह भरोसे वाला आदमी निकला तो उसे असली बात बताई जा सकती थी। मार्था बेंडिक्स ने बताया था कि अब वह ग्रैगरी बेनराइट के लिए काम करता था।

मैंने डायरेक्ट्री में बेनराइट का नंबर देखा। मैंने उस पर टेलीफोन किया। थोड़ी देर बाद एक रौबदार आवाज सुनाई दी– 'मि. बेनराइट्स रेजीडेंस।'

'मि. जॉन स्टीवेंस?' मैंने प्रश्न किया।

एक क्षण शांति रही, फिर किसी ने सतर्क स्वर में पूछा– 'स्टीवेंस बोल रहा हूं, आप कौन हैं?'

'मि. स्टीवेंस, मेरा नाम मैलापे है। मैं आपसे एक बहुत महत्त्वपूर्ण और निजी विषय पर बात करना चाहता हूं। बात का संबंध क्रास्बी परिवार से है। क्या आज रात किसी वक्त आप मुझसे मिल सकते हैं?'

फिर चुप्पी।

'मैं समझा नहीं।' वह एक वृद्ध की बड़ी नम्र आवाज थी। 'मैं तो आपको जानता

तक नहीं।'

'आपने यूनिवर्सल सर्विसेज का नाम सुना है?'

'हां।'

'मैं उसका संचालक हूं। क्रास्बी परिवार के बारे में आपसे बात करना मेरे लिए बहुत जरूरी है।'

'लेकिन मुझे अपने पुराने मालिकों के बारे में आपसे बात करने का क्या हक है? मुझे खेद है मैं...।'

'मेरी बात सुन लेने से तो कोई हर्ज नहीं हो जाएगा। शायद सारी स्थिति समझ लेने के बाद आप खुद ही मेरे कुछ प्रश्नों का उत्तर देने के लिए तैयार हो जाएं। अगर आपको मेरी बात नहीं जंचेगी, तो न सही।'

इस बार पहले से ज्यादा देर चुप्पी छाई रही।

'देखिए, मैं आपसे मिल सकता हूं, लेकिन मैं वादा नहीं करता कि मैं...।'

'इतना ही काफी है। जैफर्सन और फेलमैन के मोड़ पर एक कैफे है। हम वहां मिल सकते हैं। आपको कौन-सा वक्त ठीक लगता है?'

उसने कहा, वह नौ बजे वहां पहुंच जाएगा।

'मैं आपको हैट पहने और इवनिंग हैराल्ड पढ़ता मिलूंगा।'

मैंने फोन बंद कर दिया।

उससे मुलाकात का वक्त आने में अभी लगभग दो घंटे बाकी थे। मैंने फिनेगन में वक्त गुजारने करने का फैसला किया। मैंने दफ्तर बंद किया। मन में उस समय भी नर्स गर्नी का ही ख्याल था। कौन उठा ले गया था उसे? इनमें से किसी सवाल का मेरे पास जवाब नहीं था, लेकिन चिंता बराबर लगी हुई थी। यही सोचता हुआ मैं बाहर निकला। मैंने कार्यालय का मुख्य द्वार बंद करके उस पर ताला लगा दिया।

गलियारे के सिरे पर मुझे एक ठिगना, भारी आदमी लिफ्ट के दरवाजे के सामने खड़ा अखबार पढ़ता दिखाई दिया। मैंने समीप आकर जब लिफ्ट का बटन दबाया, तो भी उसने सिर उठाकर मेरी ओर नहीं देखा। मैंने सहज भाव से उसकी ओर देखा। उसकी रंगत गहरी थी और भद्दे-से चेहरे पर चेचक के निशान थे। वह इटैलियन लगता था, लेकिन स्पेनिश भी हो सकता था। वह पुराना-सा नेवी ब्ल्यू रंगत का सर्ज का सूट पहने

था और उसकी सफेद कमीज आस्तीनों से मैली लग रही थी।

लिफ्ट का दरवाजा खुला। हम दोनों ने भीतर कदम रखा। तीसरी मंजिल पर लिफ्ट रुकी और मैनफ्रेल्ड विलेट भीतर दाखिल हुआ। उसने खाली निगाहों से मेरी दिशा में देखा और फिर अपने अखबार की सुर्खियों में उलझ गया। उसने गोपनीयता की इच्छा प्रकट की थी, लेकिन लिफ्ट में मिलने पर मेरी ओर झांककर देखना तक नहीं, तो हद थी। बहरहाल, मर्जी उसकी थी। वह मेरी फीस जो अदा कर रहा था।

मैंने बुक स्टॉल से 'इवनिंग हैराल्ड' खरीदा। विलेट अपनी हवाई जहाज जैसी विशाल कार में सवार होकर वहां से रवाना हो गया। मैली कमीज वाला आदमी लॉबी में पड़ी कुर्सियों में से एक पर बैठकर अखबार पढ़ने लगा था। मैं पिछले दरवाजे से निकलकर गली में आया और फिनेगन के बार में पहुंच गया।

बार में हमेशा की तरह शोर-शराबे का माहौल था। मैंने अपनी पसंदीदा मेज की ओर कदम उठाया ही था कि ओलाफ क्रूगर ने मेरी बांह थाम ली। वह प्रिंसेस स्ट्रीट में स्थित एक बॉक्सिंग अकादमी चलाता था। वह एक छुटका-सा आदमी था। उसका सिर अंडे की तरह गंजा था।

'हैलो, विक!' वह मुझसे हाथ मिलाता हुआ बोला– 'आओ, कुछ नशा-पानी हो जाए। तुम तो हफ्तों से दिखाई नहीं दिए। क्या गलती हो गई मुझसे?'

वह मुझे पकड़कर बार काउंटर पर ले आया। मैंने फिनेगन को आंख मारी। हम दोनों ऊंचे स्टूलों पर बैठ गए।

'घूंसेबाजी देखने तो मैं अकसर आता हूं।' मैं बोला– 'बस, तुम्हें दिखाई नहीं दिए। वह छोकरा ओहारा तो बड़ी तरक्की कर रहा है।'

उसने फिनेगन को व्हिस्की का ऑर्डर दिया और बोला– 'ओहारा? हां, तरक्की कर रहा है, लेकिन क्रास काउंटर में मार खा जाता है। मैं उसे बताता भी रहता हूं, लेकिन वह सुनता ही नहीं। किसी दिन इस बात पर कोई बॉक्सर उसका कैरियर खत्म कर देगा।'

अगले आधे घंटे तक बॉक्सिंग की बात होती रही। ओलाफ के पास इस विषय के अतिरिक्त बात करने के लिए कुछ होता ही नहीं था। उस दौरान हम तीन-तीन डबल पैग व्हिस्की के पी गए और दो-दो क्लब सैंडविच खा गए।

तभी 'हैराल्ड' का स्पोर्ट्स राइटर हगसन वहां पहुंच गया और जिद करने लगा कि

अगला दौर उसकी तरफ से चलेगा। वह एक लंबा-पतला आदमी था। उसके कोट के सामने के भाग पर हमेशा सिगार की राख बिखरी रहती थी। वह कभी सिगार के बिना दिखाई नहीं देता था और उसके सिगार में से गंध ऐसी आती थी, जैसे वह उसे दो साल पहले कूड़े के ढेर में से उठाकर लाया हो।

उसके तीन-चार गंदे चुटकुले सुन चुकने के बाद ओलाफ बोला– 'वह कल रात ड्रिक्सी नाम के छोकरे के किसी बखेड़े में फंसने की क्या कहानी थी?'

हगसन ने बुरा-सा मुंह बनाया।

'मुझे नहीं मालूम। वह बात ही नहीं करता। किसी ने उसे उड़ाया है। पायर पर मौजूद टैक्सी ड्राइवरों में से एक कह रहा था कि वह तैरकर किनारे तक पहुंचा था।'

'अगर वह 'ड्रीम शिप' से समुद्र में फेंका गया था, तो बड़ा फासला तैरना पड़ा उसे।' ओलाफ बोला।

'आपस में ही गप्पें हांकते रहना।' मैं सिगरेट सुलगाता हुआ बोला– 'मुझे कुछ मत बताना।'

'पिछली रात डिक्सी ड्रीम शिप पर गया था, वहां उसका शेरिल से झगड़ा हो गया था। सुना है चार दादाओं ने उसे उठाकर जहाज से बाहर फेंक दिया था और उसकी शेरिल को एकआध हाथ जमाने की इच्छा दिल में ही रह गई थी। सुना है शेरिल उस पर फौजदारी का केस करने वाला है। अगर उसने ऐसा किया तो छोकरे की ऐसी-तैसी फिर जाएगी। उसका पहले ही बाल-बाल कर्जे से बिंधा हुआ है।' हगसन ने मुझे बताया।

'मेरे ख्याल से तो शेरिल केस जरूर करेगा।' ओलाफ बोला– 'ऐसे मामलों में वह बहुत कमीना आदमी है।'

'नहीं करेगा।' हगसन बोला– 'वह पब्लिसिटी नहीं चाहता। मैंने छोकरे को समझाया था कि वह सुरक्षित था, लेकिन साले ने फिर भी जुबान नहीं खोली।'

'यह शेरिल कौन है?' मैंने इशारे से फिनेगन को और शराब का ऑर्डर देते हुए सख्त स्वर में पूछा।

'यह सवाल करने वाले तुम्हीं अकेले आदमी नहीं हो।' हगसन बोला– 'लेकिन जवाब कोई नहीं जानता। वह बड़ा रहस्यपूर्ण आदमी है। कई साल पहले वह आर्किड सिटी में आया था और उसने सेल्बी एंड लोवेंस्टीन के पास कमीशन पर जमीन-जायदाद

बेचने की नौकरी कर ली थी। उसी से उसने कुछ पैसा कमाया और रासमोर एवेन्यू पर एक छोटा-सा मकान खरीद लिया। फिर किसी प्रकार उसकी उस लखपति छोकरी जानेट क्रास्बी के साथ सगाई हो गई, लेकिन सगाई ज्यादा देर नहीं चली। फिर वह छह महीने गायब रहा, जब प्रकट हुआ तो वह ड्रीम शिप का मालिक बना हुआ था। ड्रीम शिप एक तीन सौ टन का जहाज है, जिसे उसने जुआघर का रूप दिया हुआ है और जिसे वह तीन मील की सीमा से दूर खड़ा रखता है। उसने लोगों को किनारे से जहाज तक लाने-ले जाने के लिए मोटरबोटें रखी हुई हैं और वहां जाने वाले लोग तो यूं समझो, जैसे बकिंघम पैलेस के मेहमान हों।'

'और जुआ ही इकलौता ऐब नहीं है, जो उस जहाज पर किया जा सकता है।' ओलाफ आंख मारता हुआ बोला– 'वहां आधी दर्जन परियां भी मौजूद हैं। बड़ा जोर का धंधा है। जहाज के खुश्की से तीन मील दूर होने की वजह से ब्रैंडन उसका कुछ नहीं बिगाड़ सकता। पट्ठा खूब कमाता होगा।'

'लेकिन समझ में यह नहीं आता।' हगसन व्हिस्की के नये गिलास की ओर हाथ बढ़ाता हुआ बोला– 'कि शेरिल जैसे उजबक के पास ड्रीम शिप जैसा जहाज खरीदने के लिए पैसा कहां से आया?'

'सुना है उसमें कई हिस्सेदार हैं।' ओलाफ बोला– 'अगर वह मेरे पास आकर मुझे उस जहाज का एक शेयर खरीदने के लिए कहे, तो क्या मैं खुशी से कबूल नहीं कर लूंगा। मेरा दावा है कि उस जहाज का हर हिस्सेदार खूब कमा रहा होगा।'

मैं सुन रहा था और सोच रहा था कि कितना अच्छा हुआ था कि मैं बार दो ऐसे सज्जनों से टकरा गया था, जो मुझे वही बात सुना रहे थे, जो मैं जानना चाहता था और मुझे कुछ पूछना भी नहीं पड़ा था।

'बड़ा मजेदार जहाज मालूम होता है वह।' मैं सहज भाव से बोला– 'उसका सदस्य तो मैं भी बनना चाहूंगा।'

'कौन नहीं बनना चाहेगा। हगसन बोला– 'लेकिन उम्मीद कहां है। वहां तो बड़े छांट-छांटकर सदस्य बनाए जाते हैं। अगर तुम्हारे पास बोरियों नोट नहीं तो शेरिल को तुम्हारी जरूरत नहीं। वहां तो भीतर घुसने को ही ढाई सौ डॉलर फीस लगती है और पांच सौ डॉलर सालाना चंदा है। वह रईसों का ठिकाना है, मुफलिसों का नहीं।'

'शेरिल कैसा आदमी है?' मैंने पूछा।

'वैसा ही जैसों पर औरतें फिदा होती हैं।' हगसन बोला– 'खूबसूरत, चालाक, सख्त मिजाज, होशियार, घुंघराले बाल, नीली आंखें, फिल्म अभिनेताओं जैसा परिधान, मजबूत जिस्म–एक नंबर का हरामजादा।'

'जानेट क्रास्बी ने उसके साथ सगाई क्यों तोड़ दी थी?'

'लड़की सयानी थी। असल में तो पता नहीं क्या हुआ था, लेकिन शायद उसे लालबत्ती दिखाई दे गई थी। वह तो लड़की की दौलत के पीछे पड़ा हुआ था और वक्त रहते लड़की को उसके इरादे की खबर लग गई। शेरिल जैसे हरामी से जो लड़की शादी करेगी, वही मुसीबत मोल लेगी।'

ओलाफ, जो इस वार्तालाप से बोर हो रहा था, बोला– 'आप लोगों का क्या ख्याल है? ड्रिक्सी ओहारा का मुकाबला कर सकेगा? मैं दोनों का मैच कराने की सोच रहा हूं, लेकिन मुझे उम्मीद नहीं कि वह भिड़ंत होगी।'

अगले पंद्रह मिनट फिर घूंसेबाजी की बात होती रही। मैंने घड़ी देखी, मेरी रवानगी का वक्त हो गया था।

मैंने दोनों से विदा ली। आलोफ ने पाला को अपनी नमस्ते भिजवाई। हगसन ने कहा कि मैं पाला को कह दूं कि वह हर रात उसके सपने देखता था। मैं उन्हें वहीं छोड़कर आगे बढ़ा।

कमरा पार करते समय मुझे दरवाजे के समीप की एक मेज पर बैठा मैली कमीज वाला आदमी फिर दिखाई दिया। वह अभी भी अखबार पढ़ रहा था। मैंने दरवाजा खोला तो उसने सहज भाव से अखबार को लपेटकर अपनी जेब में रख लिया और उठ खड़ा हुआ।

मैं बाहर निकलकर उधर बढ़ा, जिधर मेरी ब्यूक खड़ी थी। मैं कार में सवार हुआ और वहां से रवाना हो गया। मुझे अपने पीछे कहीं एक इंजन चालू होने की आवाज आई और फिर मुझे अपने रियर व्यू मिरर में एक जोड़ी पार्किंग लाइट्स प्रतिबिंबित होती दिखाई दीं।

शीशे पर निगाह जमाए मैं प्रिंसेस स्ट्रीट की ओर बढ़ा। मेरे पीछे लगी कार लिंकन थी। मुझे ड्राइवर की सूरत तो नहीं दिखाई दे रही थी, लेकिन मुझे मालूम था, वह कौन होगा।

प्रिंसेस स्ट्रीट के सिरे से मैं फैलमेन स्ट्रीट की ओर घूम गया। वहां ट्रैफिक कम था,

इसलिए मैंने रफ्तार बढ़ा दी, लेकिन लिंकन बड़ी सहूलियत से मेरे पीछे लगी रही। मुझे थोड़ी आगे उस कैफे का नियोन हस्ताक्षर चमकता दिखाई दिया, जहां मेरी स्टीवेंस से मुलाकात होनी निश्चित हुई थी। कैफे के समीप पहुंचने से पहले ही मैंने तेजी से कार को सड़क के किनारे की ओर घुमाया और जोर की ब्रेक लगाई। लिंकन मेरे इतने समीप चल रही थी कि वह आगे बढ़ जाने के अलावा कुछ न कर सकी। वह मेरी बगल से गुजरी, फिर उसकी रफ्तार कम होने लगी।

मैं अपनी कार से निकलकर एक दुकान के अंधेरे दरवाजे की ओर लपका। लिंकन कोई पचास गज आगे जाकर खड़ी हो चुकी थी। मैली कमीज वाला बाहर निकला और मेरी दिशा में देखने लगा। वह समझ गया कि मैं ब्यूक में नहीं था। वह अपने हाथ जेबों में डाले हुए मेरी कार की ओर बढ़ा।

मैं अंधेरे में छुपा खड़ा, पहले उसे अपनी कार में झांकते, फिर दाएं-बाएं देखते और फिर सीधा आगे बढ़ जाते देखता रहा। मेरे न दिखाई देने की उसने कोई खास परवाह नहीं की, मालूम होती थी।

जब वह मेरी दृष्टि से ओझल हो गया, तो मैं ओट से निकला और कैफे की ओर लपका।

जिस समय मैं भीतर दाखिल हुआ, उस समय दीवार पर लगी घड़ी नौ बजने में पांच मिनट बजा रही थी। भीतर कोई आधा दर्जन लोग मौजूद थे–एक बार की तितली और उसका यार; शतरंज खेलते दो बुजुर्गवार; दुकानदारी के झोले लिए दो औरतें और कोने की मेज पर बैठी दूध पीती एक लड़की।

मैं दरवाजे से परे की एक मेज पर बैठ गया। मैंने 'इवनिंग हैराल्ड' खोलकर मेज पर फैला लिया। फिर मैंने एक सिगरेट सुलगा ली और मैली कमीज वाले के बारे में सोचने लगा। क्या वह भी साल्जर का ही आदमी था या केस में कोई नया कोण निकल आया था। वह बड़े बेहूदे ढंग से मेरा पीछा कर रहा था। या तो यह बात थी या फिर उसे पहचाने जाने की परवाह नहीं थी। मैंने उसकी कार का नंबर नोट कर लिया था। मेरा उस बारे में मिफलिन से जानकारी हासिल करने का इरादा था। मिफलिन मेरा वह छोटा-सा काम करने से इनकार नहीं करेगा।

ठीक नौ बजे कैफे का दरवाजा खुला और एक ऊंचे कद के वृद्ध ने भीतर कदम रखा। मैं देखते ही समझ गया कि वह स्टीवेंस था। वह तो ऐसा लग रहा था, जैसे लाट

पादरी छुट्टी पर आया हुआ था। वह शाही चाल चलता हुआ मेरी ओर बढ़ा। जो खानसामा डिनर सर्व हो जाने की घोषणा करने के लिए आते समय इस्तेमाल करते हैं। उसके चेहरे पर सतर्कता के भाव थे।

मैं उठ खड़ा हुआ।

'मि. स्टीवेंस?'

उसने हामी भरी।

'मैं मैलोप हूं। तशरीफ रखिए। कॉफी पीजिएगा।'

उसने अपना बाउलर हैट एक कुर्सी पर रख दिया और एक अन्य कुर्सी पर बैठ गया। उसने कहा– वह कॉफी पी लेगा।

वक्त बचाने के लिए मैं खुद ही काउंटर पर जाकर दो कॉफी ले आया। बार की तितली स्टीवेंस को देख रही थी और बड़ी बेहूदगी से हंस रही थी। उसने अपने यार को कुछ कहा। वह नौजवान था तथा धारियोंदार जर्सी और कॉलेज की टोपी पहने हुए था। वह भी स्टीवेंस की ओर देखकर हंसा। शायद उन्हें लाट पादरी जैसे व्यक्तित्व वाले स्टीवेंस का उस कैफे में आना अजीब-सा लग रहा था या शायद वे उसके बाउलर हैट पर हंस रहे थे।

'तशरीफ लाने के लिए धन्यवाद, मि. स्टीवेंस।' मैं बोला। मैंने उसे एक सिगरेट दी। जब वह सिगरेट सुलगा रहा था, तो मैंने गौर से उसे देखा। वह ठीक आदमी मालूम होता था–ऐसा कर्तव्यनिष्ठ इनसान जो अपना मुंह बंद रख सकता था। उस पर भरोसा किया जा सकता था, लेकिन समस्या उसे बात करने के लिए तैयार करने की थी। 'मैं आपको जो कहने जा रहा हूं।' मैं बोला– 'मुझे जानेट क्रासबी की मौत की तफ्तीश करने के लिए नियुक्त किया गया है। एक ऐसा शख्स है, जिसे विश्वास नहीं कि वह दिल के दौरे से मरी थी।'

वह संभलकर बैठ गया।

'कौन है ऐसा शख्स?' उसने पूछा– 'तफ्तीश के लिए तो अब काफी देर हो चुकी है।'

'अभी मैं उसका नाम नहीं लेना चाहता। मैं मानता हूं देर हो चुकी है, लेकिन पिछले कुछ ही दिनों में कुछ ऐसे तथ्य सामने आए हैं, जिनको निगाह में रखते हुए तफ्तीश

जरूरी लगने लगी है। क्या आप जानते हैं कि जानेट क्रास्बी दिल के दौरे से मरी थी?'

'मेरा इससे कोई वास्ता नहीं।' वह हिचकिचाता हुआ बोला– 'क्योंकि आप पूछ रहे हैं, इसलिए मैं कबूल करता हूं कि मुझे इससे बहुत सदमा पहुंचा था। कितनी चुस्त लड़की थी वह। लेकिन डॉ. साल्जर ने मुझे विश्वास दिलाया था कि उसके केस में किसी शिरा में एकाएक रक्त प्रवाह बंद हो जाने से हार्ट फेल हो गया था, चाहे इस प्रकार के लक्षण पहले कभी प्रकट न हुए हों। लेकिन फिर भी मैं आसानी से विश्वास नहीं कर सका था।'

'आपको कोई अंदाजा है कि मिस क्रास्बी ने डगलस शेरिल के साथ अपनी मंगनी क्यों तोड़ दी थी?'

'यह बात मैं आपको यह जाने बिना नहीं बता सकता कि तफ्तीश कौन करवा रहा है।' वह बोला– 'मैंने आपकी संस्था का नाम सुना है, उसकी तारीफ भी सुनी है, लेकिन मैं अपने भूतपूर्व मालिकों के बारे में तब तक कोई बात करने के लिए तैयार नहीं हूं, जब तक मुझे यह मालूम न हो कि मेरा वास्ता किससे पड़ रहा है।'

अड़चन आ गई थी।

एकाएक वातावरण में ऐसा सन्नाटा छा गया कि मैंने जल्दी से सिर उठाकर देखा।

कैफे का दरवाजा खुला और चार आदमी भीतर दाखिल हुए। उनमें से दो के हाथों में थामसन सब-मशीनगन था और बाकी दो के हाथों में कोल्ट ऑटोमैटिक रिवाल्वरें। उन चार आदमियों में से एक वही मैली कमीज वाला था, जो शाम से ही मेरे पीछे लगा हुआ था। थामसन वाले अलग हटे और दरवाजे की अगल-बगल ऐसी स्थिति में खड़े हो गए, जहां से वे सारे कमरे को कवर कर सकते थे। मैली कमीज वाला और उसका लाल आंखों वाला साथी मेज की ओर बढ़े।

स्टीवेंस के गले से एक घुटी हुई घबराहट निकली और उसने उठने का उपक्रम किया। मैंने उसे पकड़कर वापस उसकी कुर्सी पर धकेल दिया।

'हौसला रखो।' मैं गुर्राया।

'खबरदार।' एक थामसन वाला बोला। उसकी आवाज में कोड़े जैसी फटकार थी– 'कोई हिले नहीं, कोई बोले नहीं, वरना भूनकर रख देंगे।' कैफे में मरघट जैसा सन्नाटा छा गया। जो जहां जिस स्थिति में था, वहीं जम गया। सबके चेहरों पर दहशत के भाव थे।

मैली कमीज वाला बार की तितली की बगल से गुजरा, तो उसके मुंह से एक तेज चीख निकल गई। मैली कमीज वाले के मुंह से एक गाली निकली और उसने अपनी रिवाल्वर की नाल का भयंकर प्रहार उसकी खोपड़ी पर किया। वह कुर्सी से नीचे गिर गई। उसकी खोपड़ी से खून का फव्वारा फूट निकला। उसके यार का चेहरा फक्क हो गया। वह जोर-जोर से उबकाइयां लेने लगा।

'खामोश!' थामसन वाला चिल्लाया।

बदमाशों की सूरतों से लग रहा था कि अगर किसी ने मामूली-सी हरकत की तो वे गोली चलाना शुरू कर देंगे। वे बेरहम कत्ल के शौकीन गुंडे मालूम होते थे। उन्हें तो गोली चलाने का बहाना चाहिए था। इस बारे में मैं कुछ नहीं कर सकता था। अगर मेरे पास रिवाल्वर भी होती तो मैं कुछ करने की हिम्मत न करता। एक रिवाल्वर, मशीनगनों का मुकाबला भला कैसे कर सकती थी।

मैली कमीज वाला और उसका साथी मेरी मेज पर पहुंचे।

मैं बुत बना बैठा था। मेरे हाथ मेज पर स्थिर रखे थे। मुझे स्टीवेंस के बड़ी कठिनाई से सांस लेने की आवाज आ रही थी। उसकी नाक से सांस यूं निकल रही थी, जैसे उसे दिल का दौरा पड़ने वाला हो।

मैली कमीज वाला बड़े शैतान अंदाज से मुझ पर हंसा।

'जरा हिल, कुत्ते के पिल्ले, और फिर देख मैं तेरी क्या गत बनाता हूं।' वह बोला।

फिर उसके साथी ने हाथ बढ़ाकर स्टीवेंस की बांह पकड़ ली।

'उसे छोड़ दो।' मैं भिंचे होंठों से बोला।

उसने रिवाल्वर की नाल का प्रहार मेरे चेहरे पर किया।

'थोबड़ा बंद रखो।' वह बोला।

उसके साथी ने रिवाल्वर स्टीवेंस की पसली से सटाई और उसे घसीटकर खड़ा कर दिया।

'मुझे हाथ मत लगाओ।' स्टीवेंस बोला और उसने बंधन मुक्त होने का प्रयत्न किया। रिवाल्वर वाले ने उसको एक घूंसा जमाया और उसे मेज से परे घसीट लिया।

मैली कमीज वाला एक कदम परे हट गया और एक थामसन वाला थोड़ा आगे आ गया। मशीनगन मेरी छाती का निशाना लिए हुए थी। मेरे चेहरे से खून बह निकला था। मैं

उसे थामे चुपचाप बैठा रहा।

स्टीवेंस धराशायी हो गया।

'जल्दी करो।' मैली कमीज वाजा क्रोधित स्वर में बोला– 'इस अहमक बूढ़े को निकालो यहां से।' उसने नीचे झुककर स्टीवेंस का एक टखना थाम लिया। उसके साथी ने उसका दूसरा टखना थामा और वे कुर्सियों तथा मेजों को उलटते हुए उसे अपने पीछे घसीटते हुए दरवाजे की ओर बढ़ गए।

उन्होंने ठोकर मारकर दरवाजा खोला– 'बूढ़े को बाहर खड़ी कार की ओर घसीटो।' दो बदमाश मशीनगनें हाथ में लिए बाहर भी खड़े थे और जमा हुई भीड़ को धमका रहे थे।

इससे ज्यादा हौसले वाला काम मैंने पहले कभी नहीं देखा था।

थामसेन वाले भी उल्टे चलते हुए बाहर निकल गए और कार में जा सवार हुए। एक बदमाश ने घूमकर कैफे की खिड़की के रास्ते मुझ पर फायर करने शुरू कर दिए। मैं इस बात की अपेक्षा कर रहा था, इसलिए उसके अपनी ओर घूम पाने से भी पहले मैंने स्वयं को मेज के नीचे गिरा दिया था। गोलियां सनसनाती हुई, मेरे ऊपर से गुजर रही थीं और पिछली दीवारों से टकरा रही थी। दीवार का प्लास्टर उखड़कर मेरे सिर और गर्दन पर गिर रहा था। एक गोली ने मेरे जूते की एड़ी उड़ा दी। फिर गोली चलनी बंद हो गईं। कार भयंकर रफ्तार से वहां से रवाना हो गई।

मैं उठकर खड़ा हुआ और टेलीफोन की ओर लपका।

14

आवाज सुरंग से गूंजती प्रतिध्वनि जैसी लगी। धीमी आवाज से बजते रेडियो की फुसफुसाहट जैसी वह आवाज मेरे कमरे के कोने में रेंग आई। पिछले आधे घंटे से मैं इस आवाज का इंतजार कर रहा था। अपने सामने फैली जिग-सा पजल में एकाएक मेरी सारी दिलचस्पी हो गई थी। शेड लगे लैंप की रोशनी कालीन पर एक नन्हा दायरा बना रही थी। फर्श पर मेरी पहुंच के अंदर बोतल और एक गिलास रखा था। मैं पहले ही दो-तीन जाम पी चुका था।

मैं अभी भी थोड़ा उखड़ा हुआ था। कोई भी मशीनगन की बीसियों गोलियां अपने आप पर बरसाईं जाना पसंद नहीं करता। जिस ढंग से वे दो बदमाश बूढ़े को घसीटकर कैफे से ले गए थे, उसके ख्याल से ही मुझे दहशत होती थी। मुझे लग रहा था कि उस बारे में मुझे कुछ करना चाहिए था। आखिरकार वह मेरी वजह से ही वहां आया था।

'आज शाम नौ बजे के करीब।' एनाउंसर कह रहा था– 'मशीनगनों और रिवाल्वर से लैस छह आदमी, जो इटैलियन कैफे में दाखिल हुए। दो आदमी कैफे के गेट की रखवाली में लग गए। दो कैफे में मौजूद लोगों को दहलाने के लिए भीतर चले गए और बाकी दो ने जॉन स्टीवेंस को अपने अधिकार में किया और उसे घसीटते हुए बाहर खड़ी एक कार में ले गए।

'स्टीवेंस, जो कि नगर के स्टील के उद्योगपति ग्रेगरी वेनराइट का खानसामा था, बाद में लास एंजिल्स और सैन फ्रांसिस्को हाइवे पर मरा हुआ पाया गया था। सुना गया है कि बदमाशों के बर्बर व्यवहार से आतंकित होकर उसे दिल का दौरा पड़ गया था। बदमाशों ने जब उसे मरा पाया था, तो उसके शरीर को भागती कार में से बाहर फेंक दिया था।'

एनाउंसर की आवाज ऐसी भावहीन थी, जैसे वह किसी की नृशंस हत्या की नहीं, बाजार के भावों की खबर पढ़ रहा था।

'पुलिस ऐसी कोई भी जानकारी प्राप्त करने के लिए उत्सुक है, जो बदमाशों की गिरफ्तारी में काम आ सके।' एनाउंसर आगे बढ़ा– 'ये छहों आदमी ठिगने कद और मजबूत जिस्म के थे और सभी नीले रंग के सूट तथा काले हैट पहने हुए थे।

'पुलिस उस अनजान आदमी के साथ भी बातचीत करने को उत्सुक है, जो उस घटना के समय जॉन स्टीवेंस के साथ कैफे में मौजूद था। पुलिस हैडक्वार्टर फोन करके बदमाशों का हुलिया और उनकी कार का नंबर पुलिस को बताने के बाद वह गायब हो गया था। चश्मदीद गवाहों का कथन है कि वह आदमी लंबा, ऊंचा, तीखे नयन नक्श वाला, गहरी रंगत के बालों वाला शक्तिशाली आदमी था। एक बदमाश के प्रहार से उसके चेहरे के दाएं तरफ चोट आई थी। कोई आदमी इस आदमी को पहचानता हो, तो वह फौरन इस पते पर सूचना भिजवाए–कैप्टन ऑफ पुलिस ब्रैंडन, पुलिस हैडक्वार्टर्स, ग्राहम 3444...।'

मैंने हाथ बढ़ाकर रेडियो बंद कर दिया।

'तीखे नयन-नक्श वाला बताया, लेकिन खूबसूरत नहीं बताया। किसी ने नहीं कहा कि वह खूबसूरत था।'

मैं धीरे से घूमा।

खुली खिड़की में सार्जेंट मैकग्राथ खड़ा था। उसके पीछे सार्जेंट हार्टसैल दिखाई दे रहा था।

मैं बुरी तरह चौंका।

'तुम्हें भीतर आने को किसने कहा?' मैं उठता हुआ बोला।

'यह पूछ रहा है, हमें भीतर आने के लिए किसने कहा?' मैकग्राथ बोला– 'बता दें इसे?'

हार्टसैल कमरे के भीतर आ गया। उसका चेहरा कठोर था। 'हां, बता दो।'

मैकग्राथ ने मुझसे निगाह हटाए बिना अपने पीछे खिड़की बंद कर दी।

'किसी पंछी ने बताया था।' वह आंख मारता हुआ बोला– 'जो बातें हम जानना चाहते हैं, उन्हें बताने के लिए हमेशा ही कोई पंछी होता है। उसी पंछी ने हमें बताया था कि आज रात तुम स्टीवेंस के साथ थे।'

मुझे पसीना आने लगा। शायद गर्मी की वजह से। शायद इस वजह से कि मुझे उन दोनों की सूरतें पसंद नहीं थीं। या शायद मुझे ब्रेंडन की किसी अंधेरी गली में मेरी पिटाई करवाने वाली बात याद आ रही थी।

'ठीक बात है। मैं था उसके साथ।' मैं बोला।

'यह हुई न समझदारी की बात।' मैकग्राथ खुश होता हुआ बोला– 'आज तो शहजादा सच बोल रहा है। तुम वहां से भाग आए? पुलिस तुमसे और सवाल करना चाहती है।'

'मेरे पास और बताने लायक कुछ नहीं था।' मैं बोला– 'मैंने बदमाशों का और कार का हुलिया टेलीफोन पर बयान कर ही दिया था। फिर उस आक्रमण ने मेरे होश उड़ा दिए थे, इसलिए मैं वहां से चला आया था।'

मैकग्राथ एक कुर्सी पर बैठ गया। उसने जेब से एक सिगार निकाला। उसने कोना काटकर तंबाकू कमरे की दीवार पर थूक दिया और सिगार सुलगा लिया।

'क्या कहने।' वह बोला– 'तुम्हारे होश उड़ गए थे। लेकिन दोस्त शायद अभी सारे

होश न उड़ें हों। शायद अभी कुछ होश बाकी हों।'

मैं चुप रहा।

'अरे, शुरू करो।' हार्टसैल कठोर स्वर में बोला– 'एक घंटे बाद मेरी ड्यूटी शुरू होने वाली है।'

'हौसला रखो। थोड़ी देर हो गए तो कौन-सी आफत आ जाएगी। इस वक्त हम ड्यूटी पर हैं या नहीं?' उसने मेरी ओर देखा– 'स्टीवेंस से क्या बात कर रहे थे तुम?'

'मैं यह जानना चाहता था कि क्या वह संतुष्ट था कि जानेट क्रास्बी की मौत दिल का दौरा पड़ने से हुई थी। वह संतुष्ट नहीं था।'

मैकग्राथ ने अपने हाथ मसले। वह यह सुनकर बहुत खुश हुआ मालूम होता था।

'हमारा कैप्टन जो है न; वह अहमक नहीं है।' वह हार्टसैल से बोला– 'उसने कहा था या नहीं कि वह कुत्ते का पिल्ला क्रास्बी परिवार के बारे में बात करने के लिए स्टीवेंस के पास जरूर जाएगा, हुलिया मालूम होते ही उसने यह कहा था और ठीक कहा था।'

'हां।' हार्टसैल कमीनी निगाहों से मुझे घूरते हुए बोला।

'बस इतना ही जानना चाहते थे, शहजादे।' मैकग्राथ ने पूछा– 'या स्टीवेंस से कुछ और भी सवाल पूछे थे तुमने?'

'बस इतना ही जानना चाहता था मैं।'

'कैप्टन ने तुम्हें कहा नहीं था कि क्रास्बी परिवार से दूर रहना?'

'कहा था।'

'शायद तुम समझते हो कि कैप्टन सिर्फ अपनी आवाज सुनकर खुश होने के लिए बोलता है?'

'मुझे नहीं मालूम, जाकर उसी से पूछो न।'

'चालाकी मत दिखाओ, शहजादे। हम चालाकियां पसंद नहीं करते। क्यों जी?'

'हे भगवान!' हार्टसैल बेसब्रेपन से बोला– 'अब शुरू कर भी चुको।'

'क्या शुरू करना चाहते हो?' मैंने पूछा।

मैकग्राथ ने आगे झुककर फिर दीवार पर थूका। फिर उसने कालीन पर राख झाड़ दी।

'कैप्टन तुमसे खुश नहीं मालूम होता, दोस्त।' वह हंसता हुआ बोला– 'और अब कैप्टन खुश न हो तो गुस्से हो जाता है; जब वह गुस्से होता है तो गुस्सा मातहतों पर निकालता है, इसलिए हमने सोचा कि हम उसे दोबारा खुश कर दें। उसको खुश करने का हमें यही तरीका सूझा कि हम यहां पहुंचे और तुम्हारी खातिर करें। हमने सोचा कि तुम्हारे कान उखाड़ देना अच्छा रहेगा। फिर सोचा, क्यों न इस जगह की भी ऐसी-तैसी कर दें, फर्नीचर का बेड़ा गर्क कर दें और दीवारों की ऐसी-तैसी कर दें। यही सोचा था न हमने जो ?'

हार्टसैल ने अपने होंठों पर जुबान फेरी। उसने अपनी जेब से रबड़ के पाइप का एक टुकड़ा निकाला और उसे बड़े प्यार भरे अंदाज में अपने हाथ में संतुलित किया।

'हां।' वह बोला।

'तुमने यह भी सोचा है कि अगर तुमने अपनी हरकतों को अंजाम दिया, तो क्या होगा ?' मैं बोला– 'यह सोचा है कि मैं तुम पर फौजदारी का केस दायर कर सकता हूं और कोई विनफ्रेड विलेट जैसा आदमी कोर्ट में तुम्हारी धज्जियां उड़ा देगा, तुम्हारी वर्दी उतरवा देगा।'

मैकग्राथ ने अपना सिगार मेज के साफ-सुथरे धरातल पर रगड़कर बुझा दिया। वह हंसा।

'शहजादे।' वह बोला– 'तुम पहले अहमक नहीं हो, जिसकी खातिर के लिए हम हाजिर हुए हैं और न ही आखिरी हो। हमें वकीलों से भी भुगतना आता है। न तो हम विलेट से डरते हैं और न तुम हमें कोर्ट में ले जाने वाले हो। हम यहां स्टीवेंस के बारे में तुम्हारा बयान लेने आए थे। किसी-न-किसी वजह से–शायद तुम्हें हमारी सूरतें पसंद नहीं आईं, शायद तुम नशे में थे, शायद किसी और वजह से तुम भुने बैठे थे, कोई भी वजह काम आ सकती है–तुम हमसे भिड़ गए। इसलिए तो तुम्हें थोड़ा-सा ठंडा करना पड़ा। हालांकि यह काम वह तुम्हारा बड़ा ख्याल रखते हुए कर रहा था, लेकिन फिर भी थोड़ी-बहुत चोट खा गए और कमरे की भी थोड़ी-बहुत ऐसी-तैसी हो गई। लेकिन इसमें हमारी कोई गलती नहीं। हमें भी ये काम करने पसंद नहीं, लेकिन अगर तुम्हें हमारी सूरतें नागवार न गुजरी होतीं, या तुम नशे में न होते या किसी और जगह से भुने न बैठे होते तो यह सब कुछ न होता। हम दो इज्जतदार मेहनतकश पुलिस अधिकारी हैं। हमारे बयान के सामने तुम्हारा बयान नहीं टिक सकता। और फिर हम तुम्हें हैडक्वार्टर ले जाकर एक

बड़ी बढ़िया, शांत कोठरी में बंद कर सकते हैं, जहां हमारे संगी-साथी गाहे-बगाहे पहुंचकर तुम्हारे थोबड़े से अपने बूट पोंछ जाया करेंगे। बात अजीब लगती है, लेकिन हमारे कई साथी, हमारे कुछ खास कैदियों के चेहरों पर अपने बूट पोंछना पसंद करते हैं। पता नहीं ऐसा क्यों करते हैं वो, लेकिन बहरहाल, ऐसा करते हैं वे। इसलिए यह फौजदारी के मुकदमे जैसी, हमारी वर्दी उतरवा देने जैसी और बड़े वकीलों की धमकियों जैसी बातें हमारे सामने मत करो।'

एकाएक मेरे पेट में मरोड़ उठने लगे। मुझे गिरफ्तार करके जेल में डाल देने से उन्हें कोई रोकने वाला नहीं था। जब तक विलेट कुछ कर पाता, तब तक बहुत कुछ हो चुका होता।

'पहले ही सब कुछ सोच-समझकर आए मालूम होते हो।' प्रत्यक्ष: में मैं शांत स्वर में बोला।

'सोचना ही पड़ता है, दोस्त।' मैकग्राथ हंसता हुआ बोला– 'तुम्हारे जैसे कई हरामी बखेड़े खड़े कर रहे हैं और हमारी जेल इतनी बड़ी नहीं है। इसलिए कभी-कभार हम खुद ही थोड़ा-बहुत अनुशासन पैदा करने की कोशिश करते हैं।'

मुझे हार्टसैल पर निगाह रखनी चाहिए थी, जो मेरी बाईं ओर थोड़ा पीछे हटकर खड़ा था। हालांकि मैं इस बारे में कुछ कर नहीं सकता था। मैं उनके चंगुल में था, यह बात मैं खूब जानता था और वे भी खूब जानते थे। लेकिन फिर भी उस पर निगाह न रखना मेरी नादानी थी। एकाएक मुझे सरसराहट की आवाज आई। मैंने बचने की कोशिश की, लेकिन कुछ देर बाद रबड़ का पाइप मेरे सिर से टकराया और मैं सामने को घुटने के बल गिरा।

मैकग्राथ इसी बात की प्रतीक्षा कर रहा था। उसका पैर आगे को लपका, उसके जूते की ठोकर मेरे गले पर पड़ी। मैं एक ओर उलट गया। मेरी सांस उखड़ गई। फिर कोई चीज मेरी बांह से टकराई। दर्द की लहर मेरी खोपड़ी तक दौड़ गई। कोई चीज भड़ाक से मेरी खोपड़ी से टकराई, कोई तीखी चीज मेरी पसलियों से टकराई।

मुझे हार्टसैल अपनी ओर लपकता दिखाई दिया। मैंने बचने की नाकाम कोशिश की। पाइप मेरी खोपड़ी से यूं टकराया कि भेजा फटकर बाहर बिखरने को हो गया। मेरी आंखें धुंधलाने लगीं। गले में तैयार चीख वहीं घुटकर रह गई।

तभी किसी हाथों ने मुझे थामा और झटका देकर मुझे मेरे पैरों पर खड़ा कर दिया।

अपनी धुंधलाई आंखों से मैकग्राथ मुझे पहाड़ जैसा विशाल लगा। उसने एक वज्र जैसा प्रहार मेरे जबड़े पर किया। मैं एक मेज उलटता हुआ कमरे के पृष्ठ भाग में जाकर गिरा। छत में लगी रोशनी मुझे अपनी ओर दौड़ती हुई, एक क्षण के लिए वह रुकी और फिर वापस दौड़ती महसूस हुई। वह सिलसिला पांच-छह बार चला। मैंने आंखें बंद कर लीं। मुझे लग रहा था कि मेरी पिटाई का यह सिलसिला तब तक चलने वाला था, जब तक वे थक न जाएं। मैकग्राथ और हार्टसैल जैसे हरामी कोई आसानी से थकने वाले नहीं थे। जब तक वे मुझसे निपटेंगे, मेरा भुरकुस निकल चुका होगा। मैं सोच रहा था, मैं फर्श पर क्यों पड़ा था, वे मेरी ओर बढ़ क्यों नहीं रहे थे?'

तभी मेरे भन्नाए हुए कानों में एक महिला स्वर पड़ा– 'यह क्या हो रहा है?'

औरत!

क्या यह मेरा वहम था?

'यह आदमी बहुत खतरनाक है, मैडम।' मैकग्राथ तनिक हड़बड़ाकर बोला– 'पर गिरफ्तारी से बचने की कोशिश कर रहा था।'

'मुझसे झूठ बोलने की कोशिश मत करो।' वह मेरा वहम नहीं था। वह औरत की ही आवाज थी– 'मैंने खिड़की में से सब कुछ देखा था।'

बड़ी मेहनत से मैंने अपना सिर उठाया। इतनी-सी हरकत से मेरे शरीर में जैसे भाले चुभ गए। मैं किसी प्रकार उठकर बैठने में कामयाब हो गया। बड़ी मुश्किल से अपनी निगाह सामने के दृश्य पर टिका पाया।

मैकग्राथ और हार्टसैल दरवाजे के पास यूं खड़े थे, जैसे उनके पांव अंगारों पर पड़ गए हों। मैकग्राथ के चेहरे पर ऐसे भाव थे, जैसे वह कहने की कोशिश कर रहा हो कि मेरा इस घटना से कोई वास्ता नहीं और हार्टसैल यूं खड़ा था, जैसे उसकी पतलून की टांग में चूहा घुस गया हो।

मैंने खिड़की की तरफ सिर घुमाया।

खिड़की के पास एक लड़की खड़ी थी। वह एक बिना डोरियों का सफेद गाउन पहने थी, जिसमें से उसके कंधे नंगे और आधा वक्ष बाहर झांक रहा था। उसके घने काले बाल लड़कों की तरह कटे हुए थे। मुझे अपनी आंखों को उस पर फोकस करने में थोड़ा समय लगा, लेकिन फिर मुझे ऐसा खूबसूरत चेहरा दिखाई दिया कि मैं दोबारा आंखें मिचमिचाने लगा। दिल के आकार का चेहरा, सुतवां नाक, उत्तेजक लाल होंठ, बड़ी-बड़ी

आंखें।

हालांकि मेरी हालत ऐसी थी, जैसे किसी ने मुझे गीले कपड़े की तरह निचोड़ दिया हो, लेकिन फिर भी उस लड़की की खूबसूरती मेरी चेतना के साथ उतने ही जोर से टकराई, जितने जोर से मेरे शरीर के साथ मैकग्राथ का घूंसा टकराया था।

'इस आदमी को पीटने की तुम्हारी हिम्मत कैसे हुई?' वह कहर भरे स्वर में बोली– 'क्या यह ब्रेंडन की करतूत है?'

'देखिए, मिस क्रास्बी।' मैकग्राथ अनुभवपूर्ण स्वर में बोला– 'यह आदमी आपके मामलों में अपनी टांग अड़ा रहा था। कैप्टन का ख्याल था कि हमें इसको हतोत्साहित करना चाहिए। ईमान से बस इतनी ही बात थी।'

फिर मेरी जानकारी में पहली बार लड़की ने अपना चेहरा मेरी ओर घुमाया। मैं उस वक्त निहायत खस्ताहाल लग रहा होऊंगा, ऐसा मेरा अनुमान था। इन लोगों ने तो मेरे चेहरे की मरम्मत की ही थी, साथ ही मेरे उस जख्म में से खून बहने लगा था, जो कैफे में मेरे चेहरे पर लगा था। मैंने मुस्कराने की कोशिश की।

उसने मेरी ओर यूं देखा, जैसे कोई चाय में एकाएक गिर पड़ी मक्खी को देखता है।'

'उठकर खड़े हो जाओ।' वह तीव्र स्वर में बोली– 'इतने घायल तो नहीं मालूम होते तुम मुझे।'

उसे क्या मालूम था कि मैं कितना घायल था। पुलिसियों ने उसकी धज्जियां उड़ाने की कोशिश नहीं की थी, लेकिन शायद यह उसकी खूबसूरती का ही रौब था कि मैं फिर भी उलटकर खड़ा हो गया था, लेकिन खुद को खड़ा रख पाने के लिए मुझे फौरन एक कुर्सी की पीठ का सहारा लेना पड़ा। ऐसा न करता तो फौरन ही दोबारा धराशायी हो गया होता। मेरी एड़ी से चोटी तक दर्द की लहर दौड़ रही थी। बड़ी मुश्किल से मैं स्वयं को संभाल पाया।

मैकग्राथ और हार्टसैल मुझे यूं देख रहे थे, जैसे कोई शेर उस गोश्त के टुकड़े को देखता है, जो एकाएक उससे छिन गया हो।

लड़की फिर अपनी तीखी आवाज में बोली– 'मुझे तुम्हारे जैसे लोग पसंद नहीं और मैं इस बारे में जरूर कुछ करूंगी। अगर ब्रेंडन का पुलिस विभाग चलाने का यही तरीका है, तो वह जितनी जल्दी यहां से दफा हो उतना ही अच्छा।'

जब मैकग्राथ माफी मांग रहा था, तो मैं लड़खड़ाता हुआ लुढ़की पड़ी व्हिस्की की बोतल की ओर बढ़ा। बोतल पर ढक्कन ठीक से लगा हुआ था, इसलिए व्हिस्की बिखरी नहीं थी। बड़ी मेहनत से मैं उसे नीचे से उठा पाया। मैंने ढक्कन हटाकर बोतल मुंह से लगा ली।

'और जाने से पहले अपनी दवा का मजा खुद भी चखते जाओ।' वह कह रही थी। उसने रबड़ का पाइप मेरी ओर बढ़ा दिया– 'चलो, मारो इन्हें।' वह क्रूर स्वर में बोली– 'बदला लो।'

मैंने पाइप थाम लिया, क्योंकि मुझे भय था, अन्यथा वह पाइप मेरे हलक में धकेल देती। मैकग्राथ और हार्टसैल कटने के लिए आए हुए बकरों की तरह मेरी ओर देख रहे थे।

'मारो।' वह उच्च स्वर में बोली– 'कभी तो इनकी यह गत बननी ही थी। ये मार आप खाएंगे। मैं कहती हूं।'

बड़ी असाधारण बात थी, लेकिन मुझे विश्वास था कि उस समय मैं उनके गले भी काट देता, तो वे उफ नहीं करते।

मैंने पाइप सोफे पर उछाल दिया।

'नहीं, मुझे यह पसंद नहीं।' मेरी आवाज ऐसी थी, जैसे घिसी हुई सुई पर ग्रामोफोन रिकॉर्ड चल रहा हो।

'मारो।' वह क्रोधित स्वर में बोली– 'तुम डर किस बात से रहे हो। ये दोनों तुम्हें दोबारा हाथ भी लगाने का हौसला नहीं करेंगे। चलो, धुनाई करो इनकी।'

'सॉरी।' मैं बोला– 'आप इतनी मेहरबानी करो कि इन्हें बाहर निकाल दो। ये कमरा खराब कर रहे हैं।'

उसने पाइप खुद उठाया और मैकग्राथ के पास पहुंची। मैकग्राथ का चेहरा फक पड़ गया, लेकिन वह हिला नहीं। लड़की ने उसके चेहरे पर पाइप का भरपूर प्रहार किया। उसके चेहरे पर तुरंत चोट का लाल सुर्ख निशान उभरा। उसके मुंह से एक कराह निकली, लेकिन वह हिला नहीं।

लड़की की बांह, फिर हवा में लहराई तो मैंने उसकी कलाई थाम ली और उसके हाथ से पाइप छीन लिया। बदले में मुझे उस आग के गोले का एक भयंकर थप्पड़ खानी

पड़ी, लेकिन मैं उसकी कलाई थामे रहा और चिल्लाया– 'भाग जाओ, अहमको। नहीं तो यह तुम्हारा भुर्ता बना देगी।'

उसको पकड़े रखना एक शेरनी को काबू में रखने जैसा था। वह बहुत शक्तिशाली थी। तभी वे दोनों ऐसे वहां से भागे, जैसे भूत देख लिया हो। गिरते-पड़ते वे केबिन से बाहर निकल गए। जब मुझे उनकी कार स्टार्ट होने की आवाज आई, तो मैंने उसकी कलाई छोड़ दी और परे हट गया।

'सब्र करो।' मैं हांफता हुआ बोला– 'वे चले गए हैं।'

कुछ क्षण वह कहर भरी निगाहों से मुझे घूरती रही। फिर एकाएक उसके चेहरे के भाव बदले। उसने जोर का अट्टहास किया।

'कैसे दुम दबाकर भागे यहां से।' वह बोली और सोफे पर ढेर हो गई– 'मुझे एक जाम पिलाओ और खुद भी पियो। तुम्हारी सूरत से लगता है कि तुम्हें उसकी ज्यादा जरूरत है।'

मैंने बोतल की ओर हाथ बढ़ाते हुए पूछा– 'तुम मारीन क्रास्बी हो?'

'ठीक पहचाना।' वह कलाई मसलती हुई बोली– 'तुमने तो मेरी कलाई तोड़ देने की कसर नहीं छोड़ी थी।'

'सॉरी।' मैं फिर से बोला।

'मैं बड़े मौके पर पहुंची, वरना वे तुम्हारी चमड़ी उधेड़कर ही दम लेते।'

'हां।' मैंने कांपते हाथों से गिलास में स्कॉच डाली– 'मैंने उसे गिलास थमाया और पूछा– 'वाइटराक या पानी?'

'ऐसे ही।' वह बोली– 'मैं तफरीह में धंधा और स्कॉच में पानी मिलाना पसंद नहीं करती। तुम?'

'यह तो धंधे पर और स्कॉच पर निर्भर करता है।' मैंने अपने लिए भी जाम तैयार किया और बैठ गया। मेरी टांगें लड़खड़ा रही थीं– 'तो तुम मारीन क्रास्बी हो। तुम आखिरी शख्स हो, जिसके मैं यहां आने की कल्पना कर सकता था।'

'मैंने सोचा था, तुम हैरान हो जाओगे।'

'नशे का इलाज कैसा चल रहा है?' मैंने पूछा– 'मैंने सुना है नशेड़ियों को शराब से दूर रहना चाहिए।'

‘हर सुनी सुनाई बात पर विश्वास नहीं कर लेना चाहिए।’

‘मैं नहीं करता। उम्मीद है तुम भी नहीं करती होगी।’

कुछ क्षण हम चुपचाप बैठे एक-दूसरे को देखते रहे। मैंने देखा, उसका भावहीन चेहरा भी खूबसूरत लग रहा था, जो कि मामूली बात नहीं थी।

‘देखो, सीधे-सीधे बात समझो। मैं यहां तुमसे बात करने आई हूं। तुम बखेड़ा कर रहे हो। तुम जाकर किसी और के फटे में टांग क्यों नहीं अड़ाते?’

‘मेरे से एक सवाल पूछ रही हो या मुझे ऐसा करने की राय दे रही हो?’

उसके होंठ भिंच गए और मुस्कराहट गायब हो गई।

‘क्या तुम खरीदे जा सकते हो? मैंने सुना है तुम बड़े आदर्शवादी और ईमानदार आदमी हो। मुझे यह राय विशेष रूप से दी गई थी कि मैं तुम्हें रिश्वत देने की कोशिश न करूं।’

मैंने सिगरेट की ओर हाथ बढ़ाया।

‘हमने तो अभी फैसला किया था कि हमें सुनी-सुनाई बातों पर विश्वास नहीं करना चाहिए।’ मैंने उसे सिगरेट पेश किया, जो कि उसने ले लिया। मैंने दूसरा सिगरेट निकाल लिया। मैंने आगे झुककर उसका सिगरेट सुलगाया। इतने से भी मेरे शरीर में दर्द की लहर दौड़ गई।

‘मैं तुमसे सौदा करने की कोशिश कर रही हूं।’ वह धुआं उड़ाती हुई बोली– ‘कितना?’

‘तुम क्या खरीदने की कोशिश कर रही हो?’

वह सिगरेट को यूं घूर रही थी, जैसे जिंदगी में पहली बार सिगरेट देखी थी– ‘मैं बखेड़ा नहीं चाहती। तुम बखेड़ा कर रहे हो। मैं तुम्हें अपनी हरकत बंद कर देने की कीमत अदा करने के लिए तैयार हूं।’

‘कितनी?’

‘जानते हो मुझे तुमसे कितनी मायूसी हुई है।’ उसने सिर उठाकर मेरी ओर देखा– ‘तुम भी अन्य कमीने ब्लैकमेलरों जैसे ही निकले।’

‘तुम्हें तो बड़ा ज्ञान है ब्लैकमेलरों का।’

‘हां, है। और जब मैं तुम्हें कीमत बताऊंगी तो मेरा ख्याल है तुम भी वैसे ही हंसोगे, जैसे ब्लैकमेलर हमेशा हंसते हैं और फिर कीमत बढ़ा देते हैं। इसलिए अच्छा यही होगा कि कीमत तुम बयान करो और हंसने का मौका मुझे दो।’

‘छोड़ो-छोड़ो।’ मैं बोला– ‘मैं मजाक कर रहा था। मैं खरीदा नहीं जा सकता। लेकिन मुझे पटाया जा सकता है। तुमने कैसे सोच लिया, मैं बखेड़ा खड़ा करने की कोशिश कर रहा हूं? अपनी बात करो। अगर बात मुझे जंची, तो शायद मैं किसी और के फटे में टांग अड़ाने की तुम्हारी राय स्वीकार कर लूं।’

‘तुम्हें ऐसे मजाक नहीं करने चाहिए।’ वह गंभीर स्वर में बोली– ‘मैं तुम्हें नापसंद कर सकती थी। लेकिन जब तक कोई ठीक वजह न हो, मैं तुम्हें नापसंद नहीं करना चाहती।’

मैंने अपनी आंखें बंद कर लीं।

‘बड़ी अच्छी बात है। तुम सिर्फ वक्त हासिल करने के लिए बातें कर रही हो या गंभीर हो?’

‘मैंने सुना था कि तुम्हारा व्यवहार सुअर जैसा होता है और तुम औरतों को फंसाने में उस्ताद हो। पहली बात तो एकदम सही है।’

मैंने आंखें खोलीं। मेरे होंठों पर एक कुटिल मुस्कराहट आई– ‘दूसरी बात भी सही है, लेकिन जल्दबाजी मत मचाओ।’

तभी फोन की घंटी बजी और हम दोनों हड़बड़ा गए। फोन मेरी बगल में ही रखा था। मैंने उसकी ओर हाथ बढ़ाया। उसने अपने हैंडबैग से एक .25 कैलीबर की ऑटोमैटिक रिवाल्वर निकाली और उसे मेरी कनपटी के साथ सटा दिया।

‘चुपचाप बैठे रहो।’ उसकी आंखों में खून जमा देने वाला भाव था– ‘फोन को हाथ मत लगाना।’

घंटी बजती रही। हम दोनों जड़ होकर बैठे रहे।

‘इसका मतलब?’ अंत में मैं बोला।

‘शटअप।’ वह तीव्र स्वर में बोली– ‘चुपचाप बैठो।’

अंत में हारकर घंटी बजनी बंद हो गई।

‘उठो, हम चल रहे हैं यहां से।’ उसकी रिवाल्वर ने फिर मुझे धमकाया।

'कहां ?' मैंने बिना हिले प्रश्न किया।

'टेलीफोनों से दूर-दूर। अगर टांग में गोली नहीं खाना चाहते हो तो उठकर खड़े हो जाओ और चलते-फिरते दिखाई दो।'

मैं टांग में गोली लगने की धमकी की वजह से नहीं, बल्कि उत्सुकतावश उसके साथ चलने को तैयार हो गया। उत्सुक मैं इसलिए था, क्योंकि एकाएक वह मुझे भयभीत दिखाई देने लगी थी। मुझे उसकी आंखों में भय उतना ही स्पष्ट दिखाई दे रहा था, जितनी कि उसकी छातियों के बीच की गहरी घाटी।

हम केबिन से निकलकर मुख्य द्वार के सामने खड़ी कार की ओर बढ़े, तभी टेलीफोन की घंटी दोबारा बजने लगी।

15

कार काले रंग की बेहद शानदार रोल्स रायस थी और वह उस वक्त नब्बे मील की रफ्तार से दौड़ रही थी।

मैं मारीन क्रास्बी की बगल में बैठा सामने सड़क पर झांकता रहा।

वह भारी दक्षता से कार चला रही थी। बड़ी सफाई से वह कार को आर्किड बोल्वर्ड के ट्रैफिक में से दौड़ाती चली जा रही थी। वैसे ही रफ्तार से भागती कार पहले मोंटवर्दे एवेन्यू और फिर सैन डिआगो हाइवे पर पहुंची। हाइवे पर पहुंचने के बाद तो उसने कार की रफ्तार इतनी तेज कर दी कि जिन गाड़ियों के बगल से उसकी कार गुजर रही थी, उनके ड्राइवरों के रोंगटे खड़े हो गए।

पता नहीं हम कहां जा रहे थे। जब मैंने कुछ कहने के लिए मुंह खोला तो उसने मुझे रोक दिया– 'बोलो मत, मुझे सोचने दो।' मैं चुप हो गया। मैं प्रशंसात्मक निगाहों से उसे कार चलाता देखता रहा और मन-ही-मन भगवान से प्रार्थना करता रहा कि एक्सीडेंट न हो जाए।

सैन डिआगो हाइवे रेत के टीलों और झाड़ियों से भरे एक रेगिस्तान से गुजरता है। एकाएक दाईं ओर घूमकर समुद्र की बगल में पहुंचता है और फिर मुड़कर रेगिस्तान में घुस जाता है। समुद्र के करीब पहुंचने के बाद हाइवे पर बढ़ते रहने के स्थान पर उसने

कार की रफ्तार घटा दी और उस पतली सड़क पर कार घुमा दी, जो समुद्र के किनारे-किनारे चलता था। अंत में हम पहाड़ की चोटी पर पहुंच गए। हर क्षण कार की रफ्तार घटती जा रही थी। फिर कार की हैडलाइट्स की रोशनी में मुझे एक बोर्ड दिखाई दिया, जिस पर लिखा था– 'प्राइवेट, भीतर आना सख्त मना है।' उसने कार उस रास्ते पर घुमा दी, जिसके दाहिने ओर वह बोर्ड लगा हुआ था। कार उस संकरी सड़क पर गहरे मोड़ काटती आगे बढ़ती रही। कुछ क्षण बाद कार एक बारह फुट के फाटक के सामने आकर रुकी। फाटक के आसपास दोनों तरफ कांटेदार बाड़ लगी हुई थी। उसने तीन बार हॉर्न का बटन दबाया। हॉर्न की आवाज की प्रतिध्वनि अभी खत्म नहीं हुई थी कि फाटक अपने आप खुल गया।

'क्या कहने!' मैं बोला।

बिना कुछ कहे, बिना मेरी ओर देखे उसने कार आगे बढ़ा दी। मैंने घूमकर देखा तो मुझे फाटक अपने आप बंद होता दिखाई दिया। मैं सोचने लगा–क्या मेरा भी नर्स गर्नी की तरह अपहरण किया जा रहा था। पता नहीं यह व्हिस्की का असर था कि मैं भयभीत नहीं था। डैशबोर्ड में लगी घड़ी में बारह बजने में दो मिनट थे। वह मेरे सोने का समय था। शायद आज नींद मुझे यहां हासिल होने वाली थी।

एकाएक हम एक और पहले जैसे ही विशाल फाटक के सामने पहुंचे। वह खुला था। कार भीतर दाखिल हुई तो मैंने घूमकर देखा। वह यूं बंद हो रहा था, जैसे कोई अदृश्य व्यक्ति उसे बंद कर रहा था।

हैडलाइट्स की रोशनी में मुझे फूलदार बेलों और फूल भरे पेड़ों के पीछे छुपा हुआ एक लकड़ी का मकान दिखाई दिया। भूखंड की खिड़कियों में से रोशनी दिखाई दे रही थी। मुख्य द्वार पर उसने कार रोकी, उसका दरवाजा खोला और बाहर निकल आई। मैं अपेक्षाकृत देर से बाहर निकला। चांद की रोशनी में मुझे अपने सामने फैला एक टैरेस गार्डन दिखाई दिया। घाटी से नीचे कहीं एक विशाल स्वीमिंग पूल दिखाई दे रहा था। थोड़ी दूर समुद्र भी दिखाई दे रहा था। वातावरण में फूलों की खुशबू महक रही थी।

'यह सब तुम्हारा है?' मैंने पूछा।

'हां।' एक क्षण ठिठककर वह बोली– 'रिवाल्वर के बारे में मुझे खेद है, लेकिन मुझे तुम्हें जल्दी-से-जल्दी यहां लाना था।'

'मैं तो रिवाल्वर के बिना भी आ जाता।'

'लेकिन टेलीफोन का जवाब दिए बिना नहीं, जबकि तुम्हारे लिए यह बहुत जरूरी था कि तुम टेलीफोन का जवाब न देते।'

'देखो, मेरा सिर दु:ख रहा है और मैं थका हुआ हूं। जो धुनाई मेरी हुई थी, उससे जिस्म का जोड़-जोड़ दर्द कर रहा है। इसलिए मेरी प्रार्थना है कि तुम रहस्य मत झाड़ो। अब मेहरबानी करके बताओ कि तुम मुझे यहां क्यों लाई हो। मेरे लिए यह क्यों जरूरी था कि मैं टेलीफोन का जवाब न देता और तुम मुझसे क्या चाहती हो?'

'सब बताती हूं, भीतर चलो।'

हम सीढ़ियां चढ़कर मुख्य द्वार पर पहुंचे। वह खुला था। लॉबी और एक गलियारे से गुजरकर हम एक विशाल लाउंज में पहुंचे। उसमें ऐश्वर्य का हर साधन मौजूद था। पैसा पानी की तरह बहाया गया मालूम होता था।

'बरामदे में बैठते हैं।' वह बोली– 'तुम चलो, मैं ड्रिंक्स लाती हूं।'

'तुम यहां अकेली हो?'

'एक नौकरानी है। वह हमें परेशान नहीं करेगी।'

मैं बरामदे में पहुंचा। वहां एक झूला लगा हुआ था, जिस पर बैठकर आप सामने फैले भव्य दृश्य का आनंद ले सकते थे। मैं उस पर बैठ गया और समुद्र की दिशा में देखने लगा। सारे रास्ते मैं यही सोच रहा था।

कुछ मिनट बाद वह एक ट्रॉली धकेलती हुई वहां पहुंची। ट्रॉली में बोतलें थीं, गिलास थे और बर्फ थी। वह घूमकर दूसरे सिरे पर बैठ गई। हम दोनों के बीच में आठ फुट का फासला था।

'व्हिस्की?'

'थैंक्यू।'

मैं उसे व्हिस्की डालता देखता रहा। उससे ज्यादा खूबसूरत औरत मैंने पहले कभी नहीं देखी थी। उसके जिस्म की एक-एक हरकत दिल लुभाने वाली थी।

उसने जाम तैयार किए। फिर उसने मुझे एक सिगरेट पेश की। मैंने सिगरेट ले ली। मैंने पहले उसकी और फिर अपनी सिगरेट सुलगाई।

अब हम शुरुआत के लिए तैयार थे, लेकिन वह अभी भी हिचकिचा रही थी। मैं नहीं चाहता था कि कोई गलत बात मेरे मुंह से निकल जाए और वह अपना इरादा बदल

दे, इसलिए मैं चुप था।

एकाएक वह बोली– 'मुझे अपने व्यवहार पर खेद है। मेरा मतलब है मुझे तुम्हें रिश्वत का प्रस्ताव नहीं देना चाहिए था। वह गलत चाल थी, लेकिन मैं यह जान पाने का अवसर भी तो चाहती थी कि तुम कैसे आदमी हो। हकीकत यह है कि मैं तुम्हारी मदद करना चाहती हूं। मैं भारी बखेड़े में फंसी हुई हूं। मेरी समझ में नहीं आ रहा है कि मैं इसमें से बाहर कैसे निकलूं... मैं भारी मूर्खताएं करती आ रही हूं और अब मैं भयभीत हूं। बेहद भयभीत हूं।'

वह भयभीत नहीं लग रही थी, लेकिन मैंने उसे यह कहा नहीं।

'काश! मुझे पक्का पता होता कि उसे इस जगह की जानकारी है या नहीं।' वह यूं बोली, जैसे अपने आपसे बात कर रही हो– 'अगर उसे इस जगह की जानकारी है, तो वह यहां जरूर पहुंचेगा।'

'क्यों न हम जरा इत्मीनान से बात करें?' मैं बोला– 'हमारे पास वक्त की कमी नहीं है। यह क्यों जरूरी था कि मैं टेलीफोन का जवाब न देता? शुरुआत यहां से करो।'

'क्योंकि फिर वह जान जाता कि तुम वहां हो और वह तुम्हारी तलाश कर रहा है।' वह यूं बोली, जैसे वह किसी कम अक्ल के बच्चे से बात कर रही हो।

'तुम किसकी बात कर रही हो? कहीं शेरिल की तो नहीं।'

'उसी की तो।'

'वह मुझे क्यों तलाश कर रहा है?'

'वह बखेड़ा नहीं चाहता और तुम बखेड़ा खड़ा करने की कोशिश कर रहे हो। उसने तुमसे पीछा छुड़ाने का निश्चय किया हुआ है। मैंने उसे फ्रांसीनी को यह बात कहते सुना था।'

'फ्रांसीनी वह ठिगना-सा बदमाश तो नहीं, जिसके चेहरे पर चेचक के दाग हैं?' मुझे मैली कमीज वाला याद आ गया।

'हां, वही।'

'वह शेरिल के लिए काम करता है?'

'हां।'

'तो स्टीवेंस के अपहरण का इंतजाम शेरिल ने किया था?'

'हां, उसी बात ने तो मुझे यह फैसला करने के लिए मजबूर किया था। जब मुझे मालूम हुआ कि बेचारा बूढ़ा मर गया है, तो मैं सीधी तुम्हारे पास चली आई।'

'शेरिल को तुम्हारी इस जगह की जानकारी है?'

'शायद नहीं। मैंने इस जगह का कभी जिक्र नहीं किया और वह यहां कभी आया नहीं है। लेकिन फिर भी शायद उसे जानकारी हो। वह तकरीबन सब कुछ जानता है।'

'ऑल राइट, यह बात मेरे पल्ले पड़ गई। अब हम शुरू से शुरू करें।'

'पहले मैं तुमसे एक बात पूछना चाहती हूं। तुम मेरे बारे में पूछताछ करने क्रैस्टवेज क्यों गए थे? तुम डॉक्टर बेवली से बात करने क्यों गए थे? क्या किसी ने तुम्हें मेरे बारे में जानकारी हासिल करने के लिए नियुक्त किया है?'

'हां।'

'किसने?'

'तुम्हारी बहन जानेट।'

अगर मैंने उसके चेहरे पर घूंसा जड़ दिया होता, तो भी शायद उस पर उतनी भयंकर प्रतिक्रिया न होती, जितनी वह यह बात सुनकर हुई। वह एकदम यूं पीछे हटी, जैसे सांप पर उसका पांव पड़ गया हो। झूला जोर से झूला।

'जानेट!' वह दहशत भरे स्वर में फुसफुसाई– 'लेकिन जानेट तो मर चुकी है। क्या मतलब है तुम्हारा? ऐसी बात कैसे कह सकते हो तुम?'

मैंने अपने बटुवे में से जानेट की चिट्ठी निकालकर उसकी ओर बढ़ा दी।

'इसे पढ़ो।'

'यह क्या है?' वह यूं बोली, जैसे उस पर निगाह डालने से भी उसे डर लग रहा हो।

'पढ़ो और इसकी तारीख देखो। यह चिट्ठी चौदह महीने गुम रही थी। मैंने इसे पहली बार एकाध दिन पहले ही पढ़ा है।'

उसने चिट्ठी ले ली। हस्तलेख पर निगाह पड़ते ही उसके नेत्र सिकुड़ गए। चिट्ठी पढ़ चुकने के कई मिनट बाद तक वह चुपचाप बैठी उसे घूरती रही। मैंने जल्दी नहीं मचाई। अब भय उसके चेहरे से साफ-साफ झलक रहा था।

'और इसी की वजह से तुमने तफ्तीश शुरू की?' अंत में उसने पूछा।

'तुम्हारी बहन ने मुझे पांच सौ डॉलर भेजे थे। उनके बदले का काम करना मैंने जरूरी समझा। मैं तुमसे इसी संदर्भ में बात करने के इरादे से क्रैस्टवेज गया था। अगर मेरी तुमसे वहां मुलाकात हो जाती और चिट्ठी के बारे में तुमसे बात हो जाती, तो मैं रकम वापस कर देता और तफ्तीश बंद कर देता। लेकिन तुम वहां थी नहीं। उसके बाद अजीब-अजीब बातें होने लगीं, इसलिए मैंने तफ्तीश जारी रखी।'

'ओह!'

'क्या तुम्हें ब्लैकमेल किया जा रहा था?'

'नहीं, पता नहीं मेरी बहन ने तुम्हें ऐसी बात क्यों लिखी। लगता है वह भी बखेड़ा खड़ा करने की कोशिश कर रही थी। वह हमेशा ही मेरे लिए बखेड़ा खड़ा करने की कोशिश करती थी। मुझसे नफरत करती थी वह।'

'क्यों?'

काफी देर तक वह चुपचाप बाग की ओर देखती रही। मैंने थोड़ी व्हिस्की पी और सिगरेट का कश लगाया।

'समझ नहीं आता क्या करूं?' वह बोली– 'अगर मैं तुम्हें यह बता दूं कि वह मुझसे क्यों नफरत करती थी, तो मुझे स्वयं को पूरी तरह तुम्हारी दया पर छोड़ना पड़ेगा। फिर तुम मुझे तबाह कर सकने की स्थिति में आ जाओगे।'

मैं इस बारे में क्या कह सकता था।

'लेकिन अगर मैं तुम्हें न बताऊं।' वह अपनी मुट्ठियां भींचती हुई बोली– 'तो समझ नहीं आता, मैं इस बखेड़े से निकलूंगी कैसे? कोई तो ऐसा आदमी मुझे मिलना ही चाहिए, जिसका कि मैं भरोसा कर सकूं।'

'तुम्हारा कोई वकील नहीं है?' मैंने कुछ कहने की खातिर कह दिया।

'उसका कोई फायदा नहीं। वह मेरी ट्रस्टी है। मेरे बाप की वसीयत के अनुसार अगर मैं किसी स्कैंडल में फंस गई तो मैं सब कुछ खो बैठूंगी और अगर बात जाहिर हो गई तो एक भयंकर स्कैंडल खड़ा हो जाएगा तथा उसमें मेरा बाल-बाल बिंधा होगा।'

'तुम्हारा इशारा शेरिल की ओर है?' मैं बोला– 'क्या ड्रीमशिप पर पैसा तुमने लगाया है?'

वह सकपकाई। उसने घूमकर मेरी ओर देखा।

'तुम्हें मालूम है यह?'

'नहीं, मैं तो केवल अनुमान लगा रहा हूं। अगर यह बात जाहिर हो गई कि ड्रीमशिप की पीठ पर तुम हो तो स्कैंडल बन जाएगा।'

'हां।' एकाएक वह मेरे समीप सरक आई– 'जानेट, डगलस से मुहब्बत करती थी। मैं भी उस पर दीवानी थी। मैंने उससे प्रेमी चुरा लिया। उसने मुझे गोली मारने की कोशिश की, लेकिन पिताजी ने मुझे बचा लिया। मेरे स्थान पर गोली पिताजी को जा लगी।' वह फट पड़ी। फिर उसने अपना मुंह अपने हाथों में छुपा लिया।

मैं बुत बना बैठा रहा। इतने रहस्योद्घाटन की अपेक्षा मैं नहीं कर रहा था। मैं हैरान था।

'यह बात दबा दी गई थी।' कितनी देर बाद वह बोली– 'यह मत पूछो कैसे, लेकिन यह बात जानेट के दिल और दिमाग पर बोझ बन गई। फिर उसने... जहर खा लिया। उस बात को भी दबा दिया गया। हमें भय था कि यह बात जाहिर हो जाएगी कि उसने आत्महत्या क्यों की थी। इसे दबाना आसान था। डॉक्टर बूढ़ा था। उसने समझा उसे दिल का दौरा पड़ा था। फिर जब मैं सारी दौलत की वारिस बनी, तो डगलस ने अपना असली रूप दिखा दिया। वह बोला कि अगर मैंने उसे ड्रीमशिप खरीदने के लिए धन नहीं दिया तो वह सबको बता देगा कि मैंने उसे जानेट से चुरा लिया था, जानेट ने मेरी हत्या करने की कोशिश की थी, लेकिन हत्या पिताजी की हो गई थी तथा फिर उसने जहर खाकर आत्महत्या कर ली थी और यह सब हंगामा मेरी वजह से हुआ था। तुम समझ ही सकते हो कि अखबार वाले इस बात का कितना बड़ा स्कैंडल बना सकते थे। नतीजा यह होता कि विरासत की सारी दौलत मुझसे छिन जाती, इसलिए मैंने उसे डॉज खरीदने के लिए धन दे दिया, लेकिन वह फिर भी संतुष्ट नहीं हुआ। वह मुझसे और धन ऐंठने के लिए अकसर आता रहता है तथा वह मेरी हर हरकत पर निगाह रखता है। उसे मालूम था कि तुमने तफ्तीश आरंभ कर दी है। उसे भय था कि तुम हकीकत जान जाओगे। अगर ऐसा हो जाता, तो उसकी मुझ पर पकड़ खत्म हो जाती। उसने तुम्हें रोकने की हरचंद कोशिश की। जब उसे मालूम हुआ कि स्टीवेंस तुमसे मिलने वाला था, तो उसने उसका अपहरण करवा दिया। अब वह तुम्हारा खात्मा करने वाला है। समझ नहीं आता मैं क्या करूं। मेरे लिए यह जरूरी है कि मैं कहीं जाकर छुप जाऊं। मैं चाहती हूं कि तुम मेरी मदद करो।

क्या तुम मेरी मदद करोगे? बोलो करोगे?' अब उसने मेरा हाथ जकड़ लिया था। 'वादा करो तुम मेरा रहस्य नहीं खोलोगे। बदले में मैं तुम्हारे लिए कुछ भी करने के लिए तैयार हूं। मैं सच कह रही हूं। बोलो, मेरी मदद करोगे?'

हमारे पीछे एक हल्की-सी आहट हुई और हम दोनों घूमे। एक घुंघराले काले बालों वाला लंबा, ऊंचा, शक्तिशाली आदमी हमारे पीछे खड़ा था। वह एक कत्थई रंग की बिना बांह की कमीज और गहरे नीले रंग की पतलून पहने था। उसके हाथ में एक .38 ऑटोमैटिक थी और उसका निशाना मैं था। उसके चेहरे पर ऐसे प्रसन्नता के भाव थे, जैसे वह किसी ऐसे चुटकुले का आनंद उठा रहा हो, जो किसी साधारण समझ-बूझ वाले आदमी की समझ में आने वाला नहीं था।

'बड़ी बढ़िया कहानी सुनाई तुमने।' वह भारी आवाज में बोला– 'तो यह कहीं जाकर छुप जाना चाहती है। ठीक है, ऐसा ही होगा। वह ऐसी जगह छुपाई जाएगी, जहां कभी कोई इसे तलाश नहीं कर पाएगा। और यही हाल तुम्हारा होगा मेरे दोस्त।'

मैं हम दोनों के बीच के फासले का हिसाब लगा रहा था और सोच रहा था कि क्या उसके गोली चला पाने से पहले मैं उस पर झपट सकता था। तभी मुझे हवा में किसी चीज की सरसराहट की आवाज सुनाई दी और मुझे लगा, जैसे मेरी खोपड़ी के भीतर एक भीषण विस्फोट हुआ हो।

आखिरी आवाज जो मेरे कानों में पड़ी, वह मारीन की आतंक भरी जंगली चीख की थी।

16

कमरा खूब बड़ा और हवादार था। दीवार और छत एकदम सफेद थी। खिड़कियों पर सफेद पर्दे पड़े हुए थे और सामने के पलंग पर शेड लगे लैंप की रोशनी पड़ रही थी।

पलंग पर एक आदमी बैठा था। वह पढ़ रहा था। ऐसे लगता था, जैसे कोई विद्यार्थी परीक्षा की तैयारी कर रहा हो।

कुछ क्षण मैं उसे अधमुंदी आंखों से देखता रहा और सोचता रहा कि वह कौन था और इस कमरे में मेरे साथ क्या कर रहा था। जो किताब वह पढ़ रहा था, उसमें भी कुछ

अजीब बात थी। वह बहुत मोटी किताब थी और घने व छोटे अक्षरों में छपी हुई थी। उसने सफा पलटा और मुझे अध्याय शीर्षक दिखाई दिया, तो मुझे मालूम हुआ कि वह किताब उल्टी पकड़े हुए था।

मैं अपने आपको उस कमरे में पाकर हैरान नहीं हुआ था। मुझे लग रहा था, जैसे मैं उस कमरे में कई दिनों से था, कई हफ्तों से था। वह पलंग, जिस पर मैं पड़ा था, मुझे जाना-पहचाना लग रहा था, अपने केबिन के पलंग की ही तरह, जो उस वक्त मुझे पिछले साल पड़ी बर्फ की तरह अपने से दूर लग रहा था।

हालांकि मुझे किसी ने बताया नहीं था, लेकिन मुझे लग रहा था कि मैं किसी अस्पताल में था। मैंने याद करने की कोशिश की कि क्या मैं किसी कार के नीचे आ गया था, लेकिन मेरा दिमाग ठीक से काम नहीं कर रहा था। बार-बार मेरा ध्यान सामने पलंग पर बैठे व्यक्ति की ओर भटक जाता था। मेरा दिमाग लगातार यही सोच रहा था कि वह आदमी किताब उल्टी क्यों पकड़े हुए था।

वह आदमी जवान था, मुश्किल से चौबीस या पच्चीस साल का। उसके बाल घने, लंबे और रेशम की तरह मुलायम थे। उसकी आंखें बहुत भीतर धंसी हुई थीं। लैंप की रोशनी उसके चेहरे पर इस प्रकार पड़ रही थी कि वे उसके चेहरे में दो अंधेरे छेद मालूम हो रही थीं।

एकाएक मुझे अनुभव हुआ कि वह भी मुझे देख रहा था, हालांकि वह किताब पढ़ने का बहाना कर रहा था।

'अगर किताब सीधी पकड़ लो तो पढ़ना तुम्हें ज्यादा आसान लगेगा।' मैं बोला। मुझे खुद ऐसा लगा, जैसे मेरी आवाज दूसरे कमरे से आ रही हो।

उसने सिर उठाया और मुस्कराया। बड़ा भला-सा नौजवान लग रहा था वह। कोई कॉलेज का छोकरा, जिसके हाथ में किताब से ज्यादा बेसबॉल का बैट शोभा देता।

'मैं हमेशा ऐसे ही किताबें पढ़ता हूं।' वह बोला– 'ऐसे ज्यादा मजा आता है और एक बार आदत हो जाए तो यह काम कोई कठिन भी नहीं मालूम होता। हां, अभी अभ्यास की जरूरत होती है।' उसने किताब रख दी– 'कैसा लग रहा है मि. सी. ब्राइट? तुम्हारा वक्त तो बहुत बुरा गुजरा। अब सिर कैसा है?'

उसने जिक्र किया तो मुझे अनुभव हुआ कि मेरा सिर दु:ख रहा था और मेरी खोपड़ी की कोई नस फड़क रही थी।

'दु:ख रहा है।' मैं बोला– 'क्या यह कोई अस्पताल है?'

'अस्पताल तो नहीं कह सकते। ये लोग इसे सैनिटोरियम कहते हैं।'

'तुम्हारा मतलब सैनोटोरियम से है, है न! सैनोटोरियम पागलखाना होता है।'

'हां, वही।' वह मुस्कराया।

मैंने अपनी आंखें बंद कर लीं। सोचना कठिन था, लेकिन मैंने कोशिश की। सिर पर प्रहार, कत्थई रंग की कमीज वाला आदमी और मारीन की आतंक भरी चीख याद करने में मुझे बहुत वक्त लगा। सैनोटोरियम! मुझे अपनी रीढ़ की हड्डी पर मकड़ियां रेंगती महसूस हुईं। सैनीटोरियम।

मैं एकाएक उठकर बैठ गया। लेकिन मेरी बांह पलंग से न उठ पाई। मैंने घूमकर देखा कि वह वहां फंसी हुई थी। मुझे अपनी कलाई में हथकड़ी पड़ी दिखाई दी। हथकड़ी का दूसरा हिस्सा पलंग की रेलिंग के साथ फंसा हुआ था।

वह आदमी बड़ी दिलचस्पी भरी निगाहों से मुझे देख रहा था।

'उनका ख्याल है तुम्हें यूं बांधकर रखना हमारे लिए सुरक्षित है।' वह बोला– 'बेहूदगी है, लेकिन हमारे भले के लिए है।'

'हां।' मैं फिर लेट गया। 'इस जगह का संचालन कौन करता है?'

'डॉ. साल्जर, और कौन? तुम मिले नहीं उससे। बहुत बढ़िया आदमी है। तुम पसंद करोगे उसे। हर कोई पसंद करता है।'

तब मुझे याद आया कि कत्थई कमीज वाले ने कहा था कि वह मुझे ऐसी जगह छुपाएगा, जहां मुझे कभी कोई तलाश नहीं कर पाएगा। पागलखाना किसी को छुपाने के लिए बहुत बढ़िया जगह थी। लेकिन साल्जर पागलखाना नहीं चलाता था। उसका संस्थान तो ज्यादा खा-खाकर मुटियाये हुए लोगों की आरामगाह थी–नर्स गर्नी ने तो यही कहा था।

'लेकिन मेरे ख्याल से साल्जर तो कोई प्राकृतिक चिकित्सा केंद्र चलाता था, न कि पागलखाना।'

'तुम्हारा ख्याल ठीक है, लेकिन यहां मानसिक रूप से बीमार लोगों के लिए भी एक विंग है। साधारणतया इसका जिक्र नहीं किया जाता। आपके रिश्तेदार यह कहने से कि आप एक पागलखाने की कोठरी में बंद हैं, यह कहना ज्यादा पसंद करते हैं कि आप

प्राकृतिक चिकित्सा करा रहे हैं।'

'तो हम पागलखाने में हैं?'

'हां, इस कमरे की दीवारों पर रबड़ मढ़ा हुआ है।' उसने मुझे दीवार पर घूंसा मारकर दिखाया। जरा भी आवाज नहीं हुई। 'देखा! वैसे मेरा नाम इंकन हार्पर है। तुमने ड्व्हाइट हार्पर का नाम सुना होगा, वह मेरे पिता हैं।'

ड्व्हाइट हार्पर रंग-रोगन का एक बहुत बड़ा व्यापारी था। मुझे नहीं मालूम था कि उसका कोई लड़का भी था।

'मेरा नाम मैलोप है।' मैं बोला– 'मि. मैलोप।'

उसने स्थिर नेत्रों से मुझे देखा।

'कौन?'

'मैलोप।'

'क्या सच?' वह मुस्कराया– 'उन्होंने मुझे बताया है कि तुम्हारा नाम एडमंड सी. ब्राइट है।'

'नहीं, मैलोप।' मकड़ियां फिर मेरी रीढ़ की हड्डी पर रेंगने लगीं।

'हूं।' वह मेज के किनारे पर अपनी उंगलियां दौड़ाने लगा– 'लेकिन अगर मैं तुम्हें सी. ब्राइट के नाम से पुकारूं तो क्या तुम्हें एतराज होगा? ब्लांड तुम्हें सी. ब्राइट कहता है, डॉ. साल्जर तुम्हें सी. ब्राइट कहता है। तुम्हारे कागजात में तुम्हारा नाम सी. ब्राइट लिखा है। ब्लांड ने मुझे तुम्हारे कागजात दिखाए हैं। उस पर लिखा है कि तुम मैनिक डिप्रेसिव हो।'

एकाएक मेरा मुंह सूख गया।

'क...क्या?'

'मैनिक डिप्रेसिव, मुझे तो यह बकवास लगती है।'

'हां, यह बकवास है।' मेरे लिए शांति से बोलना और सोच पाना कठिन होता जा रहा था।

'जानकर खुशी हुई। मुझे तो तुम ऐसे आदमी नहीं लगे थे और मैंने ब्लांड को यह बात कही भी थी। लेकिन ब्लांड तो मूर्ख है, एकदम जाहिल। मेरी बात कभी सुनता ही

नहीं। तुम्हें भी पसंद नहीं आएगा वह। वह मुझे कहता है कि मैं पैरानोइचाक हूं, लेकिन वह भी बकवास है। सुबह मेरी उससे बहुत बहस हुई थी। तब उसने मुझे यह किताब दी थी। यह पैरानाइचाक के बारे में ही है। बड़ी दिलचस्प किताब है, लेकिन इसका कोई लक्षण तो मुझे अपने में दिखाई दिया नहीं। इसमें मैनिक डिप्रेसिव पर भी एक बड़ा दिलचस्प अध्याय है।' उसने फिर मेज के किनारे पर अपनी उंगलियां दौड़ाईं– 'क्या तुम्हें दौरे पड़ते हैं?'

'नहीं।'

'जानकर खुशी हुई।' वह सच ही बहुत खुश लग रहा था– 'लेकिन अजीब बात है कि तुम अपना नाम मैलोप समझते हो। या नहीं है ऐसा?'

मैं धीमे और स्पष्ट स्वर में बोला– 'मैं इसे अजीब बात नहीं समझता, क्योंकि मैलोप ही मेरा नाम है।'

'हूं।' वह फिर किताब के पन्ने पलटने लगा– 'तो फिर अगर तुम्हारा नाम एडमंड सी. ब्राइट नहीं है, तो तुम यहां क्या कर रहे हो?'

'यह एक लंबी कहानी है।' न जाने मुझे उस आदमी को अपनी बात का विश्वास दिलाना बहुत जरूरी लगने लगा। अगर उसे मेरी बात का विश्वास न हुआ, तो फिर किसे होगा? 'दरअसल मैं एक प्राइवेट इंवेस्टीगेटर हूं और एक केस की तफ्तीश के लिए नियुक्त किया गया हूं। मैंने पता लगा लिया है कि योदोरा ड्रिपु की मौत के लिए डॉ. साल्जर जिम्मेदार है। बात बड़ी पेचीदा है, लेकिन जो बातें मैं जानने में कामयाब हो गया हूं, उन्हीं की वजह से मुझे अगुवा कर लिया गया है।' पता नहीं कैसे मैं यह आखिरी शब्द कह पाया। वह बड़ी भयंकर बात लग रही थी, लेकिन अपनी जान बचाने के लिए मैं इस बेहतर ढंग से बात को नहीं कह सकता था। मेरे मन में आतंक की चिंगारी भड़कती जा रही थी और हार्पर अविश्वसनीय ढंग से मेरी ओर देख रहा था।

'डॉ. साल्जर?' उसके चेहरे पर बड़ी दिलकश मुस्कराहट उभरी– 'कातिल? बड़ी दिलचस्प बात है और तुम कोई जासूस-वासूस हो? ठीक?'

'देखो।' मैं फिर उठने का उपक्रम करता हुआ बोला– 'मैं जानता हूं, तुम क्या सोच रहे हो? तुम समझते हो मैं पागल हूं। है न?'

'हरगिज नहीं, मि. सी. ब्राइट।' वह सभ्य स्वर में बोला– 'मैं तो ऐसा कुछ नहीं समझता। मैं जानता हूं तुम्हारी तबीयत ठीक नहीं है, लेकिन पागल तो तुम हरगिज भी

नहीं हो।'

मैंने अपने सूखे होंठों पर जुबान फेरी।

'पक्की बात।'

'बिलकुल।'

लेकिन मुझे उसकी आंखों में विनोदपूर्ण भाव दिखाई दिया। वह झूठ बोल रहा था।

17

हार्पर ने मुझे बताया कि नौ बजे के करीब ब्लांड बत्ती बुझाने आएगा।

'कोई पांच मिनट में।' वह अपनी घड़ी देखता हुआ बोला– 'ब्लांड मुझे वह घड़ी रख लेने देता है, क्योंकि मैं हर हफ्ते उसे सौ सिगरेट देता हूं। सिगरेट मेरा बाप भेजता है, लेकिन मुझे तो सिगरेट पीने की इजाजत नहीं है। ये लोग समझते हैं कि मैं बिस्तर में आग लगा बैठूंगा।' वह अपने सफेद दांत चमकाता हुआ बोला– 'बकवास! लेकिन उनकी नीयत खराब नहीं है।'

चादर की ओट में मैं अपना हाथ हथकड़ी में से निकालने की कोशिश कर रहा था। अगर मैं एक बार आजाद हो जाऊं–मैं अपने आपसे कह रहा था–तो फिर कुछ भी, मशीनगन भी नहीं, मुझे इस जगह से निकलने से नहीं रोक पाएगी। लेकिन हथकड़ी तो शायद मेरी कलाई की ही नाप की बनाई गई थी। चाबी के बिना या अपने हाथ काटे बिना उससे छुटकारा पाना असंभव था।

'आज क्या दिन है?' एकाएक मैंने पूछा।

हार्पर ने मेज का एक दराज खोला और उनमें रखी डायरी देखी। 'आज उनतीस जुलाई है। तुम डायरी नहीं रखते? मैं तो रखता हूं। कल एक वर्षगांठ है। मुझे यहां तीन साल हो गए हैं।'

लेकिन मैं सुन नहीं रहा था। दिमाग पर बहुत जोर देने के बाद ही मैं सोच पाया कि मेरी चौबीस तारीख को मारीन से मुलाकात हुई थी। पांच दिन! पाला और कैरमन मुझे

तलाश कर रहे होंगे। क्या उन्हें यहां देखना सूझेगा? अगर उन्हें सूझ भी गया तो भी वे मुझ तक कैसे पहुंचेंगे? साल्जर को ब्रैंडन की सरपरस्ती हासिल थी। भला वह कैरमन को कही किसी बात पर क्यों कान देगा। अगर शेरिल को–मुझे पूरा विश्वास था कि वह कत्थई कमीज वाला आदमी शेरिल था–भरोसा न होता कि यहां मुझ तक कोई पहुंच पाएगा, तो क्या उसने मुझे गोली मारकर समुद्र में न फेंक दिया होता। वैसे उसने ऐसा क्यों नहीं किया? शायद वह कत्ल तक नहीं पहुंचना चाहता था। स्टीवेंस का भी कत्ल नहीं हुआ है। उसकी मौत दुर्घटनावश हुई थी। लेकिन साल्जर को कत्ल से कोई परहेज नहीं मालूम होता था–बशर्ते कि ड्वान ने उसके आदेश के बिना कत्ल न किया हो। लेकिन बाकी की जिंदगी उस कोठरी में बंद रहने से तो शायद कत्ल ही अच्छा था।

'अपने आपको संभालो मैलोप।' मैं अपने आपसे बोला। होश में आओ। ठीक है तुम्हारी खूब धुनाई हुई है और शायद तुम्हें ढेरों मादक पदार्थ भी दिए गए हैं, लेकिन इसका मतलब यह तो नहीं कि तुम अपना आपा खो बैठो। पाला और कैरमन तुम्हें इस जंजाल से निकाल लेंगे। उनके ऐसा कर पाने तक तो संभलो।

एकाएक नि:शब्द दरवाजा खुला और एक ठिगना-सा आदमी भीतर दाखिल हुआ। उसके गोरिल्ले जैसे चौड़े कंधे थे और चेहरे पर एक विनोद रहित मुस्कराहट थी। वह सफेद कोट, सफेद पतलून और सफेद जूते पहने था। वह एक तौलिए से ढकी ट्रे उठाए हुए था और वह ऐसा नि:शब्द चल रहा था, जैसे फर्श पर उसके पांव नहीं, कोई पंख पड़ रहा था।

'हैलो, हापी।' वह दरवाजे के समीप की मेज पर ट्रे रखता हुआ बोला– 'सोने का वक्त हो गया। कैसे हो? उस किताब से कुछ हासिल हुआ?'

हार्पर ने मेरी ओर हाथ हिलाया।

'इस वक्त मि. सी. ब्राइट हमारे साथ हैं।' वह बोला।

ब्लांड–वह आदमी निश्चय ही ब्लांड था–मेरा पलंग के पायताने पहुंचकर वह मुझे घूरने लगा। मुस्कराहट अभी भी उसके चेहरे पर मौजूद थी। उसकी हरी आंखें बर्फ की तरह सख्त और तीखी थीं।

'हैलो, बेबी।' वह बोला। अजीब रहस्यमयी, भर्राई हुई और फुसफुसाती हुई-सी आवाज थी उसकी– 'मैं ब्लांड हूं। तुम्हारी देखभाल मुझे ही करनी है।'

'हैलो।' मैं बोला। मैं बड़ी मुश्किल से अपने आपको संभाले रह पाया– 'तुम्हें मेरी

देखभाल करने की जरूरत नहीं। साल्जर कहां है? मैं उससे बात करना चाहता हूं।'

'डॉ. साल्जर, बेबी।' ब्लांड तिरस्कारपूर्ण स्वर में बोला– 'ऐसे बेइज्जत ढंग से बात मत करो।' उसने हार्पर को आंख मारी– 'तुम्हारी कल मुलाकात होगी उनसे।'

'मैं उससे अभी मिलना चाहता हूं।'

'कल, बेबी।' डॉक्टर को भी आराम की जरूरत है। मैं तुम्हारे लिए दवा लाया हूं, उसके बाद तुम सो जाओगे।'

'यह अपने आपको जासूस समझता है।' हार्पर एकाएक बोला– 'यह कहता है डॉ. साल्जर ने किसी का कत्ल कर दिया है।'

'बड़ी नाकद्री की बात करता है, लेकिन क्या फर्क पड़ता है।' उसने एक इंजेक्शन देने को सिरिंज निकाल ली।

'लेकिन फर्क पड़ता है। यह तो दौरे पड़ने के आसार हैं।' हार्पर बोला– 'किताब में यही लिखा है। समझ नहीं आती, इसे यहां मेरे साथ क्यों रखा गया है। मुझे यह पसंद नहीं। यह खतरनाक साबित हो रहा है।'

ब्लांड ने अट्टहास किया।

'तुमसे यह बात सुनना अजीब लगता है। होश में आओ, बेबी। मुझे बहुत कुछ करना है।' उसने सिरिंज को एक रंगहीन द्रव्य से भर लिया।

'मैं डॉ. साल्जर से शिकायत करूंगा।' हार्पर बोला– 'मेरे फादर इसे पसंद नहीं करेंगे।'

'ऐसी की तैसी तुम्हारे बाप की और तुम्हारी भी।' ब्लांड बेसब्रेपन से बोला। वह मेरे पास पहुंचा– 'ऑल राइट, दाईं बांह निकालो।'

मैं उठकर बैठ गया।

'तुम यह इंजेक्शन मुझे नहीं लगा सकते।' मैं बोला।

'ऐसी बात मत करो, बेबी। इससे तुम्हें कुछ हासिल नहीं होगा।' ब्लांड की मुस्कराहट और मुखर हो उठी– 'लेट जाओ और आराम से इंजेक्शन लगवाओ।'

'नहीं।'

उसने अपने दाएं हाथ से मेरी कलाई पकड़ ली। उसकी उंगलियां मेरी खाल में

धंसने लगीं। उसने मेरी बांह मरोड़ी। मैंने उससे बांह छुड़ाने की कोशिश की, लेकिन उल्टे मेरी बांह ही टूटने को हो गई। मैंने उस पर प्रहार करने की कोशिश की, लेकिन मैं अपने उस प्रयत्न में भी कामयाब न हो सका।

वह मुझे पकड़े रहा और हंसता रहा, जैसे वह देख रहा हो कि मैं और क्या कर सकता था। लेकिन मैं कुछ भी करने में सफल न हो सका।

'बस?' उसने पूछा– 'मैं तुम्हें इंजेक्शन देने लगा हूं। अगर तुमने अब हाथ-पांव मारे तो सुई तुम्हारी खाल में ही टूट जाएगी, इसलिए सोच-समझकर कोई हरकत करना।'

मैंने विरोध करने की कोशिश की, तो उसने मेरी बांह मरोड़नी शुरू कर दी। मेरा चेहरा पसीने से नहा गया। मेरी सांस उखड़ने लगी।

फिर उसने एकाएक आगे को झुककर सुई मेरी बांह में घोंप दी। उसके बाद उसने मेरी बांह छोड़ दी और पीछे हट गया।

'हो गया काम।' वह भी हांफ रहा था– 'वैसे जी तो चाह रहा था कि मैं तुम्हारी बांह तोड़ दूं।'

मैंने उसे एक हाथ जमाने की कोशिश की, लेकिन मेरी बांह ने मेरा साथ नहीं दिया। पता नहीं उसने मुझे किस चीज का इंजेक्शन दिया था, लेकिन उसका असर बहुत जल्दी होने लगा था। फिर उसका सुर्ख चेहरा मेरी आंखों के सामने धुंधलाने लगा। कमरे की दीवारें मुझे छिन्न-भिन्न होती महसूस हुईं। उन दीवारों के पीछे मुझे एक अंधेरी सुरंग दिखाई देने लगी।

18

मैंने आंखें खोलीं।

सींखचेदार खिड़की में से पीली धूप भीतर दाखिल हो रही थी। सामने दीवार पर सींखचों की परछाई पड़ रही थी। छह गहरी लकीरें, जो मुझे याद दिला रही थीं कि मैं कैदी था।

ब्लांड हाथ में डस्टर लिए चुपचाप कमरा झाड़ रहा था।

हार्पर पलंग पर बैठा किताब पढ़ रहा था। ब्लांड की ओर से वह पूर्णतया उदासीन था।

ब्लांड मेरे समीप पहुंचा। उसने मेरी मेज झाड़ी। हमारी आंखें मिलीं। उसके होंठों पर हर क्षण मौजूद रहने वाली मुस्कराहट फैल गई।

'हैलो बेबी।' वह बोला– 'कैसे हो?'

'ठीक हूं।' मैं पहलू बदलता हुआ बोला। मेरी दाईं बांह और कंधे दु:ख रहे थे और मेरी कलाई पर अभी भी उसकी मोटी उंगलियों के निशान मौजूद थे।

'गुड! थोड़ी देर में मैं शेव का सामान लेकर आऊंगा, फिर तुम नहा भी लेना।'

नहाने का मतलब था कि हथकड़ी उतारी जाएगी, मैंने सोचा।

लगता था कि ब्लांड समझ गया था कि मैं क्या सोच रहा था।

'और देखो, कोई शरारत करने की कोशिश मत करना।' वह बोला– 'यह ख्याल छोड़ दो कि तुम यहां से भाग सकते हो। तुम नहीं भाग सकते। यहां मेरे जैसे और भी लोग हैं। सीढ़ियों के दहाने वाले दरवाजे पर ताला लगा हुआ है और खिड़कियों पर सींखचे हैं। हापी से पूछो, वह तुम्हें बताएगा। जब हापी शुरू में यहां आया था, तो इसने शरारत की थी। इसने भागने की कोशिश की थी, लेकिन कामयाब नहीं हो सका था।'

मैं चुप रहा।

'हापी से पूछो, जो बच्चे शरारतें करते हैं, हम उनके साथ कैसे पेश आते हैं। वह तुम्हें बताएगा।' वह आपी की ओर घूमा और हंसता हुआ बोला– 'तुम इसे बताओगे न, हापी?'

हापी ने नफरत भरी निगाहों से उसे देखा।

'मुझसे बात मत करो, जलील चूहे! मुझे तुम्हारी सूरत से नफरत है।'

ब्लांड हंसा।

'ठीक है; मैं बुरा नहीं मानता, मुझे आदत है।'

हार्पर ने उसे एक गंदी गाली दी।

'हौसला रखो।' ब्लांड अभी भी मुस्करा रहा था– 'इतना ताव मत खाओ।' वह दरवाजे के पास पहुंचा– 'पहले शेव, फिर स्नान और उसके बाद ब्रेकफास्ट। मैं तुम्हें एक

अंडा फालतू दिलाने की कोशिश करूंगा।'

हार्पर ने उसे फालतू अंडे के बारे में बड़ी गंदी राय दी।

ब्लांड हंसता हुआ चला गया।

'भागने की कोशिश मत करना सी. ब्राइट।' हार्पर बोला– 'कोई फायदा नहीं होगा। वे तुम्हें बेड़ियां पहना देंगे और कई-कई दिन ठंडे पानी में डुबकियां देते रहेंगे। वह दरवाजे के बारे में झूठ नहीं बोल रहा था। तुम चाबी के बिना बाहर नहीं निकल सकते।'

मैंने अभी इंतजार करने का फैसला किया।

थोड़ी देर बाद बिजली के दो रेजर लिए ब्लांड वापस लौटा। उसने उन्हें बिजली के प्लगों में लगा दिया और मुझे तथा हार्पर को एक-एक थमा दिया।

'जल्दी-जल्दी करो, बच्चो।' वह बोला। 'मुझे आज बहुत काम है।'

'तुम हमेशा ही बड़बड़ करते रहते हो।' हार्पर क्रोधित स्वर में बोला– 'तुम दफा क्यों नहीं होते। मैं तुम्हारा भद्दा चेहरा देख-देखकर तंग आ गया हूं।'

'मेरे साथ भी यही बात है।' ब्लांड प्रसन्न स्वर में बोला– 'जल्दी करो और बढ़िया शेव करना। डॉ. साल्जर अपने मरीजों को बड़ा स्मार्ट देखना पसंद करता है।'

तो मेरी डॉ. साल्जर से मुलाकात होने वाली थी। शायद मैं उसे भयभीत करने में सफल हो जाऊं। अगर शेरिल ने मुझे यहां रखवाया था, तो शायद मैं डॉक्टर को यह विश्वास दिला पाऊं कि किसी को अपहृत करना एक बड़ा खतरनाक खेल था। संभव तो नहीं लगता था, लेकिन कोशिश करके देखने में क्या हर्ज था।

मैं शेव कर चुका तो ब्लांड एक सफेद रंग का सूती ड्रेसिंग गाउन लिए लौटा।

'कोई शरारत मत करना।' वह हथकड़ी निकालने के लिए आगे बढ़ा।

हथकड़ी निकालने तक मैं स्थिर पड़ा रहा। हार्पर बड़ी दिलचस्पी से मुझे देख रहा था। ब्लांड भी दो कदम पीछे हटकर मुझे देखने लगा।

'उठो।'

मैंने टांगें पलंग से नीचे लटकाईं और उठ खड़ा हुआ। जमीन पांव से लगते ही मुझे महसूस हुआ कि मैं कोई शरारत करने की स्थिति में नहीं था। मेरी टांगें बुरी तरह कांप रही थीं।

मैंने लड़खड़ाते हुए एक कदम आगे बढ़ाया और फिर फर्श पर बैठ गया। मैं ब्लांड को यह जताना चाहता था कि मैं बेहद कमजोर था। मेरे लिए एक कदम चलना भी कठिन था।

बड़ी मेहनत से मैं दोबारा उठकर खड़ा हुआ। ब्लांड अपने स्थान से हिला भी नहीं था। वह संदिग्ध था और किसी फंदे में नहीं फंसना चाहता था।

'मेरी मदद करो।' मैं उस पर गुर्राया– 'पर मुझे वापस पलंग पर जाने दो।'

'देखो, मैं तुम्हें चेतावनी दे रहा हूं।' वह नम्र स्वर में बोला– 'अगर तुमने कोई शरारत की तो एक मुद्दत के लिए वह तुम्हारी आखिरी शरारत होगी।'

'क्या बात है? मुझसे डरते हो?'

यह जुबान वह समझता था, क्योंकि उसने झपटकर मेरी बांह थाम ली।

'तुमसे क्या, मैं किसी से नहीं डरता।'

उसने ड्रेसिंग गाउन पहनने में मेरी मदद की, दरवाजा खोला और हम दोनों बाहर लंबे गलियारे में आ गए। मैंने दो कदम उठाए और फिर यूं ठिठका जैसे मुझे अभी भी अपने आप पर भरोसा नहीं था। मैंने दाएं-बाएं निगाह दौड़ाई। गलियारे के एक सिरे पर एक विशाल दरवाजा था। दूसरे सिरे पर एक खिड़की थी, जिस पर भारी ग्रिल लगी हुई थी।

'देख लिया?' वह हंसता हुआ बोला– 'अब आगे बढ़ो। मैंने तुम्हें पहले ही बताया था कि भाग पाना असंभव है। अब तुमने खुद देख लिया है।'

मैं ब्लांड के साथ गलियारे में चलने लगा। मेरा मस्तिष्क व्यस्त था। किसी प्रकार मुझे उस दरवाजे की चाबी हासिल करनी थी या फिर मुझे पड़े-पड़े सड़ना था, बशर्ते कि वे ही मुझसे तंग न आ जाएं।

एकाएक वातावरण में एक चीख गूंजी। हम ठिठक गए। फिर ऐसी धप्प की आवाज हुई, जैसे कोई भारी चीज गिरी हो।

ब्लांड ने मेरी बांह थाम ली।

एकाएक एक दरवाजा खुला और एक लड़की झपटकर गलियारे में पहुंची। वह एकदम नंगी थी। उसका पानी और साबुन के झाग से भीगा शरीर जाहिर करता था कि वह नहाती हुई भाग निकली थी। वह बहुत हसीन तो नहीं थी, लेकिन जिस्म के कटाव

बड़े शानदार थे। उम्र अंदाजन पच्चीस साल थी और रंगत दूध जैसी सफेद थी।

मैंने ब्लांड को सिसकारी भरते सुना। फिर वह एकदम कूदकर लड़की पर झपटा। उसकी आंखें उत्तेजना से चमक रही थीं। उसने लड़की की बांह दबोच ली। लड़की की चीख छत और चारदीवारी से जाकर टकराई। ब्लांड का हाथ उसकी साबुन भरी बांह से फिसल गया और वह घूमकर गलियारे में भागी।

ब्लांड ने एक कदम आगे बढ़ाया और फिर अपना ख्याल बदल दिया। वह भाग थोड़े ही सकती थी। वह बंद दरवाजे तक पहुंच चुकी थी और अब दोनों हाथों से उसे पीट रही थी।

तभी बाथरूम में से एक नर्स निकली। वह एक शक्तिशाली औरत थी और उसका चेहरा क्रोध से लाल हो रहा था। उसने एक निगाह लड़की पर डाली और फिर ब्लांड की ओर देखा।

'अपने मरीज को ले जाओ यहां से।' वह बोली– 'और तुम भी फूटो यहां से वनमानुष के बच्चे।'

'धीरज रखो।' ब्लांड अभी भी लड़की को देख रहा था– 'उसे तो तुम्हीं ने निकल जाने दिया था बूढ़ी घोड़ी।'

'यहां से दफा हो जाओ नहीं तो मैं तुम्हारी रिपोर्ट कर दूंगी।' नर्स क्रोधित स्वर में बोली।

ब्लांड दांत निकालकर हंसा। फिर उसने मेरी बांह पकड़ ली।

'आओ, बेबी! तमाशा खत्म हुआ। तुम यह नहीं कह सकते कि यह दिलचस्प जगह नहीं है। यहां तो कैबरे डांस से भी बढ़िया प्रोग्राम मुफ्त में देखने को मिलते हैं, और क्या चाहते हो तुम?'

उसने मुझे लड़की वाले बाथरूम के सामने के बाथरूम में धकेल दिया। नर्स गलियारे में लड़की की ओर बढ़ गई। लड़की घूमी, उसने नर्स को अपनी ओर बढ़ते देखा और फिर वह इतनी जोर से चीखी कि मेरी सारी नसें झनझना उठीं।

ब्लांड उत्तेजित था। उसकी आंखें चमक रही थीं और वह बार-बार अपने होंठों पर जुबान फेर रहा था। उसने बाथरूम का दरवाजा बंद कर दिया।

'क्या चीज थी!' वह यूं बोला जैसे अपने आपसे बात कर रहा हो। 'मैं उसके लिए

अपनी एक हफ्ते की तनख्वाह छोड़ सकता हूं। चलो, कपड़े उतारो और स्नान शुरू करो। क्या किस्मत है मेरी। उतनी शानदार लड़की को छोड़कर मुझे यहां तुम्हें देखना पड़ेगा।'

'बच्चों जैसी बातें मत करो।' मैं अपने कपड़े उतारता हुआ बोला– 'वह है कौन?'

'लड़की? तुम नहीं जानते उसे। वह यहां नर्स होती थी। उसके दोस्त ने उसे धोखा दे दिया, तो वह एकाएक पागल हो गई। वह मेरे यहां आने से पहले के ही है। समझ नहीं आता यार के धोखा दे जाने में पागल हो जाने वाली कौन-सी बात होती है। वह जब चाहती, उसका काम तो मैं कर देता।'

'नर्स! क्या वह वही गायबशुदा नर्स तो नहीं थी, जिसके बारे में मिफलिन ने मुझे बताया था? हो तो सकती थी।

'इनका नाम एनोना फ्रीडलैंडर है न?' मैंने पूछा।

'तुम्हें कैसे मालूम?' ब्लांड हैरानी से बोला।

'मैं जासूस हूं।'

ब्लांड हंसा। वह मेरे बगल में स्टूल पर बैठ गया। उसने एक सिगरेट सुलगाई।

'जासूसी छोड़ो और नहाकर चलो। मुझे बहुत काम है।' अनजाने में उसने माचिस बाथटब में डाल दी।

'हार्पर को क्या हुआ है?' मैंने पूछा– 'वह यहां क्यों है?'

'वह अनोखा केस है। महीने में कुछ दिन ऐसे आते हैं, जब मैं भी उसके करीब नहीं फटकता। हालांकि उसकी सूरत देखकर ऐसा कुछ नहीं कहा जा सकता। अगर उसका बाप रईस न होता, तो वह मुजरिमों के पागलखाने में होता। उसने एक लड़की को मार डाला था। अपने दांतों से उसका गला उधेड़ दिया था। इसे बाकी सारी जिंदगी यहीं रहना पड़ेगा। इसका कुछ पता नहीं। जब उसका मूड खराब होता है, तो वह कत्ल भी कर सकता है। एक दिन वह ठीक होता है, तो अगले दिन वह भूखे शेर जैसा खतरनाक हो जाता है।'

मैं ब्लांड के बारे में सोचने लगा। क्या उसे खरीदा जा सकता था?

'एक सिगरेट तो पिला दो।' मैं पानी में लेटा-लेटा बोला।

'जरूर, अगर तुम तरीके से पेश आओ तो मैं तुमसे अपने भाई जैसा बर्ताव

करूंगा।' उसने मुझे एक सिगरेट दिया और फिर उसे सुलगा भी दिया– 'तुम लोग जब शुरू में यहां आते हो तो बड़ी होशियारी दिखाने की और बखेड़े खड़े करने की कोशिश करते हो। मेरी राय मानो, ऐसा कभी मत करना। हम तुम लोगों को हर हाल में भुगत सकते हैं। बस, इतना याद रखना।'

मैंने एक कश लगाया।

'मुझे यहां कब तक रखा जाएगा?'

'तुम्हारे रिकॉर्ड से तो लगता है कि तुम हमेशा के लिए ही यहां हो।'

मैंने कोशिश करने का फैसला किया।

'सौ डॉलर कमाना पसंद करोगे?'

'क्या करके?'

'मामूली काम है। मेरे एक दोस्त को फोन कर दो।'

'क्या कहना होगा?'

मैंने गौर से उसे देखा। उसका मेरा कोई काम करने का इरादा नहीं था। वह मुझे घिस रहा था।

'छोड़ो।' मैं बोला– 'भूल जाओ, तौलिया दो।'

उसने मुझे तौलिया दे दिया।

'ऐसा मत करो। शायद मैं तुम्हारे काम आ सकता हूं। क्या है टेलीफोन नंबर?'

'छोड़ो।'

'अगर तुम रकम बढ़ा दो तो कैसा रहे? जैसे पांच सौ डॉलर...।'

'जिस चीज को तुम अपना भेजा कहते हो, उसमें से यह बात निकाल दो।' मैं कपड़े पहनता हुआ बोला– 'किसी दिन हम बराबर की हैसियत से मिलेंगे। मुझे उस दिन का सख्त इंतजार है।'

'ठीक है। सपने देखते रहो। मुझे क्या फर्क पड़ता है।' उसने दरवाजा खोला– 'आओ, फिर मुझे हापी को भी यहां लाना है।'

मैंने गलियारे में कदम रखा। सामने बाथरूम में शांति थी। स्नान ने मेरी हालत काफी सुधार दी थी। अगर उस दरवाजे से निकलने का कोई मौका होता, तो मैं उसे नहीं

छोड़ता। लेकिन सब्र की बहुत जरूरत थी। मैं ब्लांड की बांह का सहारा लिए जान-बूझकर धीमे-धीमे चलता रहा। वह मुझे जितना कमजोर समझे, मेरे लिए उतना ही अच्छा था।

मैं अपने पलंग पर पहुंच गया। उसने मुझे हथकड़ी पहना दी।

हार्पर बोला, वह नहाना नहीं चाहता था।

'नहीं-नहीं ऐसा नहीं कहते।' ब्लांड बोला– 'तुम्हें तो बड़ा स्मार्ट दिखना चाहिए। ग्यारह बजे कोरोनर लैसवेज तुम्हें देखने आने वाला है।' वह मेरी ओर देखकर हंसा– 'और वह तुमसे भी बात करेगा। नगर पार्षद हर महीने पागलों को देखने आते हैं। हालांकि पागल उन्हें क्या कहते हैं, इसकी वे कतई परवाह नहीं करते। कभी-कभार कुछ सुन-सुना भी लेते हैं। लेकिन उन्हें वह कत्ल का किस्सा सुनाने का कोई फायदा नहीं। उन्होंने वह सब सुना हुआ है। उनके लिए तुम अन्य पागलों जैसे एक पागल हो, इसलिए तुम्हें कोई फायदा नहीं होगा।'

वह हार्पर को मनाकर वहां से ले गया। मैं पीछे अकेला रह गया। मैं पलंग पर लेटा सोचने लगा। तो कोरोनर लैसवेज आ रहा था। लेकिन, जैसा कि ब्लांड ने कहा, शायद उसे यह बताने का कोई फायदा नहीं था कि साल्जर योदोरा ड्रिपु के कत्ल के लिए जिम्मेदार था। बात सुनने में अविश्वसनीय लगती थी, लेकिन अगर मुझे मौका मिला तो मैं कहूंगा जरूर। मेरे मन में थोड़ी आशा जगी।

एकाएक मैंने सिर उठाकर देखा। दरवाजा धीरे-धीरे खुला, लेकिन मुझे दिखाई कोई नहीं दिया। दरवाजा पूरा खुल गया। मैंने आगे को झुककर खाली गलियारे में झांका। मैंने सोचा, शायद दरवाजा हवा से खुल गया था, लेकिन फिर मुझे ध्यान आया कि जब ब्लांड और हार्पर वहां से गए थे, तो मैंने खटका बंद होने की आवाज सुनी थी।

मैं खाली दरवाजे का घूरता रहा और प्रतीक्षा करता रहा। कोई आहट तक नहीं हुई, लेकिन दरवाजा किसी ने तो खोला ही था।

थोड़ी देर बाद मेरे कानों में कागज की सरसराहट की आवाज पड़ी। सन्नाटे में वह आवाज मुझे बादल के गर्जन जैसी लगी। फिर जरा-सी हरकत दिखाई दी और एक औरत सामने आई।

वह चौखट पर खड़ी थी। उसके एक हाथ में एक लिफाफा था और आंखों में अजीब खाली-सा, मूर्खतापूर्ण भाव था। उसने मुझे एकदम भावहीन ढंग से देखा और

फिर लिफाफे में हाथ डाला। हां, वह वही थी। वही बेर खाने वाली औरत। वह तो उस वक्त भी बेर खा रही थी।

कितनी ही देर हम एक-दूसरे को देखते रहे। उसका जबड़ा धीरे-धीरे चल रहा था। वह घास खाती गाय जैसी चुस्त और प्रसन्न लग रही थी।

'हैलो!' मैं फंसे कंठ से बोला।

उसने एक और बेर निकाला।

'मि. मैलोप हैं न आप।' वह बड़े ही मीठे स्वर में बोली।

'हां।' मैं बोला– 'पिछली बार जब हम मिले थे, तो यारी-दोस्ती की नौबत नहीं आई थी। कौन हैं आप?'

वह कुछ क्षण जबड़ा चलाती रही। फिर उसने गुठली निकालकर लिफाफे में डाल दी।

'मैं मिसेज साल्जर हूं।' वह बोली।

मुझे पहले ही समझ जाना चाहिए था। और कौन हो सकती थी वह?

'मैं आपके निजी मामलों में दखल नहीं देना चाहता।' मैं बोला– 'लेकिन क्या आपको अपने पति पसंद हैं, मिसेज साल्जर?'

उसके चेहरे पर अभिमान के भाव उभरे।

'डॉ. साल्जर बहुत बढ़िया आदमी है। उस जैसा दुनिया में कोई नहीं।' वह बोली।

'ओहो! बड़े दु:ख की बात है। आपको तो उसका वियोग सहना पड़ेगा। हमारी जेलों में पतियों को अलग-अलग रखा जाता है।'

'क्या कह रहे हो?'

'मैं यह कह रहा हूं कि अगर आपके पति को फांसी की सजा नहीं हुई, तो कम-से-कम बीस साल की कैद की सजा अवश्य होगी। अपहरण और कत्ल के जुर्म में ऐसी ही सजा होती है।'

'कैसा कत्ल?'

'आपके पति के निर्देश पर योदोरा ड्रिपु नाम का एक लड़की का कत्ल कर दिया गया था। मेरा अपहरण किया गया है और इसी इमारत में एनोना फ्रीडलैंडर नाम की एक

लड़की मौजूद है। उसका भी अपहरण किया गया है और फिर नर्स गर्नी भी है।'

उसके मोटे चेहरे पर मुस्कराहट उभरी।

'मेरे पति का इन बातों से कोई रिश्ता नहीं। वे समझते हैं कि मिस फ्रीडलैंडर मेरी एक दोस्त है, जो अपनी याददाश्त खो बैठी है।'

'और शायद वे मुझे भी आपका दोस्त समझते हैं।' मैं व्यंग्यपूर्ण स्वर में बोला।

'दोस्त नहीं, दोस्त का दोस्त।'

'और योदोरा ड्रिपु?'

'उसका मुझे अफसोस है। वह पैसा मांग रही थी। मैंने बेनी को उसे समझाने के लिए भेजा। वह उसके साथ जरा जरूरत से ज्यादा सख्ती से पेश आया।'

मैं अपना जबड़ा सहलाने लगा। मुझे लगा, हालांकि विश्वास नहीं हुआ कि वह सच बोल रही थी।

'नर्स गर्नी कहां है?' मैंने पूछा।

'उसका एक्सीडेंट हो गया था।' वह बोली। उसने लिफाफे में फिर झांका। उसने एक बेर निकाला और उसे मेरी ओर बढ़ाती हुई बोली– 'खाओगे? बिस्तर में पड़े आदमी के लिए बेर बड़े अच्छे होते हैं।'

'नहीं, बेरों को छोड़ो। उसको क्या हुआ था?'

'वह फायर एस्केप के रास्ते से नीचे जा रही थी कि फिसल गई। मैंने उसे अपनी कार में डाला, लेकिन मेरे ख्याल से वही अपनी गर्दन तोड़ बैठी थी। पता नहीं क्यों? लेकिन लगता था, वह मुझसे बहुत भयभीत थी।'

'फिर आपने क्या किया उसका?'

'मैंने उसे झाड़ियों में डाल दिया।' उसने एक बेर खाया और खिड़की से बाहर की ओर हाथ हिलाया– 'वहां रेगिस्तान में। और क्या कर सकती थी मैं।'

मैंने अपने बालों में उंगलियां दौड़ाईं। या तो वह पागल थी या फिर मैं पागल था।

'क्या मेरे यहां आने का इंतजाम आपने किया था?'

'हां, दरअसल डॉ. साल्जर को दवाओं का या मानसिक बीमारियों का कोई ज्ञान नहीं है, लेकिन मुझे है। मेरी बहुत बड़ी प्रैक्टिस थी, लेकिन फिर गड़बड़ हो गई थी। मुझे

याद नहीं क्या हुआ था। फिर डॉ. साल्जर ने मेरे लिए यह जगह खरीद ली। प्रत्यक्षत: इस जगह का संचालन वह करता है, लेकिन हकीकतन सब कुछ मैं करती हूं। वह तो दिखावे का संचालक है।'

'नहीं, ऐसा नहीं है। उसने मैकडोनाल्ड क्रास्बी की मौत के प्रमाणपत्र पर हस्ताक्षर किए थे। उसे ऐसा करने का कोई अधिकार नहीं था।'

'तुम गलती खा रहे हो। उस प्रमाणपत्र पर हस्ताक्षर मैंने किए थे। संयोगवश हम दोनों के नाम के प्रथम अक्षर एक ही हैं।'

'लेकिन वह तो मैलाइनन एंडोकार्डिटीज के लिए जानेट क्रास्बी का इलाज कर रहा था। मुझे डॉ. बेवली ने बताया था।'

'डॉ. बेवली से गलती हुई थी। जब लड़की मरी थी, उस वक्त डॉ. साल्जर मेरे काम से उस घर में गया था। उसने डॉक्टर बेवली को बताया था कि मैं लड़की का इलाज कर रही थी। डॉक्टर बेवली बूढ़ा आदमी है और थोड़ा बहरा भी है। उसने गलत समझा।'

'लेकिन उसे बुलाया ही क्यों गया था? अगर लड़की का इलाज तुम कर रही थीं तो प्रमाणपत्र पर हस्ताक्षर भी तुमने ही क्यों नहीं किए?'

'मैं उस वक्त कहीं गई थी। मेरे पति ने डॉक्टर बेवली को बुलाकर एकदम उचित काम किया था। वह हमेशा उचित काम ही करता है।'

'बड़ी अच्छी बात है, फिर मुझे जाने दो यहां से।'

'वह समझता है तुम खतरनाक हो।' वह दोबारा लिफाफे में झांकती हुई बोली– 'और तुम हो भी खतरनाक, मि. मैलोप तुम जरूरत से ज्यादा जानते हो। तुम्हें अपनी टांग नहीं अड़ानी चाहिए थी। मुझे खेद के साथ कहना पड़ रहा है कि तुम्हें तब तक यहीं रहना होगा, जब तक कि तुम्हारा दिमाग सचमुच खराब न होने लगे। जिन लोगों को लगातार नशीले द्रव्यों के इंजेक्शन दिए जाते हैं, उनका दिमाग या तो खराब हो जाता है या बेहद कमजोर हो जाता है। आपने महसूस किया?'

'मेरे साथ यही होने वाला है?'

'हां, लेकिन डॉ. साल्जर के बारे में कोई बुरी बात मत सोचो, वह बहुत बढ़िया आदमी है। इसलिए मैंने तुम्हें इतनी बातें बताई हैं। जितनी बतानी चाहिए थीं, उनसे भी ज्यादा, लेकिन क्या फर्क पड़ता है। तुम यहां से निकल तो सकते नहीं।'

वह जैसे चुपचाप आई थी, वैसे ही लौटने लगी।

'अरे, जाओ मत।' मैं उठता हुआ बोला– 'मुझे यहां कैद रखने के लिए मारीन क्रास्बी तुम्हें कितना पैसा दे रही है?'

'लेकिन उसे तो मालूम भी नहीं कि तुम यहां हो।' वह नेत्र फैलाती हुई बोली– 'उसका इससे कोई वास्ता नहीं है। मैं तो समझी थी कि तुम्हें मालूम होगा।' और वह भूत की तरह वहां से चली गई।

19

नहा लेने से हार्पर का मूड सुधर गया था। ब्रेकफास्ट के दौरान मैंने उससे पूछा कि क्या उसने कभी वहां से भागने की कोशिश की थी।

'मैं भागकर जाऊंगा कहां?'वह कंधे झटकाता हुआ बोला– 'फिर मेरे टखने को हथकड़ी लगी हुई है और उसका दूसरा सिरा पलंग के साथ कसा हुआ है। पलंग अगर फर्श में ठुका न हुआ होता तो शायद मैं कोई कोशिश करता।'

'पलंग का इससे क्या रिश्ता है।' मैं एक ही हाथ से टोस्ट पर मुरब्बा लगाने की कोशिश करता हुआ बोला।

'हथकड़ी की एक स्पेयर चाबी उस ऊपर के दराज में पड़ी रहती है।' उसने सामने दीवार के साथ रखी दराजों वाली एक मेज की ओर संकेत किया। 'वे आग लग जाने की सावधानी के तौर पर चाबी वहां रखते हैं। अगर मैं पलंग हिला पाऊं तो मैं चाबी तक पहुंच सकता हूं।'

मैं उत्तेजित हो उठा।

'अच्छा, उस दराज में?'

'हां, यह बात किसी को मालूम नहीं होनी चाहिए, लेकिन एक बार ब्लांड अपनी चाबी कहीं रख बैठा था, तो मैंने उसे उस दराज में से चाबी निकालते देखा था।'

'मैंने चाबी वाले दराज और अपने पलंग के पायताने के बीच के फासले का अंदाजा लगाया। वह हार्पर के मुकाबले में मेरे करीब थी। मेरे टखने में हथकड़ी होती तो मैं उस तक पहुंच सकता था, लेकिन हथकड़ी मेरी कलाई में थी, इसलिए यह असंभव

था।

'यह क्या बात है, तुम्हारी तो टांग में हथकड़ी है, लेकिन मेरी कलाई में है?' मैंने पूछा।

'पहले मेरी भी कलाई में ही हथकड़ी डाली गई थी।' वह अपनी ट्रे परे धकेलता हुआ बोला– 'लेकिन उससे किताब पढ़ पाना अटपटा-सा हो जाता था, इसलिए मेरे कहने पर ब्लांड ने जगह बदल दी थी। तुम कहोगे तो वह तुम्हारी भी बदल देगा।'

मैंने उत्तेजित भाव से सोचा, अगर ब्लांड मेरी कलाई आजाद कर दे तो मैं चाबी तक पहुंच सकता था। अगला पूरा घंटा मैं यही बात सोचता रहा।

ग्यारह बजे के करीब ब्लांड एक बड़ा-सा गुलदस्ता लेकर लौटा था। उसने उसे दराजों वाली मेज पर सजा दिया।

'यह सब कुछ नगर पार्षदों की खातिर किया जा रहा है।' वह बोला– 'ये लोग फूलों पर बहुत फिदा होते हैं। पिछली बार जो ग्रुप आया था, उसने रोगियों पर निगाह तक नहीं डाली थी। साले फूलों के गिर्द खड़े होकर उन्हीं के बारे में चबर-चबर करते रहे थे।'

वह ब्रेकफास्ट की ट्रे उठाकर चला गया और लगभग फौरन ही लौटा। उसने आलोचनापूर्ण निगाहों से हमें देखा, फिर आगे बढ़कर हार्पर की चादर और मेरा तकिया ठीक कर दिया।

'अब ऐसे ही रहना।' वह बोला– 'भगवान के लिए बिस्तर बिगाड़ मत देना। तुम्हारे पास किताब नहीं है?' उसने मुझे पूछा।

'किताब तो होनी चाहिए। उन अहमकों की एक यह भी पसंद है। वे रोगी को किताब पढ़ते देखना पसंद करते हैं।'

वह फौरन ही एक भारी-भरकम किताब ले आया। उसने किताब मेरे घुटनों पर रख दी।

'पढ़नी शुरू कर दो।'

'लेकिन मैं एक हाथ से पन्ना कैसे पलटूंगा?' मैंने पूछा। मैंने किताब देखी। उस पर लिखा था–गायकोनालॉजी फॉर एडवांस्ड स्टूडेंट्स।

'अच्छा याद दिलाया।' उसने अपनी चाबी निकाली– 'हम हथकड़ी निगाहों से ओझल रखते हैं। इन अहमकों का दिल बड़ा नर्म होता है।'

उसने हथकड़ी मेरी कलाई से निकालकर मेरे टखने में लगा दी।

मुझे अपने सौभाग्य पर विश्वास नहीं हो रहा था।

'ओ.के.।' वह बोला– 'तुम लोग अपना व्यवहार ठीक रखना। अगर कोई पूछे कि यहां कैसी कट रही है, तो कहना कि यहां तुम लोगों का बहुत ख्याल रखा जाता है। कोई ऊटपटांग जवाब मत देना। वे तो तुम्हारी किसी बात पर विश्वास करेंगे नहीं, लेकिन बाद में तुम्हें मुझसे भुगतना होगा।'

मैंने किताब खोली। पहली तस्वीर देखते ही मेरी पलकें झपकने लगीं।

'अभी मैं इन तस्वीरों को देखने लायक उम्र में नहीं पहुंचा हूं।' मैं बोला और मैंने उसे तस्वीर दिखाई।

उसने तस्वीर देखी, जोर की सिसकारी ली और फिर किताब मेरे हाथ से झपट ली। वह आंखें फाड़-फाड़कर शीर्षक को देखने लगा।

'हे भगवान! क्या इसका यह मतलब होता है?' वह फौरन किताब बदलकर आया। इस बार वह दांतेज फनफर्नी के साथ लौटा।

'इससे वे प्रभावित होंगे।' वह बोला– 'हालांकि पता नहीं सालों को पढ़ना-लिखना आता भी है या नहीं।'

कोई साढ़े ग्यारह के करीब गलियारे में आहट हुई।

ब्लांड, जो खिड़की के पास खड़ा था, अपने बाल संवारने लगा और कोट ठीक करने लगा।

हार्पर ने किताब बंद कर दी।

'आ गए शायद।'

चार आदमी कमरे में आए। पहला आदमी, जाहिर था; डॉ. जोनाथन साल्जर था। वह लंबा-ऊंचा आदमी था और उसके बाल सन की तरह सफेद थे। आयु पचास से ऊपर मालूम होती थी, लेकिन शरीर बलिष्ठ और फौजी जवान की तरह तना हुआ था। वह काला कोट और धारीदार पतलून पहने था। मैंने देखा, उसके हाथ विशेष रूप से आकर्षक थे। लंबे, पतले, पतली-पतली उंगलियां। वे या तो किसी सर्जन के हाथ थे या किसी कातिल के। दोनों ही कामों में वे बड़े कारगर साबित हो सकते थे।

उसके पीछे कोरोनर लैसवेज था। अखबार में अकसर उसकी तस्वीर छपती रहती

थी। उसी दम पर मैंने उसे पहचाना था। वह ठिगना, मोटा आदमी था, गेंद जैसा सिर था उसका। आंखें छोटी थीं और चेहरा बड़ा कमीनगी भरा था। वह सूरत से ही ऐसा आदमी लगता था, जो जिंदगी-भर धोखाधड़ी करता रहा था।

उसका साथी भी बिलकुल उसकी ही जात-बिरादरी का मालूम होता था।

चौथा आदमी दरवाजे के पास यूं ठिठका था, जैसे फैसला न कर पा रहा हो कि भीतर दाखिल हो या नहीं। मैंने उसकी दिशा में देखने की कोशिश नहीं की। मेरा ध्यान साल्जर की ओर लग गया।

'गुड मॉर्निंग, जेंटलमैन!' साल्जर धीर-गंभीर स्वर में बोला– 'उम्मीद है आप लोग ठीक से होंगे। कोरोनर लैसवेज, नगर पार्षद लिंकहीमर और विख्यात लेखक मि. स्ट्रांग आपसे मिलने आए हैं। ये आप लोगों से कुछ सवाल पूछेंगे।' उसने लैसवेज की ओर देखा– 'क्या आप मि. हार्पर से कुछ पूछना चाहेंगे?'

लैसवेज एक सुरक्षित फासले पर खड़ा उल्लुओं की तरह हार्पर को देख रहा था। मैं उस चौथे आदमी की ओर देखने के लिए घूमा, जिसका नाम साल्जर ने स्ट्रांग बताया था।

एक क्षण के लिए मुझे लगा जैसे मैं सचमुच पागल हो गया हूं, क्योंकि दरवाजे पर, चेहरे पर सख्त बोरियत के भाव लिए जैक कैरमन खड़ा था। वह एक सफेद सूट पहने था, चश्मा लगाए था और उसके कोट की ऊपरी जेब से बड़े अंदाज से एक लाल तथा पीला सिल्क का रूमाल झलक रहा था।

मैं ऐसा चौंका कि बिस्तर लगभग अस्त-व्यस्त हो गया। सौभाग्यवश साल्जर उस समय मेरा मेडिकल चार्ट देख रहा था, इसलिए उसका ध्यान मेरी ओर नहीं गया। कैरमन ने भावहीन ढंग से मेरी ओर देखा, उसकी एक भौंह ऊपर उठी और वह साल्जर से बोला– 'डॉक्टर, यह आदमी कौन है? यह तो अच्छा-भला लगता है।'

'यह एडमंड सी. ब्राइट है।' साल्जर ने उसे बताया। उस समय उसके चेहरे पर ऐसी मुस्कराहट थी, जैसी सांताक्लाज के चेहरे पर किसी बच्चे को खिलौना देते वक्त होती है। 'यह हाल ही में यहां आया है।' उसने मेडिकल चार्ट कैरमन को थमा दिया– 'जरा इसे देखिए। इसमें सब कुछ लिखा है।'

कैरमन ने अपना चश्मा ठीक किया और चार्ट देखने लगा। मुझे लग रहा था कि उसे चश्मे में से ठीक से दिखाई नहीं दे रहा था। लगता था कि वह चश्मा वह किसी से मांगकर लाया था।

'ओह हां।' वह बोला– 'क्या इससे बात की जा सकती है?'

'जरूर, शौक से।' साल्जर बोला और मेरे पलंग के समीप पहुंचा।

कैरमन उसकी बगल में आ खड़ा हुआ। दोनों मेरी ओर देखने लगे। मैं सिर्फ साल्जर को देख रहा था, क्योंकि मुझे मालूम था कि अगर मैंने कैरमन की ओर देखा तो सारी पोल-पट्टी खुल जाएगी।

'ये मि. स्ट्रांग हैं।' साल्जर मुझसे बोला– 'ये मानसिक बीमारियों पर पुस्तकें लिखते हैं।' वह कैरमन की ओर देखकर मुस्कराया– 'मि. सी. ब्राइट समझते हैं कि वे एक प्रसिद्ध जासूस हैं। यही समझते हैं न आप मि. सी. ब्राइट?'

'हां।' मैं बोला– 'मैं हूं ही जासूस। मैंने पता लगाया है कि एनोनी फ्रीडलैंडर यहीं इसी मंजिल पर मौजूद है और नर्स गर्नी मर चुकी है और दोनों लाशें तुम्हारी बीवी ने रेगिस्तान में कहीं दफना दी हैं। कैसी रही जासूसी?'

साल्जर बड़े सहानुभूतिपूर्ण ढंग से मुस्कराया।

'देखो।' वह कैरमन से बोला– 'जिन दो औरतों का इसने जिक्र किया है, वे दोनों गायब हो चुके हैं। एक कोई दो साल पहले और दूसरी हाल ही में। किसी वजह से उन औरतों का ख्याल इसके मस्तिष्क में घर कर गया है।'

'ऐसा ही लगता है।' कैरमन गंभीरता से बोला।

'और एक बात और मालूम होनी चाहिए आपको।' मैं बोला– 'मेरी टांग में हथकड़ी लगी हुई है।'

लैसवेज और लिंकहीमर भी अब साल्जर के पास आ खड़े हुए थे और मुझे देख रहे थे।

कैरमन ने अपनी भवें उठाईं।

'क्या यह सच है?' उसने साल्जर से पूछा।

साल्जर यूं मुस्कराया, जैसे सारे जहान का दर्द उसके जिगर में समाया हुआ हो।

'कभी-कभी यह काबू से बाहर हो जाता है।' वह खेदपूर्ण स्वर में बोला– 'समझे आप?'

'जी हां।' कैरमन बोला और उसके चेहरे पर भी सहानुभूति के भाव उभरे। यह अभिनय उसने इतना अच्छा किया कि मेरा जी चाहा, मैं उसका थोबड़ा तोड़ दूं।

ब्लांड खिड़की के पास से हटा और मेरे पलंग के समीप पहुंचा।

'धीरज रखो, बेबी।' वह बोला।

'मुझे यह जगह पसंद नहीं।' मैं लैसवेज को संबोधित करता हुआ बोला– 'हर रात मुझे मादक द्रव्यों का इंजेक्शन दिया जाए, इस बात से मुझे सख्त एतराज है। मुझे गलियारे के सिरे का ताला लगा दरवाजा पसंद नहीं। न ही दूसरे सिरे की जालीदार खिड़की मुझे पसंद है। यह सैनिटेरियम नहीं। यह जेल है।'

'मेरे भाई।' लैसवेज के कुछ कह पाने से पहले ही साल्जर बोल पड़ा– 'तुम ठीक हो जाओ, फिर घर भेज दिए जाओगे। अगर तुम्हें यहां रहना जरूरी न होता तो हम तुम्हें हरगिज नहीं रखते।'

मैंने अपनी आंखों की कोरों से देखा, ब्लांड मुट्ठियां भींच-भींचकर मुझे चेतावनी देने की कोशिश कर रहा था। मैं और भी बहुत कुछ कह सकता था, लेकिन अब कैरमन को मालूम था कि मैं यहां हूं, इसलिए मैंने चुप रहना मुनासिब समझा।

'आगे चला जाए। बड़े दिलचस्प लोग हैं यहां।' वह कैरमन से बोला– 'मि. स्ट्रांग, जो आप देखना चाहते थे, देख लिया आपने? हमारी वजह से जल्दी मत कीजिएगा आप।'

'ओ, हां।' कैरमन बोला– 'अगर डॉ. साल्जर एतराज न करें तो मैं यहां एक बार फिर आना चाहूंगा।'

'मुझे खेद है यह नियमों के खिलाफ है।' साल्जर बोला– 'लोगों के बार-बार आने से हमारे रोगी उत्तेजित हो जाते हैं। आप हमारी मजबूरी समझ सकते हैं।'

कैरमन ने विचारपूर्ण ढंग से मेरी ओर देखा।

'आप ठीक कह रहे हैं। मैंने यह बात नहीं सोची थी।' वह बोला और दरवाजे की ओर बढ़ गया।

बाकी लोग भी वहां से निकल गए। साल्जर सबसे पीछे था। मैंने कैरमन को कहते सुना– 'क्या इस मंजिल पर और कोई नहीं है?'

'इस वक्त नहीं।' साल्जर बोला– 'हाल में ही हमने काफी रोगियों को ठीक करके यहां से भेज दिया है। क्या आप हमारी फाइलें देखना पसंद करेंगे?'

ब्लांड ने दरवाजा बंद कर दिया। आवाजें आनी बंद हो गईं। वह मेरी ओर देखकर

हंसा।

'होशियारी किस काम आई? मैंने तुम्हें पहले ही कहा था, तुम पागलों में एक और पागल हो।'

मायूस आदमी का अभिनय करना आसान नहीं था, लेकिन किसी प्रकार मैं उसमें कामयाब हो गया।

20

साल्जर ने सच कहा था कि लोगों के बार-बार आने से रोगी उत्तेजित हो उठते थे। ब्लांड पर उन लोगों के आगमन का काफी असर पड़ा था। जिस समय हार्पर लंच लेकर आया, उस समय वह बेहद आंदोलित लग रहा था।

साल्जर और उसके मेहमानों के चले जाने के बाद हार्पर पलंग पर लेटा छत को घूरता रहा। लंच तक वह यूं ही पड़ा रहा। मैंने उसे कोई बात कही तो उसने सुनी नहीं। इसलिए मैं भी चुप हो गया। लेकिन जब ब्लांड ने लंच की ट्रे लाकर मेज पर रखी, तो एकाएक उसके शरीर में अप्रत्याशित हरकत हुई और ट्रे मेज से दूर फर्श पर उलट गई।

वह उठकर बैठ गया। उसके चेहरे पर ऐसे भाव थे कि मुझे भय लगने लगा। उसकी आंखें यूं चमक रही थीं, जैसे चिड़ियाघर में ताजे-ताजे कैद किए खूंखार जंगली जानवरों की चमकती हैं। ब्लांड भी भयभीत होकर उसकी पहुंच से परे कूद गया।

हार्पर खा जाने वाली निगाहों से उसे घूर रहा था।

'हाय री तकदीर।' ब्लांड बड़बड़ाया– 'मेरी ड्यूटी खत्म होने का वक्त आया, तो इसने यह बखेड़ा खड़ा कर दिया।'

वह क्रॉकरी के टुकड़े समेटकर ड्रम में डालने लगा।

'मैं जा रहा हूं।' वह मुझसे बोला– 'मेरी किसी से मुलाकात तय हुई है। फिक्र मत करना। यह तुम तक नहीं पहुंच सकता और शायद वह अभी थोड़ी देर में ठीक हो भी जाए, लेकिन यह ज्यादा उत्पात मचाए तो घंटी बजा देना। क्वेल ड्यूटी पर है, लेकिन घंटी तभी बजाना, जब ऐसा करना जरूरी हो, ठीक है!'

मैंने संदिग्ध भाव से सिर हिलाया। हार्पर से मुझे सचमुच डर लग रहा था– 'मुझे

अकेला कब तक छोड़ा जाएगा?'

'क्वेल थोड़ी-थोड़ी देर बाद आता रहेगा। मैं तो अब कल ही आऊंगा।' ब्लांड बेसब्री से बोला– 'अगर मैं अभी न खिसक गया तो साल्जर इस साले पर निगाह रखने के लिए मुझे रोक लेगा। सिर्फ मैं ही इसे संभाल सकता हूं।'

मुझे एक बात सूझी। ब्लांड जा रहा था। हथकड़ी की चाबी मेरी पहुंच के भीतर थी। यह कुछ करने का अच्छा मौका था।

'अच्छा, ठीक है।' मैं झिझकता हुआ बोला।

वह हार्पर की ट्रे ले गया। मैं खाना खाने की कोशिश करने लगा। लेकिन हार्पर की भारी चलती सांस और उसकी सामने दीवार पर टिकी हुई दहकती निगाहें मेरे पेट में मरोड़ पैदा कर रही थीं। अंत में मैंने ट्रे परे धकेल दी। उस वक्त मुझे एक सिगरेट की जरूरत थी–दुनिया की किसी भी चीज से ज्यादा जरूरत थी।

ब्लांड थोड़ी देर बाद लौटा। उसने अपनी सफेद यूनिफॉर्म उतार दी थी और अब वह बड़ी मुश्किल से पहचान में आ रहा था।

ब्लांड को देखते ही हार्पर फिर यूं उकड़ूं हो गया था, जैसे वह किसी भी क्षण उस पर छलांग लगा देगा। वह कातिल निगाहों से ब्लांड को घूर रहा था।

'मुझे एक सिगरेट चाहिए।' मैं बोला– 'अगर तुम मुझे सिगरेट नहीं दोगे, तो मैं तुम्हारे यहां से बाहर निकल पाने से पहले ही घंटी बजा दूंगा।'

'सिगरेट तुम्हें नहीं मिल सकता।' वह बोला– 'पागलों का माचिस के साथ भरोसा नहीं किया जा सकता।'

'मुझे माचिस नहीं, सिगरेट चाहिए। एक मुझे सुलगाकर दे जाओ और दो छोड़ जाओ। अगर मैंने सिगरेट नहीं पी तो मेरी हालत हार्पर जैसी हो जाएगी। फिर तुम्हें एक की जगह दो खतरनाक पागल संभालने पड़ेंगे।'

बड़े अनिच्छापूर्ण ढंग से उसने एक सिगरेट सुलगाकर मुझे दिया और दो मेरे पास रख दिए।

'क्वेल को कहना, वह इससे दूर रहे।' वह दरवाजे के पास ठिठककर बोला– 'शायद यह मेरे जाने के बाद शांत हो जाए। लेकिन यह कुछ भी क्यों न करे, मेरे जाने के पांच मिनट बाद तक घंटी मत बजाना। इतने में मैं खिसक जाऊंगा।'

हार्पर एकाएक ब्लांड पर झपटा, लेकिन ब्लांड उससे बहुत दूर था, इसलिए उसके हाथ हवा में ही लहराकर रह गए, लेकिन फिर भी ब्लांड बुरी तरह चौंककर पीछे हटा। वह निश्चय ही हार्पर से भयभीत था। और मैं भी।

वह दोपहर बड़ी मुश्किल से गुजरी। मेरी दराज में से हथकड़ी की चाबी निकालने की कोशिश करने की हिम्मत नहीं हो रही थी। पता नहीं क्वेल किस वक्त टपक पड़े और फिर हार्पर की भी समस्या थी। मुझे भय था कि मुझे बिस्तर से निकलता देखकर वह कोई फसाद न खड़ा कर दे। मैं जानता था कि चाबी हथियाने का मुझे एक ही मौका मिलने वाला था और अगर मैं उस बार कामयाब न हुआ तो दूसरा मौका मेरे हाथ नहीं आना था। मैंने सोचा कि ऐसी कोशिश मुझे रात को ही करनी चाहिए। तब हार्पर और क्वेल दोनों ही सोये हुए होंगे। इसका मतलब था, मुझे नशीले इंजेक्शन से बचना था और मुझे नहीं सूझ रहा था कि वह मैं कैसे कर सकता था।

ब्लांड के जाते ही हार्पर शांत हो गया। वह मेरी ओर से पूर्णतया निर्लिप्त बालों में उंगलियां फिराता, धीरे-धीरे बड़बड़ाता हुआ सामने दीवार पर दृष्टि टिकाए रहा।

मैं कोई ऐसी हरकत करने के प्रति विशेष रूप से सावधान था, जिससे उसका ध्यान मेरी ओर आकर्षित हो। मैं चुपचाप लेटा सिगरेट पीता रहा। मैं सोच रहा था, कैरमन क्या कर रहा होगा।

पता नहीं वह लैसबेज को कैसे यह विश्वास दिलाने में कामयाब हो गया था कि वह मानसिक बीमारियों पर लिखने वाला लेखक था। शायद पाला ने ही कुछ किया था इस बारे में। कम-से-कम अब उन्हें स्थिति तो मालूम थी। उन्हें मालूम था कि एनोना फ्रीडलैंडर इस इमारत में थी। उन्हें गलियारों के सिरों पर मौजूद बंद दरवाजे और खिड़की के बारे में भी मालूम था। मुझे यहां से निकालने के लिए उन्हें उनमें से एक को तो भेदना ही था, लेकिन वह कैसे करेंगे, यह सब।

कोई साढ़े चार बजे दरवाजा खुला और ब्लांड जैसी वर्दी पहने हाथ में चाय की ट्रे लिए एक युवक भीतर आया। वह पतला-सा, बड़े-बड़े दांतों वाला, घोड़े जैसी शक्ल वाला आदमी था। वह मुस्कराया।

'मैं क्वेल हूं।' उसने मेरी ट्रे मेरी मेज पर रख दी– 'तुम मि. सी. ब्राइट हो न?'

'नहीं।' मैं बोला– 'मैं शरलाक होम्स हूं और अगर मेरी राय मानो तो वाटसन के करीब मत जाना। इस वक्त वह बड़े खराब मूड में है।'

उसने एक उदास, चिंतित निगाह मुझ पर डाली। लगता था पागलों से उसका वास्ता अभी ताजा-ताजा ही था।

हार्पर अब उठकर बैठा हुआ था। उसकी मुट्ठियां खुल और भिंच रही थीं। वह क्वेल को घूर रहा था।

'लगता है मि. हार्पर की चाय में दिलचस्पी नहीं।' मैं बोला– 'और मेरी राय में ब्लांड के लौटने तक तुम भी उससे परे ही रहो।'

'मैं ऐसा नहीं कर सकता।' वह सकपकाए स्वर में बोला– 'डॉ. साल्जर बाहर गए हुए हैं और ब्लांड आधी रात से पहले वापस नहीं लौटने वाला। उसे जाना नहीं चाहिए था।'

'अब तो वह गया। तुम भी फूटो, भैया। अगर डिनर के साथ थोड़ी-सी स्कॉच ला सको तो मेहरबानी होगी।'

'रोगियों को शराब देने की इजाजत नहीं है।' वह हार्पर पर से निगाह हटाए बिना बोला।

'तो स्कॉच तुम ही पी आना और मुझ पर उसकी फूंकें मार देना; कुछ न होने से तो वह भी अच्छा होगा।'

'मैं शराब नहीं पीता।' वह बोला और चेहरे पर उलझन के भाव लिए वहां से चला गया।

हार्पर अब खा जाने वाली निगाहों से मुझे घूर रहा था। मुझे फिर भय लगने लगा। मैं सोचने लगा, पता नहीं उसकी हथकड़ी काफी मजबूत थी या नहीं। कहीं उसके दिमाग में हथकड़ी तोड़कर भाग निकलने का ख्याल न धरकर जाए।

'मैं सोच रहा था, हापी।' मैं धीमे और स्पष्ट स्वर में बोला– 'कि हमें उस साले ब्लांड का गला काटकर उसका खून पी जाना चाहिए। हमें यह काम पहले ही कर डालना चाहिए था।'

'हां।' उसकी आंखों से चमक गायब होने लगी। 'हम यही करेंगे।'

मैंने तब चाबी निकालने की कोशिश करने का ख्याल किया, लेकिन फिर इरादा बदल दिया। मुझे क्वेल का भरोसा नहीं था। अगर उसने मुझे कोशिश करते पकड़ लिया तो कहानी खत्म।

'मैं एक योजना बनाता हूं।' मैं हार्पर से बोला– 'ब्लांड बहुत चालाक है। उसको फंसाना आसान नहीं होगा।'

हार्पर शांत हो गया।

'मैं भी योजना बनाता हूं।' वह बोला।

बाकी की शाम यूं ही गुजर गई। इस इमारत से निकलना तो संभव नहीं था, लेकिन अगर मैं आजाद हो जाता तो कम-से-कम एनोना फ्रीडलैंडर को तो यह बता ही सकता था कि जल्दी ही उसको यहां से निकालने की कोशिश की जाने वाली थी। इससे यह भी फायदा होता कि जब कैरमन आता–मुझे पूरा भरोसा था कि देर-सवेर उसने आना ही था, तो हमें लड़की की तलाश करने में वक्त बर्बाद नहीं करना पड़ता।

क्वेल थोड़ी-थोड़ी देर बाद भीतर आकर झांकता रहा। वह हार्पर से इतना भयभीत था कि वह मुश्किल से सिर ही चौखट के भीतर करता था। जब भी क्वेल आता था, मैं उसे श...श करके चुप रहने का संकेत करता था और हार्पर को बिना डिस्टर्ब किए चला जाता था।

आठ बजे के करीब वह मेरे लिए खाना लाया। वह हार्पर के पलंग के पायताने पहुंचा और मुस्कराया।

'तुम्हारे लिए खाना लाऊं मि. हार्पर?' उसने पूछा।

हार्पर पर इसकी ऐसी प्रतिक्रिया हुई कि मुझे तो दिल का दौरा पड़ते-पड़ते बचा। हार्पर पलंग के पायताने की ओर कूदा। उसकी बांह यूं सामने को फैली, जैसे रबड़ की बनी हो और उसकी मुड़ी हुई उंगलियां क्वेल की जैकेट को छू गईं। क्वेल पीछे को कूदा, लड़खड़ाया और गिरता-गिरता बचा। उसका चेहरा राख की तरह सफेद हो गया।

'मि. हार्पर को खाने की जरूरत नहीं मालूम होती।' मैं बोला। मुर्गे का जो टुकड़ा मैं चबा रहा था, वह मुझे लकड़ी के बुरादे जैसा लगने लगा– 'और मुझे भी खास भूख नहीं।'

लेकिन उसने जैसे मेरी बात सुनी ही नहीं। वह बगुले की तरह कमरे से बाहर निकल गया। दरवाजा धड़ाम से बंद हुआ।

हार्पर ने चादर उतार फेंकी और मुझ पर झपटा। टखना हथकड़ी में फंसा होने के कारण वह धड़ाम से फर्श पर गिरा व जोर से चीखा। वह पागलों की तरह हथकड़ी को

झटके देने लगा। उसका टखना छिल गया। जल्दी ही उसे महसूस हो गया कि हथकड़ी टूटने वाली नहीं थी। वह फिर पलंग पर चढ़ गया और हथकड़ी की जंजीर पर जोर-आजमाइश करने लगा। मैं दहशत भरे अंदाज से उसे देखता रहा। क्या वह जंजीर तोड़ लेगा? मैं बंधा हुआ था। अगर वह आजाद हो गया तो, वह तो मेरी धज्जियां उड़ा देगा। मैंने खतरे की घंटी पर उंगली दबा दी।

अब उसने जंजीर दोनों हाथों में पकड़ी हुई थी और अपने पैरों को वह पलंग के सिरे से फंसाकर उससे पूरी शक्ति से खींच रहा था। पलंग का डंडा मुड़ गया, लेकिन टूटा नहीं। जंजीर भी नहीं टूटी। अंत में वह हांफता हुआ पीछे को उलट गया। मैं जान गया कि खतरा टल गया था। मेरा चेहरा पसीने से नहा गया था।

हार्पर की आंखें बंद हो गईं। कुछ क्षण वह स्थिर पड़ा रहा। फिर एकाएक उसके खर्राटे भरने की आवाज आने लगी।

क्वेल कमरे में आया। वह अपने साथ बेड़ियां लेकर आया था। उसका चेहरा फीका था, लेकिन आंखों में निश्चय के भाव थे।

'वह सो गया है।' मैं धीरे से बोला– 'तुम इसकी हथकड़ी जांच लो। मुझे तो लग रहा था, वह उसे तोड़ डालेगा।'

'नहीं तोड़ सकता।' क्वेल बेड़ियां रखता हुआ बोला– 'वह जंजीर विशेष रूप से बनवाई गई है।' उसने समीप आकर हार्पर को देखा– 'मैं इसे इंजेक्शन देता हूं।'

'पागल मत बनो।' मैं तीव्र स्वर में बोला– 'ब्लांड ने कहा था कि तुमने इसके पास भी नहीं फटकना है।'

'लेकिन उसे इंजेक्शन देना जरूरी है। अगर उसे फिर दौरा पड़ गया तो बहुत खराबी हो सकती है। मैं यह काम करना नहीं चाहता, लेकिन वह मेरी ड्यूटी है।'

'तुम्हारी ड्यूटी की ऐसी-तैसी।' मैं बेसब्री से बोला– 'इस आदमी को हैंडल करना एटम बम को हैंडल करने जैसा है। इसे अकेला छोड़ दो।'

क्वेल सावधानी से उसके पलंग के पास पहुंचा और उसके चेहरे पर आश्वासन के भाव उभरे, फिर वह उसकी चादर ठीक करने लगा। मैं सांस रोके उसे देख रहा था। पता नहीं हार्पर सचमुच सो रहा था या बहाना कर रहा था। पता नहीं क्वेल मूर्खता कर रहा था या बहादुरी दिखा रहा था। उस हालत में हार्पर के समीप या तो कोई महामूर्ख जा सकता था या कोई सूरमा।

क्वेल ने चादर ठीक की और परे खड़ा हो गया। उसके माथे पर पसीने की बूंदें चुहचुहा आई थीं। वह मूर्ख नहीं था, मैंने फैसला किया। इसका मतलब था वह बहादुर था। अगर मेरे वश में होता तो मैं उसे मेडल दे देता।

'यह ठीक लग रहा है मुझे।' वह अपेक्षाकृत प्रसन्न स्वर में बोला– 'मैं इसे इंजेक्शन देता हूं। रात को ठीक से सोएगा, तो सुबह ठीक हो जाएगा।'

'तुम खतरा मोल ले रहे हो।' मैं बोला– 'इसे सुई चुभेगी तो यह जाग जाएगा। अगर तुम उसके हाथ में आ गए तो तुम्हारी छुट्टी।'

उसके चेहरे पर उलझन के भाव उभरे।

'मैं तुम्हें नहीं समझ पा रहा हूं।' वह बोला– 'तुम तो कतई मरीज नहीं लगते हो।'

'मैं मरीज नहीं हूं। मैं शरलाक होम्स हूं। याद आया?'

वह बाहर चला गया।

हार्पर खर्राटे भरता रहा।

थोड़ी देर बाद हाथ में तौलिए से ढकी एक ट्रे लिए वह वापस लौटा।

'सुनो।' मैं उठकर बैठता हुआ बोला– 'तुम ऐसा करो, तुम मेरी हथकड़ी खोल दो। फिर अगर कोई बखेड़ा खड़ा होगा तो मैं तुम्हारी मदद कर दूंगा। अगर उसने उठकर तुम्हें पकड़ लिया तो मैं उसके सिर पर वार कर दूंगा।'

'नहीं, मैं ऐसा नहीं कर सकता।' वह गंभीर स्वर में बोला– 'यह नियम के खिलाफ है।'

'ठीक है।' मैं कंधे झटकता हुआ बोला– 'कम-से-कम, मैं तुम्हारे लिए प्रार्थना तो कर ही सकता हूं।'

उसने इंजेक्शन तैयार किया और हार्पर की ओर बढ़ा। मेरा दिल जोरों से धड़कने लगा। मेरे रोंगटे खड़े होने लगे।

क्वेल ने बड़ी गंभीरता से हार्पर की आस्तीन ऊंची की और सिरिंज संभाली। उसे देखना ऐसा लग रहा था, जैसे कोई बम के फ्यूज के साथ छेड़खानी कर रहा हो। मैं कलेजा थामे उसे देख रहा था। एक-एक क्षण पहाड़-सा गुजर रहा था।

लेकिन क्वेल को शायद चश्मे से भी ठीक नहीं दिखाई दे रहा था। हार्पर की बांह में वह नस तलाश कर रहा था, जिसमें उसे सुई लगानी थी। यह काम वह इतनी तन्मयता से

कर रहा था कि लगता था वह भूल गया है कि हार्पर कितना खतरनाक आदमी था। उसका चेहरा अब हार्पर से केवल एक फुट दूर था। फिर उसका सिर हिला। लगता था उसे नस मिल गई थी।

अब मैं सांस भी नहीं ले रहा था। फिर ज्यों ही उसने सुई नस में लगानी चाही, अचानक अपना हाथ वापस खींच लिया। वह बड़बड़ाता हुआ वापस ट्रे की ओर बढ़ा।

'क्या हो गया?' मैंने हैरानी से पूछा।

'मैं स्प्रिट भूल गया था।' वह बोला– 'कैसी भूल होने जा रही थी। इंजेक्शन लगाने से पहले त्वचा को हमेशा स्प्रिट से साफ कर लेनी चाहिए।

हालांकि उसे भी मेरी तरह ही पसीने आ रहे थे, लेकिन जो बात उसे सिखाई गई थी, वह उससे जरूर करनी थी, चाहे दुनिया इधर-से-उधर हो जाए।

क्वेल ने हार्पर की बांह पर स्प्रिट मली तो वह धीरे से हिला। क्वेल फिर नस तलाश करने लगा। उसका सिर फिर नीचे झुका। उसकी आंख हार्पर की त्वचा पर केंद्रित हो गई।

एकाएक हार्पर ने आंखें खोलीं। क्वेल अपने काम में इतना व्यस्त था कि उसे मालूम ही नहीं हुआ।

'सावधान!' मैं चिल्लाया।

क्वेल ने ज्यों ही हड़बड़ाकर सिर उठाया, हार्पर ने बिजली की रफ्तार से हाथ बढ़ाकर उसका गला थाम लिया।

21

मैंने अपने ऊपर से चादर उतारकर फेंकी और बिस्तर से बाहर छलांग लगा दी। मेरा ख्याल था, मेरी उस हरकत से पलंग के पाए फर्श से उखड़ जाएंगे और मैं पलंग को घसीटता हुआ हार्पर तक पहुंच जाऊंगा, लेकिन पलंग अपने स्थान से हिला तक नहीं।

क्वेल का भयंकर चीत्कार सारे कमरे में गूंज गया। उसके दोबारा चीख सकने के पहले ही हार्पर ने उसकी सांस की नली को बुरी तरह दबोच लिया।

मैं जल्दी पलंग के पायताने पहुंचा। अपनी स्वतंत्र टांग मैंने नीचे लटका दी। मैं इतना आतंकित था कि मुश्किल से सांस ले पा रहा था। मेरा सारा शरीर पत्ते की तरह कांप रहा था। मैंने अपना हाथ दराजों वाली मेज की ओर फैलाया। मेरी उंगलियों के पोर ऊपरी दराज के हैंडल से छुए। मैं अपनी बांह को और आगे फैलाने की कोशिश करने लगा। मैं हथकड़ी में से अपनी टांग को इस बुरी तरह से खींच रहा था कि टखने छिले जा रहे थे।

मेरे नाखून हैंडल में फंसे। दराज एक इंच के करीब खुला। इतना ही काफी था। मैंने हैंडल को एक झटका दिया तो दराज धड़ाम से आकर फर्श पर गिरा। दराज में तौलिए और पट्टियां भरी पड़ी थीं। मैं पागलों की तरह उसमें चाबी तलाश करने लगा। अंत में तौलियों के नीचे से चाबी मेरे हाथ में आ गई। मैंने हांफते हुए हथकड़ी खोली। मेरे टखने में से खून बह रहा था, लेकिन मैंने उसकी परवाह नहीं की।

एक ही छलांग में मैं कमरे के पार पहुंचा, लेकिन तुरंत ही ठिठक गया और दहशत भरे अंदाज से दो कदम पीछे हटा। मैंने मुंह में भर आई थूक निगली।

क्वेल के जिस्म के पीछे हार्पर मेरी ओर झांक रहा था। उसके दांत और मुंह खून से रंगे हुए थे। हर तरफ खून दिखाई दे रहा था। दीवार पर, चादर पर, उस पर, क्वेल पर।

क्वेल का जिस्म पलंग पर तिरछा पड़ा था। उसकी आतंक भरी आंखें खुली थीं। हार्पर ने उसकी सांस की नली उधेड़ दी थी और वह मर चुका था।

'चाबी मुझे दो।' हार्पर फुसफुसाया– 'आज रात बाकियों की मौत आएगी।'

मैं अपने आपको बड़ा हौसलामंद समझता था, लेकिन उस वक्त मेरा कलेजा थर्रा रहा था। मैंने अपने जीवन में बड़े वीभत्स दृश्य देखे थे, लेकिन वैसा दृश्य कभी नहीं देखा था।

'चाबी मुझे दो, नहीं तो मैं तुम्हें भी मार डालूंगा।' हार्पर बोला और उसने क्वेल की लाश को पलंग पर धकेल दिया। वह पलंग पर मेरी ओर सरकने लगा।

मैं दरवाजे की ओर पीछे हटने लगा।

'भागो मत, सी. ब्राइट।' हार्पर दहकती निगाहों से मुझे देखता हुआ बोला– 'चाबी मुझे दो।'

मैंने दरवाजे के पास पहुंचकर उसका हैंडल घुमाया। तभी हार्पर के मुंह से एक दिल

दहला देने वाली चीख निकली और उसने मुझ पर छलांग लगाई। हथकड़ी की वजह से वह मेरे करीब न पहुंच सका।

मैं दरवाजा खोलकर बाहर गलियारे में आ गया। तभी हार्पर ने फिर भयंकर चीत्कार किया। मैंने जल्दी से दरवाजा बंद कर दिया।

कितनी ही देर मैं गलियारे में खड़ा कांपता रहा। फिर बड़ी मेहनत से मैंने अपने आपको संभाला। एक हाथ से दीवार का सहारा लेता हुआ, मैं कॉरिडोर के सिरे के विशाल दरवाजे की ओर बढ़ा। रास्ते में मैं चार अन्य दरवाजों के आगे से गुजरा। मैंने सिरे के दरवाजे के पास पहुंचकर उसका हैंडल घुमाया। दरवाजा बड़ी मजबूती से बंद था। मैंने यह भी अनुभव किया कि दरवाजा जोर-जबरदस्ती से नहीं खुलने वाला। वह चीन की दीवार जैसा मजबूत था।

मैं घूमा और गलियारे के दूसरे सिरे पर मौजूद लोहे की ग्रिल लगी खिड़की के पास पहुंचा। उधर भी कोई उम्मीद नहीं थी।

अगला कदम था कोई हथियार तलाश करना। अगर कोई मजबूत डंडा भी मेरे हाथ लग जाए, तो मैं दरवाजा खोलकर भीतर जाने का इंतजाम कर सकता था, बाकी काम तो आसान था।

मैं गलियारे में आगे बढ़ने लगा। मैंने पहले कमरे का दरवाजा खोला। वह एक साफ-सुथरा कमरा था, जो क्वेल का ही हो सकता था। मुझे वहां कोई हथियार नहीं मिला। वहां एक हैंगर पर एक सफेद यूनिफॉर्म लटकी देखकर मुझे एक ख्याल आया। मैंने वह यूनिफॉर्म पहनने की कोशिश की, लेकिन वह मेरे नाप से बेहद छोटी थी। मैंने ख्याल छोड़ दिया।

अगला कमरा भी खाली था। उसकी एक दीवार पर एक खूबसूरत, जवान, नंगी लड़की की विशाल तस्वीर लगी हुई थी। शायद वह ब्लांड का कमरा था।

उस कमरे से मुझे एक चमड़ा मढ़ा डंडा मिल गया–वैसा ही जैसा पुलिस वालों के पास होता है। वहां भी एक यूनिफॉर्म मौजूद थी। वह यूनिफॉर्म ब्लांड की थी, इसलिए मुझे फिट आ गई। मैंने डंडा पतलून की पिछली जेब में रख लिया।

एक दराज में मुझे आइरिश व्हिस्की की आधी बोतल मिली। मैंने सील तोड़कर उसे खोला और एक बड़ा-सा घूंट पिया। शराब पेट में पहुंची, तो मुझे यूं लगा जैसे भीतर बम फूटा हो।

बढ़िया शराब थी। मैंने एक बड़ा-सा घूंट और पिया, फिर बोतल जेब में रख ली।

मुझे गलियारे में आहट सुनाई दी। मैंने धीरे से दरवाजे को थोड़ा-सा खोला और बाहर झांका। गलियारे में मुझे वही नर्स दिखाई दी, जिसे मैंने पहले स्नान से भागती नंगी लड़की के पीछे पड़े देखा था। मेरे देखते-देखते वह एक कमरे में दाखिल हो गई और उसका दरवाजा बंद हो गया।

थोड़ी देर बाद नर्स फिर गलियारे में आई और चलती हुई, उसके सिरे के दरवाजे पर पहुंची। उसने चाबी निकालकर दरवाजा खोल लिया, तो मुझे सूझा कि वह क्या कर रही थी। मैं लपककर गलियारे में पहुंचा और दबे पांव उसकी ओर लपका, लेकिन मैं अभी आधे रास्ते में ही था कि वह दरवाजा पार कर गई और उसने अपने पीछे दरवाजा बंद कर दिया।

मैंने उस कमरे में झांकने का फैसला किया, जिसमें से नर्स निकली थी। शायद एनोना उसी में हो।

मैं उस कमरे के दरवाजे पर पहुंचा। कुछ क्षण मैं कान लगाकर सुनता रहा। मुझे कोई आहट सुनाई नहीं दी। मैंने हैंडल घुमाकर दरवाजे को धक्का दिया। दरवाजा खुल गया। मैं भीतर दाखिल हुआ। वह वैसा ही कमरा था, जिसमें मैं कैद रहा था। भीतर दो पलंग लगे थे, जिसमें से एक खाली था। दूसरे पर एक लड़की लेटी हुई थी। नीले रंग के नाइट लैंप की रोशनी में उसका सफेद बिस्तर और सफेद चेहरा बड़ा अजीब-सा माहौल पैदा कर रहा था। उसकी आंखों में एक खोए हुए बालक का-सा उलझनपूर्ण भाव था और वे छत पर टिकी हुई थी।

मैंने अपने पीछे दरवाजा धीरे से बंद कर दिया। मैं सोचने लगा, मुझे देखकर कहीं वह चीखने तो नहीं लगेगी? लेकिन वह कमरा भी साउंड प्रूफ था, इसलिए मुझे उसके चीखने की कोई खास फिक्र नहीं थी। लेकिन वह चीखी नहीं। उसने तो छत पर से निगाह तक नहीं हटाई। मैं प्रतीक्षा करने लगा। कोई जल्दी नहीं थी और मैं उसे भयभीत नहीं करना चाहता था।

धीरे-धीरे उसकी निगाह छत से हटी और दीवार से होती हुई मुझ तक पहुंची। हमारी निगाहें मिलीं। उसके नेत्र फैले।

'हैलो!' मैं मुस्कराता हुआ मीठे स्वर में बोला।

'तुम कौन हो?' उसने शांति से पूछा।

मैं उसके समीप पहुंचा। मैंने देखा, उसकी नीली आंखों की पुतलियां सिकुड़कर पिन की नोक जैसी हो गई थीं।

'मेरे पास कपड़े नहीं हैं।' वह बोली– 'मेरे कपड़े इन लोगों ने ले लिए हैं।'

'कपड़े मिल जाएंगे। तुम्हारी तबीयत कैसी है?'

'ठीक है, लेकिन मुझे यह याद नहीं आ रहा है कि मैं कौन हूं?' उसने अपना सिर व्याकुल भाव से तकिए पर दाएं-बाएं झटका। 'सफेद बालों वाले आदमी ने मुझे बताया था कि मैं अपनी याददाश्त खो चुकी हूं। वह भला आदमी है, है न?'

'सुना तो यही है।' मैं सावधानी से बोला– 'लेकिन तुम घर जाना चाहती हो या नहीं?'

'मेरा कोई घर नहीं है।' चादर के नीचे से उसने अपनी नंगी बांह बाहर निकाली। उसने अपने बालों पर हाथ फेरा– 'मेरा घर खो गया है, लेकिन नर्स कहती है कि उसको तलाश किया जा रहा है। क्या तुमने तलाश कर लिया है मेरा घर?'

'हां, इसलिए तो मैं यहां आया हूं।'

वह कुछ क्षण सोचती रही।

'फिर तो तुम्हें यह भी मालूम होगा कि मैं कौन हूं।'

'तुम्हारा नाम एनोना फ्रीडलैंडर है और तुम सैन फ्रांसिस्को की रहने वाली हो।'

'अच्छा! मुझे तो याद नहीं, पक्की बात है?'

मैं उसकी बांह को देख रहा था। वह सुई की नोक जितने छोटे-छोटे निशानों से भरी पड़ी थी। उसे बड़े लंबे अरसे से मादक द्रव्यों के इंजेक्शन दिए जा रहे मालूम होते थे। वह उस समय भी किसी हद तक नशे में थी।

'हां, पक्की बात है। क्या तुम बिस्तर से निकल सकती हो?'

'लेकिन मैं निकलना नहीं चाहती। मैं तो सोना चाहती हूं।'

'ठीक है, सो जाओ। अभी तो हम जाने के लिए तैयार भी नहीं हैं, जब तुम सो चुकोगी, तब हम यहां से जाएंगे।'

'मेरे पास कपड़े नहीं हैं, मैंने पहले बताया था तुम्हें। इस वक्त मैं कुछ भी पहने हुए नहीं हूं। मैंने अपनी नाइट ड्रेस पानी में फेंक दी थी। नर्स बहुत नाराज हुई थी।'

'तुम किसी बात की फिक्र मत करो, सारी फिक्र मैं करूंगा। जब जाने का वक्त आएगा तो मैं तुम्हारे पहनने के लिए कुछ तलाश कर लूंगा।'

'तुम अच्छे आदमी हो, क्या नाम बताया था तुमने अपना ?'

'मैलोप, विक मैलोप, जासूस।'

'मैलोप! मैं याद रखने की कोशिश करूंगी। मेरी याददाश्त बड़ी खराब है। कभी कोई बात याद ही नहीं रहती और न ही मैं जागी रह पाती हूं।' कहते ही उसने आंखें बंद कर लीं। मैं समझा वह सो गई, लेकिन वह फिर बोली– 'लड़की ने उसे गोली मार दी। जानते हो ? मैं वहां थी, उसने शाटगन उठाई और उसे गोली मार दी। हे भगवान!'

कमरे में सन्नाटा छा गया। वह सो गई थी। नर्स ने शायद उसे अभी इंजेक्शन दिया था। शायद अब वह सुबह तक होश में न आए। इसका मतलब था कि उसे उठाकर वहां से ले जाना था, लेकिन फिलहाल मुझे इसकी फिक्र नहीं थी।

मैंने कमरे की तलाशी लेनी आरंभ की। उसके कपड़ों के मुझे कहीं दर्शन नहीं हुए। फिर मैंने कपबोर्ड खोलकर भीतर झांका, वहां ऊपर के शेल्फ पर एक ड्रेसिंग गाउन, स्लीपर और दो सूटकेस पड़े थे। मैंने एक सूटकेस उतारा। उस पर सुनहरी अक्षरों में ए.एफ. लिखा था। मैंने उसे खोला। सारा सूटकेस जनाने कपड़ों से भरा पड़ा था। नीचे नर्स की एक यूनिफॉर्म भी दबी पड़ी थी।

सूटकेस की साइड में बनी एक पॉकेट में से मुझे एक डायरी मिली। डायरी के ऊपर सन् 1948 लिखा था।

मैंने जल्दी-जल्दी उसके पन्ने खोले। डायरी पर कहीं-कहीं लिखा गया था। उसमें जैक का अकसर जिक्र था। शायद वह उसका नेवी वाला दोस्त जैक ब्रेट था, जिसके बारे में मिफलिन ने मुझे बताया था।

मैंने एक स्थान से डायरी पढ़नी आरंभ की। लिखा था–

24.1. जैक के साथ फिल्म 7:45

29.2. जा एतोइल में डिनर। जैक से मुलाकात 6:30

29.1. साप्ताहिक छुट्टी पर घर।

5.2. जैक अपने जहाज पर वापस।

फिर दस मार्च तक कुछ नहीं लिखा था।

10.3. जैक की कोई चिट्ठी नहीं।

12.3. डॉ. साल्जर पूछ रहा था कि क्या मैं बाहर का काम पसंद करूंगी? मैंने कहां– 'हां'।

16.3. क्रैस्टवेज पर ड्यूटी शुरू।

18.3. मि. क्रास्बी मर गए।

उस तारीख के बाद डायरी खाली थी। जाहिर था वह क्रैस्टवेज किसी की तीमारदारी के लिए भेजी गई थी। उसने क्रास्बी को मरते देखा था। दो साल से उसे उस कमरे में बंद रखा हुआ था और उसे इस उम्मीद में मादक द्रव्यों के इंजेक्शन दिए जा रहे थे कि देर-सवेरे उसका दिमाग इस हद तक कमजोर हो जाएगा कि उसे याद ही नहीं रहेगा कि वास्तव में क्या हुआ था। लेकिन सारी बात उसे दो साल बाद भी याद थी। बात इतनी दहशतनाक थी कि उसके मस्तिष्क से निकल नहीं रही थी। शायद वह एकाएक उस कमरे में पहुंच गई थी, जहां लड़कियां गन हथियाने के लिए छीना-झपटी कर रही थीं। फिर उसने क्रास्बी को झगड़े में दखल देते तथा फिर गन का रुख उसकी ओर फिरते देखा होगा तथा गोली चलते देखी होगी।

मैंने उसके स्थिर सफेद चेहरे की ओर देखा। कभी उस चेहरे में चारित्रिक मजबूती और पक्के इरादों की झलक रही होगी। वह किसी दबाव में आने वाली लड़की नहीं मालूम होती थी। शायद दौलत से उसका मुंह बंद कराना भी संभव नहीं हो पाया था। उसने पुलिस को रिपोर्ट करने की जिद की होगी और शायद इसलिए उसे कैद कर लिया गया था।

मैं डायरी को थपथपाता हुआ सोचने लगा। अब अगला कदम था, यहां से निकलना, फौरन निकलना।

और फिर जैसे इसी ख्याल के उत्तर में एक जोर के धमाके से इमारत हिल गई। लगता था, जैसे इमारत का एक भाग धराशायी हो गया हो।

मैं हड़बड़ा गया। मैंने लपककर दरवाजा खोला। गलियारा धूल और मलबे से भरा पड़ा था। मुझे धूल में से दो आकृतियां निकलती दिखाई दीं–दोनों के हाथ में रिवाल्वर थे और वे हार्पर के कमरे की ओर भाग रही थी। वे जैक कैरमन और माइक फिनेगन थे। उनकी रिवाल्वरें मेरी ओर तन गईं।

फिर कैरमन के त्रस्त चेहरे पर मुस्कराहट उभरी।

'यूनिवर्सल सर्विसेज आपकी सेवा के लिए हाजिर है।' वह मेरी बांह थामता हुआ बोला। पीछे से फिनेगन ने मेरी पीठ पर धप्प जमाई।

'एक नंगी लड़की को भी यहां से ले जाना है।' मैं बोला– 'और तुमने किया क्या है? आधा घर ढाह दिया है?'

'अरे खिड़की में दो जंजीरें फंसाईं और उन्हें ट्रक के साथ बांधकर ट्रक खिड़की से विपरीत दिशा में चला दिया। नतीजा तुम्हारे सामने है। छोकरी कहां है?'

जहां ग्रिल लगी खिड़की थी, वहां अब टूटी दीवार और एक विशाल छेद दिखाई दे रहा था।

मैं कैरमन को एनोना के कमरे में लाया। फिनेगन रखवाली के लिए गलियारे में रह गया। हमने अचेत लड़की को एक चादर में लपेटा और उसे बाहर ले आए। बाहर आकर कैरमन ने लड़की को अपने कंधे पर डाल लिया और बताया– 'दीवार के साथ एक सीढ़ी लगी हुई है।'

मैंने टूटी दीवार पर चढ़ने में उसकी मदद की। लड़की की एक नंगी टांग और एक बांह उसके चेहरे के पास लहरा रही थी।

'मुझे आज समझ आई है कि लोग फायर बिग्रेड की नौकरी क्यों करते हैं।' वह सावधानी से सीढ़ियां उतरता हुआ बोला।

नीचे इमारत के समीप एक विशाल ट्रक खड़ा दिखाई दे रहा था। सीढ़ी के समीप मुझे पाला खड़ी दिखाई दी। उसने मेरी ओर हाथ हिलाया।

'आओ माइक।' मैंने आवाज दी– 'चलो।'

माइक के मेरे समीप पहुंचते ही गलियारे के सिरे का दरवाजा खुला और नर्स भीतर आई। उसने एक निगाह टूटी खिड़की पर डाली, फिर गला फाड़-फाड़ कर चिल्लाने लगी।

हम सीढ़ियों से उतरे और ट्रक पर सवार हो गए। पाला पहले ही ड्राइविंग सीट पर पहुंच चुकी थी। उसने फौरन ट्रक को वहां से भगा दिया।

कैरमन ने एनोना को फर्श पर लिटा दिया और उसके चेहरे पर निगाह डाली।

'वाह!' वह अपनी मूंछ उमेठता हुआ बोला– 'अगर मुझे मालूम होता कि यह इतनी लाजवाब चीज है, तो मैं और जल्दी आ जाता।'

22

एक बजर बजा। प्लैटिनम ब्लोंड अपने खूबसूरत जिस्म के साथ अपने स्थान से उठी और मेरे पास पहुंची। उसने बताया कि अब मैं मि. विलेट से मिल सकता था। यह यूं बोल रही थी जैसे वह चर्च में हो, हालांकि उसका जिस्म होटलों में नाचने वाली लड़कियों जैसा उत्तेजक लग रहा था।

मैं उसके मटकते हुए कूल्हों के पीछे-पीछे बढ़ा। उसने अपने रंगे हुए नाखून से दरवाजे पर दस्तक दी, उसे खोला और अपने बाल सहलाते हुए बोली– 'मि. मैलाप इज हियर।'

वह एक ओर हट गई। मैं भीतर दाखिल हुआ।

विलेट अपनी विशाल मेज के पीछे बैठा था। सुनहरे सिरे वाला एक सिगरेट उसकी दो उंगलियों में दबा सुलग रहा था। उसने बिना सिर उठाए मुझे कुर्सी पर बैठने को संकेत किया।

मैं प्लेटिनम ब्लोंड को जाता देखता रहा। दरवाजे के समीप पहुंचकर उसने अपने एक नितंब को ऐसा मादक झटका दिया कि मेरा कलेजा मुंह को आ गया। मुझे उसके वहां से चले जाने का अफसोस होने लगा।

विलेट सिर झुकाए एक कागज को पढ़ता रहा।

मैं बैठा अपने हैट का निरीक्षण करने लगा। मैं याद करने की कोशिश कर रहा था कि वह हैट मैंने कब खरीदा था। लगता था, जैसे मुद्दतें हो गई हों। मैंने फैसला किया कि अगर मैं विलेट से और धन ऐंठने में सफल हो गया, तो सबसे पहले मैं एक नया हैट ही खरीदूंगा। अगर न सफल हुआ तो इसी हैट से गुजारा करूंगा।

मैं वक्त गुजारी के लिए ऐसी बातें सोच रहा था। विलेट तो अपने कागजों में खोया हुआ था। आखिर वह ढेरों पैसा कमाने वाला एक सफल वकील था।

'सिगरेट।' एकाएक वह बोला। अपने कागजात पर से निगाह हटाए बिना उसने सिगरेट बॉक्स मेरी ओर सरका दिया।

मैंने बॉक्स में से एक सुनहरे सिरे वाला सिगरेट निकाला और सुलगा लिया। मेरा

ख्याल था कि उस सिगरेट से मैं भी अपने आपको पैसे वाले लोगों जैसा समझने लगूंगा, लेकिन मेरा ख्याल गलत था। वह सिगरेट सूरत में ही अच्छा था, जायके में नहीं। ऐसे सिगरेट ऐसे ही होते हैं।

जब मैं ऊंघने की तैयारी कर रहा था, तो एकाएक उसने सारे कागज आउट ट्रे में डाल दिए और बोला– 'शुरू करो मि. मैलोप, दस मिनट में मेरी एक और अप्वाइंटमेंट है।'

'तो फिर मैं आपसे किसी और वक्त मिलूंगा।' मैं बोला– 'क्योंकि दस मिनट में मैं निपट नहीं सकता। पता नहीं क्रास्बी के खाते को आप कितना महत्त्व देते हैं मि. विलेट, लेकिन वह एक मोटी रकम के काबिल जरूर होगा। मुझे यह जानकर हैरानी नहीं होगी कि ऐसा फायदेमंद खाता आपके हाथों से निकल गया।'

वह हड़बड़ा गया और पलकें झपकाता हुआ मुझे देखने लगा। उसने अपनी आधी पी हुई सिगरेट ऐश ट्रे में मसल दी।

'क्या मतलब ?'

'बात आप विस्तार से जानना चाहते हैं या सिर्फ उसका अंदाजा ही हासिल करना चाहते हैं ? हालत तो दोनों ही तरीके से बद है, लेकिन विस्तृत व्याख्या आपके छक्के छुड़ा देगी।'

'इसमें कितना वक्त लगेगा ?'

'आधा घंटा, शायद इससे ज्यादा और फिर आप सवाल पूछना चाहेंगे। शायद एक घंटा या इससे भी ज्यादा, लेकिन आप बोर नहीं होंगे।'

वह कुछ क्षण अपना निचला होंठ चबाता रहा। फिर उसने टेलीफोन उठाया और तीन अप्वाइंटमेंट रद्द कर दीं।

'शुरू करो।' वह बोला– 'तुमने मुझसे पहले संपर्क क्यों नहीं स्थापित किया।'

'यह भी उस कहानी का एक अंग है, जो आपको सुनाने जा रहा हूं।' मैंने हैट कुर्सी के नीचे रख दिया। मुझे लग रहा था कि जल्दी ही मैं नया हैट खरीदने वाला था। 'मैंने पिछले पांच दिन एक पागलखाने में गुजारे हैं।'

इस बार वह हड़बड़ाया नहीं। उसके मुंह से एक हुंकार-सी निकली, लेकिन चेहरे के भाव नहीं बदले।

'इसके पहले कि मैं अपनी कहानी शुरू करूं।' मैं बोला– 'आप मुझे मिस क्रास्बी के बैंक एकाउंट के बारे में बताइए। आपने देखा उसे ?'

उसने इनकार में सिर हिलाया।

'बैंक मैनेजर ने इनकार कर दिया। वह कहता था कि अगर उसने एकाउंट मुझे दिखाया और बात खुल गई तो वह एकाउंट उसके हाथ से निकल जाने की संभावना पैदा हो जाएगी। लेकिन उसने मुझे इतना जरूर बताया था कि बीमा की रकम बॉण्डों में तब्दील करवाकर बैंक से निकाल ली गई है।'

'कब ?'

'विरासत का फैसला होने के फौरन बाद।'

'आपने मिस क्रास्बी को चिट्ठी लिखी है कि वह आकर आपसे मिले ?'

'हां, कल दोपहर के बाद वह यहां आएगी।'

'चिट्ठी कब लिखी थी आपने उसे ?'

'मंगलवार को, पांच दिन पहले।'

'जवाब दिया था उसने ?'

उसने हामी भरी।

'तो फिर वह निर्धारित समय पर यहां नहीं आने वाली। बहरहाल देखेंगे।' मैंने चांदी की ऐश ट्रे में सिगरेट की राख झाड़ी– 'अब आप आगे सुनिए।'

मैंने कहानी शुरू की। वह भावहीन मुद्रा बनाए चुपचाप सुनता रहा। मैंने उसे बताया कि कैसे मैकग्राथ और हार्टसैल मेरे केबिन में आए। कैसे उन्होंने धुनाई की और फिर कैसे एकाएक मारीन वहां पहुंच गई। फिर कैसे वह मुझे सैन डिआगो हाइवे के पूर्व में स्थित क्लिफ रोड पर बनी इमारत में ले गई।

'वह कहती थी कि वह उसकी जगह थी।' मैंने बताया– 'वह जगह फिल्म स्टारों के घरों की तरह ऐश्वर्यपूर्ण थी। आपको उस जगह की जानकारी है ?'

उसने इनकार में सिर हिलाया।

हम बैठ गए और बातें करने लगे। उसने जानना चाहा कि मैं उसमें क्यों दिलचस्पी ले रहा था। उत्तर में मैंने उसे उसकी बहन की चिट्ठी दिखा दी, लेकिन किसी-न-किसी

वजह से वह भयभीत दिखाई दे रही थी। और वह कोई बहाना नहीं था। वह वास्तव में ही भयभीत थी। मैंने पूछा कि क्या कोई उस समय उसे ब्लैकमेल कर रहा था, तो वह बोली नहीं, और यह कि जानेट खामखाह उसके लिए बखेड़ा खड़ा करना चाहती थी। उसने कहा कि जानेट उससे नफरत करती थी। क्या यह सच है?'

'मेरे ख्याल से उनकी बनती तो नहीं थी। तुम जानते हो ही कि सौतेली बहनों के बीच अकसर मतभेद पैदा हो जाते हैं।'

मैं चुप रहा।

'आगे।' वह बोला– 'और क्या कहा उसने?'

'आपको मालूम ही होगा कि जानेट की शेरिल नाम के एक युवक से सगाई हुई थी और उसकी शादी होने वाली थी। शायद आपको यह नहीं मालूम कि शेरिल एक खोटा सिक्का था, एक ठग था, बदमाश आदमी था। मारीन के अनुसार उसने शेरिल को जानेट से चुरा लिया था।'

विलेट चुप रहा।

'दोनों लड़कियों में इसी बात पर तकरार शुरू हुई और फिर लड़ाई हो गई।' मैं बोला– 'जानेट ने एक शाटगन झपट ली। तभी वहां वृद्ध क्रास्बी पहुंच गया। उसने जानेट से गन छीनने की कोशिश की और इसी चक्कर में गोली खा बैठा और मारा गया।'

एक क्षण को तो ऐसा लगा, जैसे विलेट सीधा छत से जा टकराएगा, लेकिन उसने स्वयं पर काबू पा लिया और फिर बड़ी डूबती-सी आवाज में बोला– 'यह तुम्हें मारीन ने बताया था?'

'हां, वह यह बात कहकर अपने दिल का बोझ हल्का करना चाहती थी। अब एक और बात सुनिए। उस शूटिंग की बात को दबा दिया गया था। मेरी यह बात गलत निकली है कि डॉ. साल्जर ने क्रास्बी की मौत के प्रमाणपत्र पर हस्ताक्षर किए थे। दरअसल, हस्ताक्षर मिसेज साल्जर ने किए थे। उसके कथनानुसार वह एक सनद प्राप्त डॉक्टर है और क्रास्बी परिवार की मित्र है। उसे फोन किया गया था और वह स्थिति संभालने वहां पहुंच गई थी। लैसवेज तो आदतन रईस लोगों के लिए असुविधापूर्ण स्थिति पैदा करने से घबराता था। उसने यह कहानी स्वीकार कर ली कि क्रास्बी अपनी शाटगन साफ कर रहा था और दुर्घटनावश अपने आपको गोली मार बैठा था। ऐसा ही ब्रैंडन ने भी किया।'

विलेट ने एक सिगरेट सुलगा ली।

'आगे बढ़ो।' वह बोला।

'जिस वक्त गोली चली थी, उस वक्त किसी-न-किसी वजह से एनोना फ्रीडलैंडर घर में मौजूद थी और उसने दुर्घटना होते देख ली। मिसेज साल्जर कोई खतरा नहीं उठाना चाहती थी, इसलिए उसने लड़की का मुंह बंद करने के इरादे से उसे अपने अधिकार में कर लिया। वह तबसे ही साल्जर के सैनिटेरियम के एक साउंड प्रूफ कमरे में बंद थी।'

'यानी कि... उसकी मर्जी के खिलाफ।'

'इतना ही नहीं, दो साल तक लगातार उसे जबरदस्ती मादक द्रव्यों के इंजेक्शन दिए जाते रहे।'

'तुम यह तो नहीं कहना चाहते कि मारीन क्रास्बी को इस बात की जानकारी है?'

'मुझे नहीं मालूम।'

अब विलेट की सांस भारी हो उठी। मारीन क्रास्बी जैसी रईस क्लाइंट पर अपहरण करने का इल्जाम आ सकता था, इस ख्याल से ही वह थर्राया जा रहा था, जबकि एनोना फ्रीडलैंडर की हालत के बारे में सुनकर उसके कान पर जूं भी नहीं रेंगी थी।

'वैसे आपकी जानकारी के लिए पिछली रात को हमने एनोना को सैनिटेरियम से निकाल लिया है।'

'ओह!' इस खबर की उस पर कोई प्रतिक्रिया नहीं हुई। 'क्या वह कोई बखेड़ा खड़ा कर सकती है?'

मैं हंसा।

'भारी बखेड़ा खड़ा कर सकती है। वह दो साल सैनिटेरियम में कैद रही है। क्या आप उससे सिर्फ इसलिए चुप रहने की अपेक्षा करते हैं, क्योंकि किसी रईस को अपना नाम अखबार में देखने में शर्म आती है?'

वह गहरे ख्यालों में डूब गया।

'हम उसकी भरपाई कर देंगे।' अंत में वह अनिच्छापूर्ण स्वर में बोला– 'मैं मिलूंगा उससे।'

'किसी से मिलना या न मिलना सिर्फ उसकी इच्छा पर निर्भर करता है। इस वक्त तो उसे यह पता नहीं लग रहा कि वह मर गई है या जिंदा है।' मैंने सिगरेट ऐश ट्रे में झोंक दी और अपनी सिगरेट निकालकर सुलगाई। 'इस अपहरण की पुलिस में रिपोर्ट की जानी

चाहिए। पुलिस में इसकी रिपोर्ट हुई तो सारी कहानी अखबारों में सुर्खियां बनकर चमकेगी। तब आपका काम होगा कि आप क्रास्बी की लाखों की संपत्ति को रिसर्च सेंटर को सौंप दें। वे लोग शायद यह न चाहे कि उनका एकाउंट आप हैंडल करें।'

'इसलिए तो कहता हूं कि मेरी उससे बात होनी चाहिए।' वह बोला– 'साधारणतया ऐसी बातें संभाली जा सकती हैं।'

'इतना भरोसा मत जाहिर कीजिए–और फिर वह एक छोटा-सा हादसा मेरे साथ भी तो हुआ है। मेरा भी अपहरण किया गया था और मुझे पांच दिन गिरफ्तार करके रखा गया था तथा मुझे भी जबरदस्ती नशीली दवाओं के इंजेक्शन दिए गए थे। इस बात की रिपोर्ट भी पुलिस में होनी चाहिए।'

'क्यों एक अच्छा-भला काम खोने वाली बातें करते हो?' वह बोला। जब मैं उस कमरे में मौजूद था, तब से वह पहली बार हौले से हंसा। 'मैं तो तुमसे अतिरिक्त फीस की बात करने लगा था–पांच सौ डॉलर की।'

अब नया हैट खरीदना पक्का हो गया था।

'आप मुझे लालच में डाल रहे हैं।' मैं बोला– 'यह रकम काम के लिए पूर्व निर्धारित फीस के अलावा होगी न?'

'हां।'

'बहरहाल, थोड़ी देर के लिए एनोना फ्रीडलैंडर को छोड़िए और कहानी को आगे बढ़ने दीजिए। अभी काफी सारी कहानी बाकी है।'

वह उठा तथा जाकर दो गिलास और हेग एंड हेग की एक बोतल निकाल लाया।

'यह पीते हो?' उसने पूछा।

मैंने कहा– 'जब हासिल हो जाए तो जरूर पीता हूं।'

उसने दोनों गिलासों में शराब डाली और एक गिलास मेरी ओर सरका दिया। उसने अपना गिलास खाली किया और उसमें फौरन ही दोबारा शराब डाल ली। उसने बोतल अपने और मेरे बीच में रख दी।

'और लो।' वह बोला।

मैंने थोड़ी-सी स्कॉच पी। बहुत बढ़िया शराब थी। इतनी बढ़िया शराब मैंने महीनों से नहीं पी थी।

'मारीन के कथनानुसार क्रास्बी की मौत जानेट के दिमाग पर बोझ बनी हुई थी।' मैंने उसे बताया– 'शायद ऐसा था, लेकिन यह बात जाहिर करने का उसका तरीका अजीब था। मेरे हिसाब से उसे उस मानसिक स्थिति में टेनिस नहीं खेलते फिरना चाहिए था, फिर उसने यही कुछ किया। बहरहाल, मारीन के ही कथनानुसार, बाप की मौत के छह या सात हफ्ते बाद जानेट ने आत्महत्या कर ली जहर खाकर।'

विलेट के गिलास से स्कॉच छलक गई। वह बोला– 'हे भगवान!'

'उस बात को भी दबा दिया गया। संयोगवश उस समय मिसेज साल्जर उपलब्ध नहीं थीं, इसलिए मारीन और डॉ. साल्जर ने डॉ. बेवली को बुलाया तथा उस नादान बूढ़े डॉक्टर को बताया कि जानेट मैलाइनन एंडोकार्डीज से पीड़ित थी। बेवली ने बिना इजाजत मौत का प्रमाणपत्र बना दिया। जानेट की योदोरा ड्रिपु नाम की एक नौकरानी थी, जिसने डॉ. साल्जर और मारीन को यह खिचड़ी पकाते सुन लिया था। उसने जुबान बंद रखने के लिए पैसा मांगा, जो उसे दे दिया गया। मुझे उसका सुराग मिला और मैं उससे मिलने गया। उसने मुझे जानकारी देने के लिए पांच सौ डॉलर देने को बोला, साथ ही यह भी कहा कि अगर साल्जर उसे ज्यादा पैसे दे तो वह अपनी जुबान बंद रख सकती है। मिसेज साल्जर के पास इसका जवाब था। उसने लड़की से निपटने के लिए एक गुंडा भेज दिया, जो कि सैनिटेरियम का कर्मचारी था। मिसेज साल्जर के अनुसार वह लड़की से जरा जरूरत से ज्यादा सख्ती से पेश आया। नतीजा यह हुआ कि लड़की मर गई।'

विलेट ने गहरी सांस ली। उसने एक प्यासे आदमी की तरह स्कॉच का घूंट भरा।

'परिवार के नौकर जॉन स्टीवेंस को भी कुछ मालूम था या कुछ संदेह था।' मैं आगे बढ़ा– 'मैं उसे अपनी जुबान खोलने के लिए मना रहा था कि छह बदमाश, जो शेरिल के लिए काम करते थे, उसका अपहरण करके ले गए। बूढ़ा डर से ही मर गया, लेकिन फिर भी थी वह हत्या ही। दो हत्याएं। अब मैं तीसरी पर पहुंचता हूं। कहानी पसंद आ रही है आपको?'

'कहते रहो।'

'आपको नर्स गर्नी की याद होगी? मिसेज साल्जर ने खुद माना था कि उसने उसका अपहरण किया था, लेकिन उसके कथनानुसार वह फायर एस्केप की सीढ़ियों से फिसलकर गिर पड़ी थी और अपनी गर्दन तोड़ बैठी थी। मिसेज साल्जर ने उसकी लाश को रेगिस्तान में कहीं छुपा दिया था। वह भी हत्या हुई।'

'कमाल है।' विलेट बोला– 'विश्वास नहीं होता।'

'अविश्वसनीय यह उद्देश्य की वजह से है। दो शख्स मिसेज साल्जर और शेरिल हमारे सामने हैं, जिन्होंने तीन कत्ल किए हैं और मेरा और एनोना फ्रीडलैंडर का अपहरण किया है। क्यों? एक लड़की को अखबारी पब्लिसिटी से बचाने के लिए। यही इसे अविश्वसनीय बनाता है। मेरे ख्याल से जितना हम जानते हैं, यह बखेड़ा उससे कहीं अधिक गंभीर है। लगता है ये दोनों शख्स किसी पोल को न खुलने देने की भारी कोशिश कर रहे हैं। मैं यह जानना चाहता हूं, वह पोल है क्या?'

'वे लोग अखबारी पब्लिसिटी के बारे में फ्रिकमंद नहीं हैं। जरा लाखों की संपत्ति की ओर भी तो गौर करो।'

'हां, लेकिन मैं फिर भी कहता हूं कि कोई पोल है, जो हम पर नहीं खुली है। और मैं उसे खोलकर ही मानूंगा। बहरहाल, अभी मेरी बात खत्म नहीं हुई। आखिरी बात सबसे दिलचस्प है। मारीन ने कहा था कि जब विरासत की दौलत पर उसका अधिकार हो गया था तो शेरिल ने अपनी जात दिखा दी थी। वह ब्लैकमेलर बन गया था। वह कहने लगा कि वह यह अफवाह फैला देगा कि मारीन ने उसे जानेट से चुरा लिया था, इसलिए जानेट ने पहले अपने बाप को गोली मार दी थी और फिर खुद अपनी जान ले ली थी। लेकिन अगर मारीन उसे ड्रीम शिप खरीद दे तो वह अपनी जबान बंद रख सकता था। फिर मारीन ने उसे ड्रीम शिप खरीद देने के लिए हामी भर दी, इसलिए बीमा की रकम को बंपर बॉण्डों में तब्दील किया गया था। उसने बॉण्ड शेरिल को दे दिए थे। अब खुद ही सोचिए, अगर अखबार वालों को यह पता लग जाए कि उस जुआघर की तरह इस्तेमाल होने वाले जहाज की पीठ पर मारीन है, तो वे कितना बड़ा तूफान खड़ा करेंगे। क्या यही एक बात क्रास्बी की सारी जायदाद का हकदार रिसर्च सेंटर को नहीं बना देगी?'

विलेट के होश उड़ गए।

'ड्रीम शिप उसने खरीदा था?' वह फंसे कंठ से बोला।

'उसने मुझे यही बताया था। उसने यह भी कहा था कि वह शेरिल से भयभीत है। और उसी नाटकीय क्षण में शेरिल खुद वहां पहुंच गया। उसने घोषणा की कि वह मारीन को ऐसी जगह झोंक देगा, जहां कभी कोई उसे तलाश नहीं कर पाएगा और यही हाल वह मेरा करेगा। मैंने उससे बात करनी शुरू की थी कि किसी ने पीछे से मेरे सिर पर प्रहार कर दिया था। जब मेरी आंख खुली थी, तो मैंने अपने आपको डॉ. साल्जर के

सैनिटेरियम में पाया था। वहां क्या हुआ था, आपको यह बताकर मैं वक्त बर्बाद नहीं करूंगा। किसी प्रकार मेरा असिस्टेंट लैसवेज को यह विश्वास दिलाने में कामयाब हो गया था कि वह एक विख्यात लेखक था और इस प्रकार वह नगर पार्षदों के साथ सैनिटेरियम का निरीक्षण करने के लिए जाने का निमंत्रण हासिल करने में कामयाब हो गया था। उसने मुझे वहां देखा और बाद में मुझे वहां से निकाला। एनोना फ्रीडलैंडर को भी हम अपने साथ ले आए। अब मुझे यह मालूम करना है कि क्या शेरिल ने मारीन को छुपा देने की अपनी धमकी पूरी की है। अगर वह कल यहां न पहुंची तो इसका मतलब यही होगा कि वह छुपा दी गई है–शायद शेरिल के जहाज में। लेकिन अगर वह कल यहां न पहुंची, तो मुझे यह सोचने पर मजबूर होना पड़ेगा कि इस षड्यंत्र में वह भी बाकी लोगों के साथ शामिल है और वह मुझे अपने घर में इसलिए लेकर गई थी ताकि शेरिल बड़े इत्मीनान से मुझ पर हाथ डाल सके।'

विलेट ने फिर अपने गिलास में शराब डाली। इस बार उसका हाथ कांप रहा था।

'मुझे यह संभव नहीं लगता।' वह बोला।

'देखेंगे, अगर वह शेरिल के कब्जे गें है, तो क्या आपको उराकी दौलत पर रोक लगाने का कोई अधिकार है?'

'कतई नहीं। मैं तो केवल बाकी ट्रस्टियों को यह राय दे सकता हूं कि उसने वसीयत की शर्त तोड़ दी है।'

'बाकी ट्रस्टी कौन हैं?'

'इस स्टेज पर नहीं। सच्ची बात यह है, मि. मैलोप! वे बिना हिचके और बिना यह सोचे कि शायद लड़की बेकसूर हो, वसीयत की शर्तों का पालन करेंगे। मेरी विचारधारा के अनुसार अगर मारीन का नाम अखबारों में आए तो दौलत रिसर्च सेंटर को पहुंच जाएगी। उस वक्त निश्चय ही क्रास्बी ने यह नहीं सोचा होगा कि वह इस शर्त द्वारा किसी ब्लैकमेलर को अपनी बेटी के खिलाफ इस्तेमाल करने के लिए एक हथियार दे रहा था और यही शायद हो गया है।'

'क्या आपको यह सूझा है कि हम तीन हत्याओं पर पर्दा डालने की कोशिश कर रहे हैं?' मैं नया जाम तैयार करता हुआ बोला– 'अभी तक ब्रैंडन गहरा नहीं खोद रहा है, क्योंकि वह क्रास्बी परिवार की दौलत का रौब खाता है, लेकिन अगर उसे मालूम हो गया कि मारीन का तीन-तीन हत्याओं से संबंध है, तो उसे उसकी दौलत को भूलकर कुछ

एक्शन लेना पड़ेगा। फिर आप और मैं संकट में फंस जाएंगे।'

'हमें यही सोचना पड़ेगा कि लड़की निर्दोष है।' विलेट असुविधापूर्ण स्वर में बोला– 'अगर हमने वक्त से पहले कोई कदम उठा दिया और उसकी वजह से उसे खामखाह अपनी दौलत से हाथ धोना पड़ गया तो मैं अपने आपको कभी माफ नहीं कर पाऊंगा। उस फ्रीडलैंडर नामक लड़की के बारे में बताओ। वह कब तक बात करने की स्थिति में आ सकती है?'

'कह नहीं सकता। कुछ दिन तो लगेंगे ही। वह तो यह तक नहीं याद कर पा रही है कि वह है कौन?'

'क्या वह अस्पताल में है?'

मैंने इनकार में सिर हिलाया।

'मेरी सेक्रेटरी मिस बेनसिंगर उसकी देखभाल कर रही है। मैंने एक डॉक्टर बुलाया था, लेकिन वर्तमान स्थिति में वह कुछ नहीं कर सकता। वह कहता है वक्त लगेगा। आज मैं उसके पिता से मिलने के लिए सैन फ्रांसिस्को जा रहा हूं। शायद उसका पिता उसकी याददाश्त लौटाने के मामले में किसी काम आ सके।'

'जो खर्चा होगा, हम देंगे। तुम बिल हमें दे देना।' उसने नई सिगरेट सुलगा ली– 'अगला कदम क्या होगा?'

'हमें इस बात का इंतजार करना होगा कि मारीन आती है या नहीं। अगर वह नहीं आई तो मैं ड्रीमशिप पर जाऊंगा और यह पता लगाने की कोशिश करूंगा कि क्या वह वहां गिरफ्तार है। कुछ और भी बातें हैं, जिनकी जांच-पड़ताल मैं कर रहा हूं।'

दरवाजे पर दस्तक हुई, प्लैटिनम ब्लोंड भीतर आई और कूल्हे झुलाती हुई विलेट की मेज के समीप पहुंची।

'मिसेज पोलार्ड बेसब्र होती जा रही है।' वह बुदबुदाई– 'और यह मैसेज अभी आया है। मैंने सोचा इसे आपको फौरन देखना चाहिए।'

उसने विलेट को एक कागज थमा दिया। विलेट ने कागज को पढ़ा और फिर उसकी भवें उठ गईं।

'ठीक है, मिसेज पोलार्ड को कह दो मुझे सिर्फ पांच मिनट का वक्त और दें।' वह बोला। उसने मेरी ओर देखा– 'मारीन कल नहीं आएगी। वह मैक्सिको जा रही है।'

'किसने फोन किया है?'

'फोन करने वाले ने अपना नाम नहीं बताया।' प्लैटिनम ब्लोंड ने विलेट को बताया।

मैं चुप रहा।

विलेट के संकेत पर सेक्रेटरी वहां से चली गई।

मैंने कुर्सी के नीचे से अपना हैट निकाला और उठ खड़ा हुआ।

'लगता है शेरिल के जहाज पर जाना ही पड़ेगा।' मैं बोला।

'मुझे इस बारे में कुछ मत बताओ।' वह बोला– 'भविष्य में ख्याल रखना।'

'जरूर।'

'शायद वह सचमुच ही मैक्सिको गई हो।' वह बोला।

मैं हंसा। लेकिन जवाब में वह नहीं हंसा।

मैंने उसका अभिवादन किया और वहां से बाहर निकल गया।

बाहर अचारी प्याजों जितने बड़े-बड़े मोतियों की माला पहने एक भारी-भरकम औरत बैठी थी। मैं उसके पास से होता हुआ दरवाजे की ओर बढ़ा तो उसने मुझे बेहद सख्त निगाहों से देखा।

मैंने घूमकर प्लेटिनम ब्लोंड की ओर देखा और उस पर अपनी मुस्कराहट आजमाई।

उसने नेत्र फैलाकर मुझे देखा और फिर निगाह फिरा ली।

23

जिस समय मैं कार्यालय में दाखिल हुआ, उस समय जैक कैरमन टेलीफोन ऑपरेटर ट्रिक्सी को सिखा रहा था कि ग्रैगरी पैक कैसे अपनी नायिकाओं का चुंबन लेता है। मुझे देखते ही वे बिजली की तरह एक-दूसरे से अलग हुए। ट्रिक्सी अपनी सीट पर बैठ गई और स्विच बोर्ड में उलझकर अपनी दक्षता का अनावश्यक प्रदर्शन करने लगी।

कैरमन बड़े अफसोसजनक ढंग से सिर हिलाता हुआ मेरे पीछे-पीछे मेरे कमरे में

चला आया।

'क्या यह करना जरूरी था?' मैं अपनी मेज पर पहुंचकर एक दराज खोलता हुआ बोला– 'लड़की ऐसे मामलों में अभी जरा कम उम्र नहीं है?'

'अपने व्यवहार से तो वह ऐसी नहीं लगती थी।' वह बोला।

मैंने दराज में से एक .38 पुलिस स्पेशल रिवाल्वर निकाली और उसे अपनी पतलून की पिछली जेब में रख लिया। कुछ गोलियां मैंने दूसरी जेब में डाल लीं।

'मेरे पास खबर है, अभी सुनाऊं?' कैरमन बोला।

'बाद में सुनाना, मेरे साथ सैन फ्रांसिस्को चल रहे हो। अपनी रिवाल्वर है न तुम्हारे पास?'

'अभी ले आता हूं।'

वह रिवाल्वर लेने चला गया। मैंने पाला को फोन किया।

'कैसी है वो?' उसके लाइन पर आने पर मैंने पूछा।

'वैसी ही है। डॉ. मैनसेल अभी आया था। उसने उसे एक हल्का-सा इंजेक्शन दिया है। वह कहता है, उसकी हालत सुधारने के लिए बड़ा वक्त चाहिए।'

'मैं उसके पिता से मिलने जा रहा हूं। अगर वह उसे संभाल लेगा तो हमारी जिम्मेदारी खत्म हो जाएगी। तुम ठीक हो?'

उसने कहा वह ठीक थी।

'वापसी में तुमसे मिलूंगा।' मैं बोला। मैंने टेलीफोन रख दिया।

कैरमन और मैं लिफ्ट द्वारा नीचे पहुंचे और बाहर खड़ी ब्यूक की ओर बढ़े।

'आज रात ड्रीम शिप पर भी जाने का इरादा है।' मैं इंजन चालू करता हुआ बोला।

'बुलावे पर या छुपकर?'

'छुपकर, जैसे फिल्मों में होता है। शायद वहां तक तैर कर पहुंचना पड़े।'

'शायद कोई मगरमच्छ हमें हजम कर जाए। या शायद जब हम जहाज पर कदम रखें तो वे लोग ही हमें गोली मार दें।'

'हमें देखेंगे तभी तो।'

'फिर तो बड़ा मजा आएगा। मेरे से तो इंतजार नहीं हो रहा। और क्या मैं अपनी

वसीयत लिख जाऊं?'

'तुम्हारे पास पीछे छोड़ने के लिए कुछ है?'

'हां, चंद तस्वीरें, चंद हसीनों के खत। यह सब मैं तुम्हारे नाम छोड़ जाऊंगा।'

'तुम खबर कौन-सी सुनाने वाले थे?' मैं बोला। मैं तेज रफ्तार से कार चला रहा था। 'क्या मिसेज साल्जर के बारे में कुछ मालूम हुआ?'

'हां, और गाड़ी ध्यान से चलाओ, क्योंकि जो कुछ मैं तुम्हें बताने जा रहा हूं, उससे तुम्हारे होश उड़ जाएंगे। मैं सारा दिन उसी की कब्र खोदता रहा था। जानते हो वह कौन है?'

'बताओ।'

'मैकडोनाल्ड क्रास्बी की दूसरी बीवी। मारीन की मां।'

स्टियरिंग से मेरा हाथ झटक गया। कार लहराई और एक ट्रक से टकराते-टकराते बची। ट्रक ड्राइवर मुझे गालियां देने लगा। बड़ी मुश्किल से मैंने कार को दोबारा काबू में किया।

'मैंने तो तुम्हें पहले ही चेतावनी दी थी।' कैरमन हंसता हुआ बोला– 'है न गर्मागर्म खबर?'

'आगे बढ़ो।'

'लगभग तेईस साल पहले वह सैन फ्रांसिस्को में गले और कान की विशेषज्ञ थी। जानेट को किसी छोटी-मोटी शिकायत के चक्कर में क्रास्बी उससे मिला था। फिर दोनों ने शादी कर ली। वह अपनी प्रैक्टिस करती रही और जरूरत से ज्यादा काम करने की वजह से नर्वस ब्रेकडाउन की शिकार हो गई। उसे अपनी प्रैक्टिस छोड़नी पड़ी। क्रास्बी और उसमें बनी नहीं। क्रास्बी ने उसे डॉ. साल्जर के साथ पकड़ लिया और फिर उसे तलाक दे दिया। जब वह आर्किड सिटी आया तो वह भी वहां आ गई, क्योंकि वह मारीन के करीब रहना चाहती थी।'

'हूं।' अब हम लास एंजिल्स, सॅन फ्रांसिस्को हाइवे पर पहुंच गए थे। 'इससे सारी बातें तो नहीं, लेकिन काफी सारी बातें साफ हो जाती हैं। इससे यह जाहिर हो जाता है कि उसने इस षड्यंत्र में क्यों हिस्सा लिया। स्वाभाविक है कि वह चाहेगी कि उसकी बेटी के हाथ आई दौलत उसके पास बरकरार रहे। लेकिन इसके लिए वह किस हद तक आगे

बढ़ गई, यह हैरानी की बात है। मुझे तो लगता है वह पागल है।'

'शायद हो। मेडिकल ऐसोसिएशन में भी वे लोग इसके बारे में फिक्रमंद रहा करते थे। एक बार तो एक ऑपरेशन के दौरान वह एक मरीज का गला काटने लगी थी। जिस नर्स से मेरी बात हुई थी, वह कहती थी कि अगर ऐन मौके पर उसे रोक न लिया गया होता तो भारी फसाद खड़ा हो जाता।'

'साल्जर पैसे वाला आदमी है?'

'सवाल ही नहीं पैदा होता।'

'तो फिर सैनिटेरियम पर पैसा किसने लगाया। शायद क्रास्बी ने। मिसेज साल्जर नर्स गर्नी की मौत के चक्कर से नहीं बचने वाली। पुलिस जब लाश बरामद कर लेगी, तो मैं मिफलिन को संकेत दे दूंगा।'

'शायद लाश कभी बरामद न हो पाए।' कैरमन बोला। उसकी आर्किड सिटी पुलिस के बारे में बड़ी बुरी राय थी।

'मारीन से मिल लूं, फिर पुलिस की मदद मैं कर दूंगा।'

अगले दस मिनट वार्तालाप बंद रहा। मैं कार चलाता रहा।

फिर कैरमन बोला– 'इस फ्रीडलैंडर से मिलने जाकर हम वक्त बर्बाद नहीं कर रहे? क्या टेलीफोन कर लेने से काम नहीं चल जाता?'

'अक्ल की बात तुम्हें जरा देर से सूझती है। है न? क्या पता वह अपनी लड़की को वापस लेना ही न चाहे। टेलीफोन पर चल रहे वार्तालाप का जरा आसानी से पटाक्षेप किया जा सकता है। मेरे ख्याल से हमें उससे रूबरू बात ही करनी चाहिए।'

तीन बजे के करीब हमने ओकलैंड-वे का पुल पार किया। अंत में हम कैलीफोर्निया स्ट्रीट पहुंचे।

फ्रीडलैंडर का निवास स्थान गली के बीच में एक पुरानी-सी छह-मंजिली इमारत में था। रेडियो की आवाज और बच्चों के शोरगुल से वातावरण गूंज रहा था।

बच्चों का एक झुंड दौड़ता हुआ कार के पास पहुंचा। पेट्रोल को आग लगाने और टायर पंचर करने के अलावा उन्होंने कार की हर बुरी गत बनाई। कैरमन ने सबसे बड़े व बदमाश छोकरे को छांटा और उसे पचास सेंट का एक सिक्का दिया।

'अपने दोस्तों को कार से परे रखो। फिर ऐसा ही एक सिक्का और दूंगा।'

जवाब में छोकरे ने फौरन एक बच्चे को तमाचा जड़ दिया। उसे बाकी बच्चों से उलझता छोड़कर हम आगे बढ़े।

'बड़ा बढ़िया अड़ोस-पड़ोस है।' कैरमन नाखून से अपनी मूंछें सहलाता हुआ बोला।

बाहर लटके लैटर बक्सों का निरीक्षण करने से हमें मालूम हुआ कि फ्रीडलैंडर पांचवीं मंजिल पर पच्चीस नंबर के फ्लैट में रहता था। इमारत में लिफ्ट नहीं थी। हम सीढ़ियां चढ़ने लगे।

चौथी मंजिल तक कैरमन बुरी तरह हांफने लगा।

'अगर वह घर पर न हुआ तो?' वह माथे से पसीना पोंछता हुआ बोला।

'तुम बहुत ज्यादा पीने लगे हो।' मैं बोला।

हम पांचवीं मंजिल पर पहुंचे।

तभी एक फ्लैट से एक औरत बाहर निकली। वह एक पुराना हैट पहने थी और हाथ में एक थैला पकड़े थी। उसने एक दिलचस्पी भरी निगाह हम पर डाली और फिर सीढ़ियों की ओर बढ़ गई। वहां से उसने पलटकर हमारी ओर देखा। तभी कैरमन ने उसे बेहूदा-सा संकेत कर दिया। फिर वह जल्दी-जल्दी सीढ़ियां उतरने लगी।

हम पच्चीस नंबर के सामने पहुंचे। मैंने दरवाजा खटखटाने के लिए हाथ उठाया ही था कि भीतर से एक घुटे हुए धमाके की सी आवाज आई। जैसे किसी ने कागज के लिफाफे को फूंक से फुलाकर पटाखा मारा हो।

मैंने तुरंत रिवाल्वर निकाल ली। मैंने हैंडल घुमाकर धक्का दिया। दरवाजा खुला था। मैंने भीतर झांका। वह कमरा खाली था। उस कमरे की पिछली दीवार के साथ दो बंद दरवाजे दिखाई दे रहे थे।

'क्या गोली चली थी?' कैरमन ने भारी सांसें लेते हुए पूछा।

मैंने हामी भरी। मैंने उसे वहीं खड़े रहने का संकेत किया और स्वयं चुपचाप कमरे में दाखिल हुआ। मैं कमरा पार करके दाईं ओर वाले दरवाजे के पास पहुंचा, लेकिन गलियारे में गूंजती रेडियो की आवाज के कारण कुछ भी सुन पाना संभव नहीं लग रहा था।

कैरमन को छुप जाने का संकेत करते हुए मैंने उस कमरे का दरवाजा खोला और

स्वयं दीवार के साथ चिपक गया। हम दोनों ठिठके खड़े कुछ सुनने की कोशिश करते रहे, लेकिन कोई आवाज नहीं आई। मैंने चौखट के पास सरककर भीतर झांका।

कमरे के एकदम बीच में एक आदमी पड़ा था। उसकी टांगें उसके शरीर के नीचे दबी हुई थीं और हाथ छाती से बंधे हुए थे। उसकी उंगलियों में से खून निकल-निकलकर उसकी कोहनियों पर बह रहा था और उसके आसपास फर्श पर इकट्ठा हो रहा था। वह कोई साठ साल की उम्र का आदमी था और मेरे ख्याल से फ्रीडलैंडर ही था। तभी उसके मुंह से एक कराह निकली और उसके हाथ उसकी छाती से हटकर फर्श पर लुढ़क गए।

मैं हिला नहीं। मुझे मालूम था हत्यारा अभी भीतर ही था। उसे बाहर निकलने का मौका ही कहां मिला था।

कैरमन भी दबे पांव भीतर आया और दरवाजे की दूसरी चौखट से सटकर खड़ा हो गया। उसने अपनी .45 की रिवाल्वर निकालकर अपने हाथ में ले ली थी।

'बाहर निकल आओ।' एकाएक मैं गुर्राया– 'और तुम्हारे हाथ तुम्हारे सिर से ऊपर होने चाहिए।'

एक फायर हुआ। गोली मेरे सिर को हवा देती हुई गुजर गई। कैरमन ने बांह बढ़ाकर दो फायर किए। गोली चलने के धमाके से खिड़कियां खड़खड़ा गईं।

'तुम बच नहीं सकते।' मैं एक पुलिसिये के अंदाज में बोला– 'हमने तुम्हें घेरा हुआ है।'

सन्नाटा!

हम इंतजार करते रहे। कुछ नहीं हुआ। वहां किसी भी क्षण पुलिस पहुंच सकती थी और मैं एक पराए शहर की पुलिस से नहीं उलझना चाहता था।

मैंने कैरमन को वहीं खड़े रहने का संकेत किया और स्वयं खिड़की के पास सरक आया। मैंने खिड़की ऊपर उठाई तो कैरमन ने कमरे में दोबारा फायर किया। गोली के धमाके में मैंने खिड़की खोल ली। मैंने एक टांग खिड़की से बाहर निकाली। कैरमन की आंखें फटी पड़ रही थीं, वह नकारात्मक ढंग से सिर हिला रहा था। मैंने अगली खिड़की की ओर संकेत किया और बाहर प्रोजेक्शन पर आ खड़ा हुआ। नीचे सड़क मुझसे सौ फुट दूर थी।

किसी ने नीचे से गोली चलाई। दीवार से उखड़े सीमेंट के टुकड़े मेरे चेहरे से

टकराए। मैं ऐसा बौखलाया कि खिड़की से मेरी पकड़ छूटते-छूटते बची। मैंने नीचे झांका। नीचे भीड़ इकट्ठी हो चुकी थी। भीड़ के एकदम बीच में मेरी ओर निशाना साधता एक पुलिस वाला दिखाई दे रहा था।

मेरे मुंह से एक घुटी हुई चीख निकली। मैंने अगली खिड़की की दिशा में छलांग लगाई। मैं उसका शीशा तोड़ता हुआ भीतर दाखिल हुआ और फर्श पर जाकर गिरा। एक फायर मेरे चेहरे के समीप ही हुआ। फिर कैरमन की तोप गूंजी।

मैं आतंकित-सा पलंग की ओट लेने के इरादे से उस ओर सरकने लगा। और गोलियां चलीं। कमरा गूंजता रहा। एकाएक पलंग पर से एक गुर्राता हुआ, चेहरा मुझे अपनी ओर झांकता दिखाई दिया। साथ ही एक हाथ दिखाई दिया, जिसमें रिवाल्वर की नाल मेरे चेहरे की ओर थी। एक फायर हुआ। एक क्षण के लिए हाथ दृष्टि से ओझल हुआ। दोबारा प्रकट हुआ तो वह खून से लथपथ था।

वह वही मैली कमीज वाला आदमी था, जो मेरे स्टीवेंस से मिलने जाने से पहले मेरे पीछे लगा था। उसके मुंह से एक चीख निकली, वह लड़खड़ाता हुआ खिड़की की ओर बढ़ा। कैरमन उस पर झपटा तो उसने कैरमन पर एक प्रहार किया। फिर वह मेरी बगल से हवा की तरह गुजरा और बाहरी कमरा पार करके लड़खड़ाता हुआ गलियारे में पहुंच गया। फिर गोलियां चलीं। एक औरत चिल्लाई। कोई धम्म से फर्श पर गिरा।

'सावधान।' मैं चिल्लाया– 'बाहर एक गोली चलाने का शौकीन पुलिसिया मौजूद है। वह गोली मार देगा।'

हम ठिठके खड़े रहे।

'बाहर निकलो।' वह दरवाजे के पीछे से चिल्लाया– 'अगर तुम रिवाल्वर लेकर निकले तो भूनकर रख दूंगा।'

'हम आ रहे हैं।' मैं बोला– 'ज्यादा जोश में मत आओ, अब और गोली मत चलाना।'

हम अपने हाथ हवा में उठाए गलियारे में आ गए।

गलियारे के फर्श पर मैली कमीज वाला बदमाश पड़ा था। उसके माथे के एकदम बीच में गोली लगी थी।

सिपाही मोटी अक्ल और मोटे शरीर वाला आदमी था। उसने हमें अपनी रिवाल्वर

से धमकाया।

'हौसला रखो।' मैं बोला– 'दो लाशों से तो तुमने पहले ही भुगतना है। उन्हें चार क्यों बनाना चाहते हो?'

'मेरी बला से।' वह दांत निकालता हुआ बोला– 'दो हों या चार, मुझे क्या फर्क पड़ता है। एम्बुलेंस वगैरह आने तक दीवार के साथ लगकर खड़े हो जाओ।'

हमने ऐसा ही किया। जल्दी ही हमें सायरन की आवाज सुनाई दी। सफेद कोट पहने दो व्यक्ति हांफते हुए ऊपर पहुंचे। उनके साथ हीमोसाइड विभाग के लोग भी थे। मुझे यह देखकर बहुत खुशी हुई कि डिटेक्टिव डिस्ट्रिक्ट कमांडर डनीगन उसके साथ आया था। मेरा उससे पहले भी वास्ता पड़ चुका था।

'हैलो!' वह हमें घूरता हुआ बोला– 'यह तुम्हारा जनाजा है?'

'होने से बाल-बाल बचा है। एक लाश भीतर भी है। लेकिन इस सिपाही को तो समझाओ कि हम खतरनाक लोग नहीं हैं। मुझे हर क्षण ऐसा लगता है कि यह हमें शूट कर देगा।'

डनीगन ने सिपाही को इशारे से परे कर दिया।

'मैं अभी थोड़ी देर में तुमसे बात करूंगा।' वह बोला और फ्रीडलैंडर को देखने के लिए भीतर घुस गया।

'हमारा दोस्त है।' मैंने आग्नेय नेत्रों से हमें घूरते सिपाही को बताया– 'अब जरा सोच-समझकर गोली चलाना।'

'मेरे से गलती हुई है।' वह थूकता हुआ बोला– 'मुझे तुम दोनों को पहले ही शूट कर देना चाहिए था। वे लोग मुझे चार लाशों के साथ पाते, तो क्या पता मुझे सार्जेंट बना देते।'

'बड़े बुलंद ख्याल हैं तुम्हारे।' कैरमन बोला और पीछे हट गया।

24

डिटेक्टिव डिस्ट्रिक्ट कमांडर डनीगन के कार्यालय में दो घंटे गुजारने के बाद हम

पांच बजे के करीब आर्किड सिटी वापस रवाना हो गए। उसने केस को खोदने की कोशिश की, लेकिन उसकी हर कोशिश बेकार गई।

मेरी कहानी सीधी-सादी थी और लगभग सच थी। मैंने कहा– 'फ्रीडलैंडर की लड़की दो साल से गायब थी।' इस बात की तस्दीक उसने आर्किड सिटी में गुमशुदा लोगों के ब्यूरो में फोन करके कर ली। मैंने बताया कि मैंने लड़की को अपनी याददाश्त खोये गलियों में भटकते पाया था और उसे अपनी सेक्रेटरी के साथ अपार्टमेंट में छोड़कर मैं लगभग फौरन फ्रीडलैंडर को अपने साथ लिवा ले जाने के लिए सैन फ्रांसिस्को आ गया था।

उसने जानना चाहा कि मुझे यह कैसे मालूम था कि वह फ्रीडलैंडर की लड़की है। मैंने कहा कि मैंने पुलिस का गुमशुदा लोगों का बुलेटिन पढ़ा था और मुझे उसका हुलिया याद रह गया था।

फिर मैंने उसे बताया कि कैसे मैं फ्रीडलैंडर के अपार्टमेंट पर पहुंचा था, गोली की आवाज सुनकर भीतर दाखिल हुआ था, फ्रीडलैंडर को मरा पाया था। पहले उसने हम पर गोली चलाई, फिर हमने उस पर गोली चलाई। हमने उसे अपनी रिवाल्वरों के लाइसेंस भी दिखा दिए। मैंने कहा, हत्यारा शायद कोई चोर था, मैंने उसे पहले कभी नहीं देखा था, या शायद देखा हो, क्योंकि सारे बदमाश मुझे एक जैसे लगते थे।

डनीगन को संदेह था कि जितनी मैं उसे सुना रहा था, कहानी उससे कहीं लंबी थी। यह बात उसके चेहरे पर साफ लिखी हुई थी। उसने ऐसा कहा भी।

कितनी ही देर वह इसी बारे में बार-बार सवाल पूछता रहा, अपना और मेरा वक्त बर्बाद करता रहा, लेकिन घूम-फिरकर वह वहीं पहुंच जाता था, जहां से वह बात शुरू करता था।

सौभाग्यवश हत्यारे ने फ्रीडलैंड की नगद रकम और घड़ी भी ले ली थी, जो कि अपार्टमेंट में मौजूद इकलौती कीमती चीज थी। इसलिए यह कहना आसान था कि कत्ल चोरी के चक्कर में ही हुआ था। अंत में डनीगन ने हमारी जान छोड़ दी।

'अच्छा, यह चोरी का चक्कर ही होगा।' वह भारी स्वर में बोला– 'अगर तुम दोनों का इस मामले में दखल न होता तो मैं आसानी से मान लेता कि यह चोरी का चक्कर था, लेकिन... खैर।'

कैरमन ने उसे कहा कि अगर वह छोटे-मोटे मामलों की इतनी फिक्र करेगा तो बड़े

केसों तक पहुंचने से पहले ही बूढ़ा हो जाएगा और रिटायर हो जाएगा।

'मेरी फिक्र छोड़ो। पता नहीं क्या बात है, जब भी तुम दोनों आदमी इस नगर में कदम रखते हो, तो कोई बखेड़ा खड़ा हो जाता है और वह बखेड़ा मेरे लिए ही खड़ा होता है। भगवान के लिए यहां मत आया करो। मेरे पास तुम्हारे काम बढ़ाए बिना ही बहुत काम है।'

हम उससे हाथ मिलाकर वहां से विदा हो गए।

जब तक हम कार में बैठकर उस नगर से बाहर नहीं निकल आए, कोई कुछ नहीं बोला। फिर कैरमन धीरे से बोला– 'अगर इसे पता लग गया कि हत्यारा वही आदमी था, जिसने स्टीवेंस का अपहरण किया था, तो हमारे लिए जिंदगी थोड़ी कठिन हो जाएगी।'

'ऐसे ही क्या कम कठिन है जिंदगी। अब एनोना हमारे गले पड़ गई है। बड़ा नामुराद केस है यह। हर क्षण मुझे ऐसा लगता है, जैसे कोई बहुत बड़ी पोल को खुलने से रोकने की जी-तोड़ कोशिश कर रहा है। लगता है कि किसी सूत्र की ओर हमारा ध्यान नहीं जा रहा। किसी ऐसे महत्त्वपूर्ण सूत्र की ओर, जो सारी समस्या का हल है। जिसका भी हमें इस सूत्र से संबंध दिखाई दिया है, उसी की जुबान बंद कर दी गई है। पहले योदोरा ड्रिपु, फिर जॉन स्टीवेंस, फिर नर्स गर्नी और अब फ्रीडलैंडर। मेरा ख्याल है कि एनोना फ्रीडलैंडर भी इस बारे में जानती है। किसी-न-किसी प्रकार हमें उसकी याददाश्त वापस लानी होगी और जल्दी।'

'अगर वह कुछ जानती है, तो उन्होंने उसे सैनिटेरियम में इतना अरसा बंद रखने के स्थान पर उसे भी क्यों नहीं मार डाला?' कैरमन बोला।

'यही बात तो मुझे चिंता में डाल रही है। अब तक जितने लोग मरे, किसी प्रकार दुर्घटना का ही शिकार होकर मरे, लेकिन फ्रीडलैंडर की हत्या की गई है। इसका मतलब है कोई आतंकित हो उठा है। इसका मतलब है कि अब एनोना भी सुरक्षित नहीं।'

'तुम्हारा मतलब है, वे उसको खत्म करने की कोशिश करेंगे?'

'हां, हमें उसको किसी सुरक्षित स्थान पर छुपाना होगा। शायद डॉ. मैनसेल उसे अपने लॉस एंजिल्स वाले क्लीनिक में रखने को तैयार हो जाएं और मैं क्रूगर से उसके दो गुंडे मांगूगा, जो हर वक्त एनोना के कमरे के बाहर बैठकर उसकी पहरेदारी करते रहें।'

सैन लुकास पहुंचकर मैंने एक ड्रग स्टोर के सामने कार रोकी।

'क्या हुआ?' कैरमन हैरानी से बोला।

'पाला को फोन करता हूं।' मैं बोला– 'मुझे सैन फ्रांसिस्को से ही उसे फोन करना चाहिए था। मुझे फिक्र लग रही है।'

'हौसला रखो। तुम्हारी कल्पना जरूरत से ज्यादा उड़ान भरने लगी मालूम होती है।'

'हां, शायद।' मैं टेलीफोन बूथ की ओर बढ़ा। कैरमन ने मेरी बांह पकड़कर मुझे वापस खींच लिया।

'वह देखो।'

वह मैगजीन काउंटर पर पड़े शाम के अखबारों की ओर संकेत कर रहा था। अखबार पर सुर्खी चमक रही थी।

'विख्यात प्राकृतिक मनोचिकित्सक की पत्नी ने आत्महत्या कर ली।'

'लेकर आओ।' मैं अपनी बांह छुड़ाता हुआ बोला और बूथ में घुस गया। मैंने पाला के अपार्टमेंट में टेलीफोन किया और प्रतीक्षा करने लगा। मुझे घंटी बजने की आवाज आती रही, लेकिन किसी ने उत्तर नहीं दिया। मैं धड़कते दिल से रिसीवर कान से लगाए प्रतीक्षा करता रहा।

उसे तो वहां होना चाहिए था। उसने कहा था वह एनोना को अकेला नहीं छोड़ेगी।

मैंने संबंध विच्छेद कर दिया और ऑपरेटर से कहा कि वह दोबारा टेलीफोन करे।

ऑपरेटर के फिर संपर्क स्थापित करने के उपक्रम के दौरान कैरमन वहां पहुंचा। मैंने बूथ का दरवाजा खोला।

'जवाब नहीं मिल रहा।' मैंने बताया।

कैरमन का चेहरा गंभीर हो गया।

'तो चलते हैं।' वह बोला– 'अभी तो एक घंटे का सफर बाकी है।'

तभी ऑपरेटर ने बताया कि लाइन तो ठीक थी, लेकिन दूसरी ओर से जवाब नहीं मिल रहा था।

मैंने रिसीवर रख दिया। हम दोनों लपककर कार में सवार हुए। मैंने फौरन ही कार की रफ्तार बढ़ा दी।

कैरमन अखबार पढ़ने की कोशिश कर रहा था, लेकिन कार की तेज रफ्तार की वजह से वह उसे ठीक से पढ़ नहीं पा रहा था।

'उसकी लाश आज दोपहर बाद पाई गई थी।' वह बोला– 'साल्जर के क्वेल की मौत की रिपोर्ट पुलिस में करने के बाद उसने जहर खा लिया था। एनोना का कोई जिक्र नहीं है और न ही नर्स गर्नी का।'

'यानी कि सबसे पहले उसकी हिम्मत ने जवाब दिया।' मैं बोला– 'या फिर शायद जहर किसी और ने दिया हो उसे। तुम उसको छोड़ो, मुझे पाला की फिक्र लगी हुई है।'

अपेक्षित समय से पंद्रह मिनट पहले ही हम आर्किड सिटी पहुंच गए। साठ मील का फासला हमने पैंतालीस मिनट में तय किया था।

पाला का अपार्टमेंट पार्क अस्पताल से कोई सौ गज परे पार्क बोल्वर्ड में था। मैंने कार उसके अपार्टमेंट वाली इमारत के सामने जाकर रोकी।

गोली की रफ्तार से हम तीसरी मंजिल पर स्थित उसके अपार्टमेंट के सामने पहुंचे। मैंने कॉलबेल पर अपनी उंगली रख दी। मुझे भीतर घंटी बजती सुनाई दे रही थी, लेकिन कोई उत्तर नहीं मिला। मेरा चेहरा पसीने से नहा गया।

मैं दरवाजे से परे हटा।

'एक साथ।' मैं कैरमन से बोला।

हमने एक साथ अपने कंधों के प्रहार दरवाजे पर किए। दरवाजा मजबूत था, लेकिन हम भी कम मजबूत नहीं थे। तीसरे धक्के में दरवाजा खुल गया।

हम रिवाल्वर हाथ में लिए भीतर दाखिल हुए। हम बाहरी कमरे से होते हुए पाला के बेडरूम में पहुंचे।

बेडरूम अस्त-व्यस्त था। चादरें और कंबल फर्श पर पड़े थे।

हमने सारा अपार्टमेंट छान मारा। अपार्टमेंट खाली था। पाला और एनोना दोनों गायब थीं।

मैं लपककर टेलीफोन के पास पहुंचा। मैंने कार्यालय फोन किया। ट्रिक्सी ने बताया– पाला का वहां फोन नहीं आया था। उसने बताया, एक आदमी ने दो बार टेलीफोन किया था, लेकिन अपना नाम नहीं बताया था। मैंने उसे कहा कि अगर वह आदमी फिर फोन करे तो वह उसे पाला का नंबर बता दे। मैंने फोन रख दिया और मैंने

एक सिगरेट सुलगा ली।

'हमें ड्रीम शिप पर जाना चाहिए।' कैरमन भारी स्वर में बोला– 'और जल्दी जाना चाहिए।'

'धीरज रखो।' मैं इनकार में सिर हिलाता हुआ बोला।

'क्या मतलब ?' वह फट पड़ा और दरवाजे की ओर बढ़ा। 'वे पाला को ले गए हैं। हम चलकर बात करते हैं सालों से, आओ।'

'धीरज रखो। इधर आकर बैठ जाओ।'

वह मेरे समीप पहुंचा।

'तुम पागल तो नहीं हो गए हो ?'

'क्या दिन की रोशनी में तुम उस जहाज के पास भी फटक पाओगे ?' मैं उसकी ओर देखता हुआ बोला– 'अक्ल से काम लो। हम वहां जाएंगे, लेकिन अंधेरा हो जाने के बाद।'

'मैं तो अभी जा रहा हूं।' कैरमन क्रोधित स्वर में बोला– 'यहां रुके रहने से कहीं देर न हो जाए।'

'ओह, शटअप ! ड्रिंक निकालो। तुम यहीं ठहर रहे हो।'

वह हिचकिचाया और फिर बर्फ ले आया। उसने दो जाम तैयार किए और एक जाम मुझे थमा दिया।

'अगर उन्होंने पाला पर प्रहार करने का फैसला कर लिया है, तो हम कुछ नहीं कर सकते।' मैं बोला– 'अगर उन्होंने अभी तक ऐसा नहीं किया है, तो वे हमें आता देखकर ऐसा कर डालेंगे। हम वहां अंधेरा होने के बाद जाएंगे, उससे पहले नहीं।'

कैरमन चुप रहा।

हम इंतजार करते बैठे रहे। अभी सक्रिय होने में कम-से-कम चार घंटे बाकी थे।

साढ़े छह बज गए। स्कॉच की बोतल आधी खाली हो गई। ऐश-ट्रे सिगरेट के टुकड़ों से भर गई।

तभी टेलीफोन की घंटी की कर्कश आवाज से सन्नाटा टूटा।

मैंने जाकर रिसीवर उठाया।

'मैलोप?' एक आदमी की आवाज आई।

'हां।'

'मैं शेरिल बोल रहा हूं।'

मैं चुप रहा। मैं कैरमन की ओर देखता प्रतीक्षा करता रहा।

'तुम्हारी सहेली मेरे जहाज पर है, मैलोप।' शेरिल बोला।

'मुझे मालूम है।' मैं बोला।

'आकर ले जाओ उसे।' शेरिल बोला– 'नौ बजे आ जाना, पहले नहीं। मैं तुम्हें लिवा लाने के लिए किनारे पर एक किश्ती भेज दूंगा। अकेले आना और इस बात का किसी से जिक्र मत करना। अगर तुम पुलिस को या किसी और को अपने साथ लाए तो हम उसका कत्ल करके उसे समुद्र में फेंक देंगे। समझ गए?'

मैंने कहा– 'मैं समझ गया।'

'तो फिर नौ बजे मुलाकात होगी।' वह बोला और उसने संबंध विच्छेद कर दिया।

25

गुमशुदा लोगों के ब्यूरो का लेफ्टिनेंट ब्रैंडले एक अधेड़ आयु का पुलिस अधिकारी था, जो पुलिस हैडक्वार्टर की चौथी मंजिल पर बैठता था और लोगों के ऐसे सवालों का जवाब देने की कोशिश करता था, जिनका कोई जवाब नहीं होता था। सारा दिन और रात को भी लोग उसके पास गुमशुदा लोगों की रिपोर्ट करने आते थे या टेलीफोन करते थे और उससे उम्मीद करते थे कि वह उन्हें खोज निकालेगा। काम आसान नहीं था, क्योंकि अधिकतर एक प्रकार के गुमशुदा लोग अपनी बीवियों, पतियों या परिवारों से तंग आकर जान-बूझकर गायब हुए होते थे और वे इस बात का विशेष ध्यान रखते थे कि कोई उन्हें तलाश न कर पाए। उसकी नौकरी ऐसी थी कि अगर मुझे उससे बीस गुणा ज्यादा तनख्वाह मिलती तो भी मैं उसे कबूल नहीं करता।

मैं उसके कार्यालय में पहुंचा।

वह अपने डेस्क के पीछे पाइप पी रहा था। उसकी आंखों में चिंता का भाव था। वह

ऐसा आदमी था, जो बढ़िया काम करता था, जिसके लिए न तो उसे कोई वाहवाही हासिल होती थी और न वह हासिल करने का इच्छुक था।

'भाग जाओ।' वह आशाहीन स्वर में बोला– 'मैं व्यस्त हूं। मेरे पास तुम्हारी मुसीबतों को सुनने का वक्त नहीं है। मेरी अपनी मुसीबतें क्या कम हैं।'

मैंने दरवाजा बंद कर दिया और उसके साथ टेक लगाकर खड़ा हो गया।

'मुझे थोड़ी मदद की जरूरत है, ब्रैंडले।' मैं बोला– 'और फौरन जरूरत है। तुम करोगे या ब्रैंडल के पास जाऊं?'

वह सकपकाया।

'ऐसी बातें मत करो, मैलोप।' वह बोला– 'क्या चाहते हो?'

'बहुत कुछ, लेकिन विस्तार में जाने का वक्त नहीं है मेरे पास। एनोना फ्रीडलैंडर के बारे में जो कुछ जानते हो, बताओ। याद है उसकी? वह फुटहिल बोल्वर्ड पर स्थित डॉ. साल्जर के सैनिटेरियम में नर्स थी। वह 15 मई, 1947 को गायब हुई थी।'

'मालूम है, पिछले चार घंटे में तुम दूसरे शख्स हो, जिसने उसकी फाइल देखनी चाही है।'

'पहला कौन था?'

'उससे तुम्हें कोई मतलब नहीं होना चाहिए। बैठ जाओ और उतावली मत मचाओ।'

मैं एक कुर्सी खींचकर बैठ गया। एक क्लर्क भीतर आया।

'फ्रीडलैंडर की फाइल फिर ले आओ।' ब्रैंडले उससे बोला– 'और जल्दी करो, ये साहब जल्दी में हैं।'

क्लर्क मुझे घूरता हुआ वहां से चला गया।

ब्रैंडले ने अपना बुझा हुआ पाइप सुलगा लिया।

'अभी भी क्रास्बी परिवार के मामले में अपनी टांग अड़ा रहे हो?' उसने बिना मेरी ओर देखे प्रश्न किया।

'तुम नौजवान और महत्त्वाकांक्षी लोगों को कभी अक्ल नहीं आएगी। सुना है मैकग्राथ और हार्टसैल भी तुम्हारी मिजाजपुर्सी के लिए पहुंचे थे।'

‘ठीक सुना है। फिर मारीन ने वहां पहुंचकर मुझे बचाया था। कैसी रही?’

वह हंसा।

‘काश! मैं वहां होता। क्या उसी ने मैकग्राथ पर प्रहार किया था?’

‘हां।’

‘कमाल की लड़की है।’

‘सुना है साल्जर के सैनिटेरियम में कोई हंगामा हुआ था। ठीक बात है?’ मैं सावधानी से बोला।

‘हुआ होगा, मेरी बला से।’

‘क्या किसी ने गर्नी नाम की किसी लड़की के गुम होने की रिपोर्ट की है?’ एक क्षण चुप रहने के बाद मैंने पूछा। ‘वह भी साल्जर की एक नर्स थी?’

‘हां।’

‘बड़ी अच्छी लड़की थी। बड़ा खूबसूरत जिस्म था, लेकिन शायद अब जिस्म की खूबसूरती की तारीफ कर पाने की तुम्हारी उम्र नहीं रही।’

ब्रेंडले ने स्वीकार किया कि यही बात थी।

‘वैसे भी वह तुम्हारे किसी काम नहीं आने वाली थी। वह मर चुकी है।’

‘तुम मुझे कुछ बताने की कोशिश कर रहे हो या पहेलियां बुझा रहे हो?’

‘मैंने सुना है मिसेज साल्जर ने उसके फ्लैट से उसका अपहरण करने की कोशिश की थी। लड़की फायर एस्केप से गिर पड़ी थी और अपनी गर्दन तोड़ बैठी थी। मिसेज साल्जर ने उसकी लाश रेगिस्तान में कहीं छुपा दी थी, शायद सैनिटेरियम के समीप ही कहीं।’

‘तुम्हें किसने बताया?’

‘एक जादूगर ने।’

कुछ क्षण वह पाइप से अपना जबड़ा खुजाता रहा।

‘ब्रेंडन को बता दो, यह होमीसाइड का मामला है।’

‘मैंने तुम्हें संकेत दिया है, सबूत नहीं। ब्रेंडन सबूत पसंद करता है, जो मैं उसे देने की स्थिति में नहीं। तुम्हें मैं इसलिए बता रहा हूं, क्योंकि इस पर अमल करना या न

करना तुम्हारी मर्जी पर निर्भर है, लेकिन दोनों सूरतों में तुम मेरा नाम बीच में नहीं लाओगे।'

'तुम नौजवान लोग बहुत चालाक होते हो।' वह बोला– 'ऑल राइट! मैं कुछ करूंगा, लेकिन इसमें सच कितना है?'

'सारा ही, तुम्हारे ख्याल से मिसेज साल्जर ने क्यों जहर खा लिया?'

क्लर्क ने फाइल लाकर मेज पर रख दी और उल्टे पांव वापस लौट गया।

ब्रैंडले ने फाइल का फीता खोला। भीतर केवल कोई आधा दर्जन खाली कागज मौजूद थे।

'हे भगवान!' ब्रैंडले बोला। उसका चेहरा लाल हो गया।

मैंने सारे कागज पलटे। सब खाली थे।

ब्रैंडले घंटी बजाने लगा।

क्लर्क दौड़ता हुआ वहां पहुंचा।

'यह क्या है?' ब्रैंडले बोला– 'क्या गड़बड़ है यह?'

क्लर्क हक्का-बक्का सा खाली कागजों को देखने लगा।

'मालूम नहीं, साहब।' वह घबराए स्वर में बोला– 'फाइल जब मैंने आपकी आउट ट्रे से उठाई थी, तो वह बंधी हुई थी।'

ब्रैंडले ने कुछ कहने के लिए मुंह खोला और फिर ख्याल बदल दिया।

'गेट आउट।' वह बोला।

क्लर्क चला गया।

कुछ क्षण सन्नाटा रहा, फिर ब्रैंडले बोला– 'इससे तो मेरी नौकरी जा सकती है। उस बदमाश ने कागजात बदल दिए होंगे।'

'यानी कि वह असली कागजात ले गया होगा और उनकी जगह ये कोरे कागज छोड़ गया होगा?'

'यही हुआ होगा। फाइल में एक तस्वीर थी, हुलिए का बयान था और हमारी कारगुजारियों की रिपोर्ट थी।'

'कोई प्रतिलिपि?'

उसने नकारात्मक ढंग से सिर हिलाया।

मैं कुछ क्षण सोचता रहा।

'वह आदमी, जो फाइल देखने मुझसे पहले आया था, कैसा था? लंबा-ऊंचा? शक्तिशाली? फिल्मी अभिनेताओं जैसा?'

'हां, तुम जानते हो उसे।'

'मैंने देखा है उसे?'

'कहां?'

'क्या तुम वे कागजात वापस चाहते हो?'

'बिलकुल चाहता हूं। क्या मतलब है तुम्हारा?' मैं उठ खड़ा हुआ।

'मुझे कल नौ बजे तक का वक्त दो।' मैं बोला– 'या तो मैं वे कागजात तुम्हारे पास ले आऊंगा और या फिर वह आदमी ले आऊंगा, जो कागजात ले गया है। मैं एक लाइन पर काम कर रहा हूं, ब्रैंडले। मैं उसमें ब्रैंडन का दखल नहीं चाहता। तुम्हें कल सुबह तक तो इसकी रिपोर्ट नहीं करनी पड़ेगी न?'

'क्या मतलब?'

'कल सुबह तक मैं कागजात को या चोर को यहां हाजिर कर दूंगा। तब तक अपना मुंह बंद रखना।' मैं बोला और दरवाजे की ओर बढ़ा।

26

हम चार थे। माइक फिनेगन, कैरमन, मैं और एक चिंतित-सा लगने वाला छोटा-सा आदमी, जो एक मैली कमीज तथा दागदार सफेद पतलून पहने था। हम डेलमानिको बार के पिछवाड़े के एक कमरे में बैठे थे। मेज पर एक स्कॉच की बोतल और चार गिलास मौजूद थे। वातावरण में सिगरेट का धुआं फैला हुआ था।

उस छोटे-से आदमी का नाम डेस्कटर था। वह हार्बर में खड़े जहाजों पर सामान पहुंचाने का काम करता था। फिनेगन का दावा था कि वह उसका दोस्त था, हालांकि उसके व्यवहार से ऐसा कुछ नहीं लगता था।

मैंने अपनी योजना उसके सामने रखी थी, लेकिन वह यूं मेरी ओर देख रहा था, जैसे वह पागल हो।

'सॉरी, मिस्टर।' अंत में वह बोला– 'मैं नहीं कर सकता यह। इससे तो मेरा धंधा चौपट हो जाएगा।'

कैरमन आंखें बंद किए एक कुर्सी पर पड़ा सिगरेट पी रहा था। उसने एक आंख खोली और बोला– 'तुम्हारे धंधे की किसे परवाह है? भाई मेरे, जिंदगी में धंधे के अलावा भी और बहुत-सी चीजें हैं।'

डेक्सटर ने अपने होंठों पर जुबान फेरी, कैरमन को घूरा और कुर्सी पर पहलू बदला। उसने बेबस भाव से माइक की ओर देखा।

'मैं नहीं कर सकता।' वह बोला– 'ड्रीम शिप मेरा सबसे बढ़िया ग्राहक है।'

'लेकिन ज्यादा देर नहीं रहेगा।' मैं बोला– 'इसलिए उसका मोह छोड़ो और मेवा कमाओ। इस सौदे में तुम्हें सौ डॉलर मिलेंगे।'

'सौ डॉलर!' डेक्सटर व्यंग्यपूर्ण स्वर में बोला– 'शेरिल इससे ज्यादा मुझे हर महीने देता है, बिना नागा। मैं नहीं करूंगा यह।'

माइक के मुंह से एक गुर्राहट-सी निकली। मैंने उसे शांत रहने का संकेत किया और डेक्सटर से बोला– 'देखो, हम तुमसे सिर्फ इतनी सेवा चाहते हैं कि तुम माल का एक बक्सा आज रात जहाज पर पहुंचा दो। इतने से काम के तुम्हें सौ डॉलर मिलेंगे। तुम भयभीत किस बात से हो?'

'और तुम बक्से के भीतर छुपे रहना चाहते हो।' डेक्सटर बोला– 'अजीब बातें हैं। उस जहाज पर परमिट के बिना किसी को आने की इजाजत नहीं है। अगर उन्होंने तुम्हें पकड़ लिया–जिसकी गारंटी है–तो वे जान जाएंगे कि इसमें मेरा जरूर कोई हाथ है। और कुछ नहीं तो मेरा धंधा तो चौपट हो ही जाएगा। हो सकता है वह किसी को मेरी खोपड़ी तोड़ने के लिए ही भेज दें। मैं नहीं करूंगा यह।'

'देखो, डेक्सटर!' माइक आगे को झुकता हुआ बोला– 'यह आदमी मेरा दोस्त है। वह उस जहाज पर पहुंचना चाहता है। यह जो चाहता है वही होगा, समझे! तुम्हारी खोपड़ी सिर्फ शेरिल ही नहीं तोड़ सकता। तुम यह काम करते हो या मैं सख्ती वाला रुख अख्तियार करूं?'

कैरमन ने अपनी रिवाल्वर निकालकर मेज पर रख दी।

'जब वह तुमसे निपटेगा तो मैं शुरू हो जाऊंगा।' वह बोला।

डेक्सटर ने रिवाल्वर पर निगाह डाली। माइक से निगाह मिलाने की बात वह न ला सका।

'आप लोग मुझे धमका नहीं सकते।' कैरमन शांति से बोला– 'मैं ऐसी कोई कोशिश शुरू करने से पहले तुम्हें दस सेकेंड का नोटिस दे रहा हूं।'

'अरे, तंग मत करो उसे।' मैं बोला। मैंने अपने बटुए से दस-दस डॉलर के दस नोट निकाले और उन्हें डेक्सटर के सामने रख दिया– 'यह लो, अपना पैसा संभालो और शुरू हो जाओ। शेरिल की कहानी खत्म है अब। कल तक वहां पुलिस पहुंच जाएगी, इसलिए वक्त रहते फायदा उठा लो।'

डेक्सटर पहले हिचकिचाया, फिर उसने नोट उठा लिए।

'यह काम मैं कोई और कहता तो हरगिज नहीं करता।' वह माइक से बोला।

हमने अपने-अपने गिलास खाली किए, वहां से उठे और समुद्र तट तक पहुंच गए। वह एक गर्म रात थी। बारिश के आसार भी लग रहे थे। दूर क्षितिज के पास ड्रीम शिप की बत्तियां चमकती दिखाई दे रही थीं।

हम डेक्सटर के वेयर हाउस में पहुंचे। वहां घना अंधेरा था। उसने दरवाजा खोला, तो तारकोल, तेल, गीले कपड़ों और रबड़ की गंध बाहर तक फैल गई।

वेयर हाउस बहुत बड़ा था और डिलीवरी के लिए तैयार बक्सों और बंडलों से भरा पड़ा था। फर्श के बीचों-बीच एक पांच वर्ग फुट का बक्सा पड़ा था।

'यह है।' डेक्सटर गंभीर स्वर में बोला।

हम उसे खोलने में लग गए।

'एक हथौड़ा और एक छेनी चाहिए।' मैं डेक्सटर से बोला।

वह सामान लेने चला गया।

कैरमन बोला– 'जो कर रहे हो, ठीक कर रहे हो?'

मैंने हामी भरी।

'अगर तकदीर ने साथ दिया तो मेरे जहाज पर पहुंचने के अपेक्षित समय से आधा

घंटा पहले मैं वहां पहुंच जाऊंगा। उतने वक्त में मैं बहुत कुछ कर सकता हूं। जब तुम और माइक नौ बजे वहां पहुंचोगे तो मैं तुम्हें जहाज पर चढ़ने का मौका देने के लिए कोई-न-कोई शरारत कर दूंगा। उसके बाद हर आदमी अपने आपको संभाले।'

डेक्सटर हथौड़ा वगैरह लेकर आया।

'कीलें जरा अक्ल से लगाना।' मैं कैरमन से बोला– 'ऐसा न हो कि मैं बाहर ही न निकल पाऊं।'

माइक ने डेक्सटर को संकेत से परे चले जाने को कहा।

'यह काम हम संभाल लेंगे। तुम उधर जाकर चुपचाप बैठ जाओ।'

वह नहीं चाहता था कि डेक्सटर वह स्टेनगन देखे, जो कैरमन सूटकेस में अपने साथ लाया था। माइक के विशाल शरीर की ओट में कैरमन ने स्टेनगन बक्से में रख दी।

मैं बक्से में दाखिल हो गया।

'तुम माइक के पास नौ बजे पहुंचना।' मैं कैरमन से बोला– 'अगर शेरिल की भेजी नाव पर एक से ज्यादा आदमी हों और तुम लोगों को लगे कि उनसे निपटना मुश्किल है, तो तुम्हें अकेले आना होगा। वे समझेंगे तुम मैलोप हो। अगर तुम्हें शूटिंग की आवाज आए, तो मिफलिन और उसके आदमियों को बुला लाना, फिर हमला बोल देना। ठीक है?'

कैरमन ने चिंतित भाव से हामी भरी।

'माइक, तुम डेक्सटर के साथ आना।' मैं आगे बढ़ा– 'अगर यह कोई होशियारी दिखाए तो इसकी खोपड़ी पर एक हाथ जमाना और इसे समुद्र में धकेल देना।'

माइक ने हामी भरी।

जब कैरमन ने ढक्कन ठोंक दिया, तो मैंने अनुभव किया कि मैं उसमें बैठ भी सकता था। बक्से के जोड़ों में से हवा भीतर आ रही थी। ढक्कन इस अंदाज से ठोंका गया था कि मुझे बक्से से बाहर निकलने में मुश्किल से एक मिनट लगता।

फिर बक्से को एक हथठेले में लादकर बाहर निकाला गया और उसे डेक्सटर की नाव पर लाद दिया गया। फिर नाव का इंजन चालू हुआ और वह समुद्र की छतों पर दौड़ गई।

कुछ मिनट बाद मुझे माइक की फुसफुसाहट सुनाई दी। वह मुझे बता रहा था कि

नाव ड्रीम शिप के बगल में पहुंच गई थी।

कोई जोर से चिल्लाया। जवाब में कोई नाव से बोला। लगता था कोई इतनी रात गए बक्सा वहां लाने पर एतराज कर रहा था। डेक्सटर ने स्थिति बड़ी होशियारी से संभाली। उसने कहा कि कल वह अपने एक बीमार भाई को देखने जा रहा है और अगर उससे बक्से की डिलीवरी अभी न ली गई तो वह परसों से पहले वहां नहीं पहुंचाया जा सकता था।

अंत में जहाज पर किसी ने डेक्सटर को कोसते हुए बक्सा जहाज पर चढ़ाए जाने की इजाजत दे दी।

थोड़ी देर बाद एक झटके के साथ बक्सा हवा में उठा, फिर वह भड़ाक से जहाज के भीतर कहीं जाकर गिरा। मेरा सारा शरीर झनझना गया। फिर एक दरवाजा बंद होने की आवाज आई। उसके बाद सन्नाटा छा गया।

मैं कुछ क्षण इंतजार करता रहा। फिर मैंने छेनी की सहायता से बक्से के ढक्कन के तख्ते उखाड़ने शुरू कर दिए। एक मिनट में मैं बक्से के बाहर था। वहां अंधेरा था, लेकिन गंध से मैंने अनुमान लगाया कि मैं जहाज के गोदाम में था।

मैंने टार्च निकालकर उसकी रोशनी चारों ओर डाली। वह एक विशाल गोदाम था। उसके सिरे पर मुझे एक दरवाजा दिखाई दिया। मैं वहां पहुंचा। दरवाजा थोड़ा-सा खोलकर मैंने बाहर झांका। बाहर मुझे एक पतला-सा पूरी तरह प्रकाशित गलियारा दिखाई दिया।

मैं गलियारे में निकल गया और उसके सिरे पर मौजूद स्टील की लंबवत सीढ़ी की ओर बढ़ा। वह सीढ़ी शायद ऊपर वाले डेक की ओर जाती थी। आधे रास्ते में मैं एकाएक ठिठक गया। सीढ़ी पर पहले एक जोड़ी पैर और फिर सफेद पतलून से ढकी टांगें प्रकट हुईं। एक सेकेंड बाद एक नाविक हक्का-बक्का-सा मेरी ओर देख रहा था। मैंने उसकी ओर स्टेनगन तान दी। उसने फौरन अपने हाथ ऊपर उठा लिए।

'मुंह से आवाज निकाली तो भूनकर रख दूंगा।' मैं उस पर गुर्राया। वह स्थिर आंखों से स्टेनगन की ओर देखता हुआ चुपचाप खड़ा रहा।

'घूमो।' मैं बोला।

वह घूमा तो मैंने उसकी खोपड़ी पर स्टेनगन के दस्ते का एक भीषण प्रहार किया। वह गिरने लगा तो मैंने उसे बीच में ही संभाल लिया और फिर धीरे से फर्श पर लिटा

दिया। अब किसी और के वहां पहुंच पाने से पहले उसे दृष्टि से ओझल करने की समस्या मेरे सामने थी।

मेरे समीप ही एक दरवाजा था। मैंने हिम्मत करके उसे खोला और भीतर झांका। वह एक खाली केबिन था। शायद वह उसी नाविक का केबिन था और वह वहीं लौट रहा था।

मैंने उसे घसीटकर उस केबिन में डाला और भीतर से दरवाजा बंद कर लिया। मैंने जल्दी से उसके और अपने कपड़े उतारे और फिर उसके कपड़े खुद पहन लिए। उसकी पी कैप मुझे जरा बड़ी थी, लेकिन मेरा चेहरा काफी हद तक छुप गया।

मैंने केबिन में से ही एक रस्सी तलाश करके उसकी मुश्कें कस दीं और मुंह में कपड़ा ठूंस दिया। मैंने उसे उसके फट्टे पर डाल दिया, स्टेनगन भी वहीं छोड़ दी और अपनी रिवाल्वर पतलून में डालकर बाहर निकल आया। गलियारा अभी खाली था। मैंने अपने पीछे केबिन का दरवाजा बंद कर दिया।

मैंने घड़ी देखी। आठ पच्चीस हुए थे। कैरमन के वहां पहुंचने में अभी पैंतीस मिनट बाकी थे।

27

मैं एक रोशनदान के साये में खड़ा था और मेरी निगाहें बोट के किनारे की ओर लगी हुई थीं। सारे डेक का फर्श लाल गलीचे से ढका हुआ था। रैलिंग के साथ नीली-लाल बत्तियां लगी हुई थीं।

ब्रिज डेक से हटकर गेटवे के सिरे पर आर्क रोशनी के नीचे दो यूनीफार्म पहने नाविक दिखाई पड़ रहे थे। इवनिंग गाउन पहने एक लड़की और दो आदमी अभी-अभी जहाज पर चढ़े थे। नाविकों ने उन्हें सलाम ठोंका। वे डेक पारकर के ब्रिज और फोसल डेक के बीच बने रोशनियों से जगमगाते रेस्तरां में दाखिल हो गए। संगीत की लय पर थिरकते हुए जोड़े खिड़की के रास्ते मुझे स्पष्ट दिखाई दे रहे थे। मुझसे ऊपर ब्रिज डेक पर तीन व्यक्ति सफेद पोशाक पहने रैलिंग के सहारे टिके खड़े थे। वे जहाज पर आते हुए व्यक्तियों को देख रहे थे। यद्यपि ऊपर अंधेरा था, लेकिन सिगरेट की चमक से मैंने

अंदाजा लगा लिया कि उनमें से कम-से-कम एक व्यक्ति सिगरेट पी रहा था। मेरी ओर किसी का ध्यान नहीं गया। दाएं-बाएं देखता हुआ मैं ओट से बाहर निकला और कालीन पर चलता हुआ लाइफ बोट की ओर बढ़ा–मैं ब्रिज डेक के ठीक नीचे के अंधेरे में छुप गया।

मुझे एक आवाज सुनाई पड़ी– 'आज तो लोगों का तांता लगा हुआ है, खूब रंगीन बीतेगी, आज की रात।'

'हां, लेकिन उस लाल ड्रेस वाली तितली को भी देखो, वाह क्या चीज है।' दूसरी आवाज सुनाई दी।

मैं चुपके से वहां से सरक लिया। मुझे डर था कि वे लोग नीचे न झांक बैठें। साथ ही दरवाजा था। मैंने हल्के से उसे थोड़ा-सा खिसकाया। नीचे की ओर लोअर डेक की ओर जाती सीढ़ियों पर निगाह थम गई–ऊपर किसी लड़की के खिलखिलाने की आवाज सुनाई दी। मैंने मुड़कर देखा।

'मुझे ऐसी ही तितलियां पसंद हैं, क्या ठोस जिस्म है।' मुझे ब्रिज डेक पर खड़े एक व्यक्ति की आवाज सुनाई पड़ी। तीन जोड़े अभी-अभी पहुंचे थे। उनमें एक लड़की नशे में इतनी धुत थी कि उसे चल पाना भी मुश्किल हो रहा था। वे रेस्टोरेंट में घुसे। मुझे मौका मिला, मैंने सीढ़ियां उतरीं और लोअर डेक पर आ गया। नीचे सन्नाटा भरा अंधेरा था। मैं सीढ़ी से थोड़ा परे हटा। चंद्रमा की रोशनी में मैंने देखा कि डेक पर सर्वथा शांति थी। मैं कदमों को दबाता हुआ आगे बढ़ा। आधे रास्ते में मैं थोड़ा-सा रुका। सामने की ओर से एक सफेद आकृति अंधेरे में प्रकट हुई। छुपने के लिए वहां कोई जगह नहीं थी। मेरी अंगुलियां रिवाल्वर के ट्रिगर पर कस गईं। मैं झुककर रेलिंग के समीप पहुंचा और उस पर झुक गया।

एक ऊंचे कद का लंबा आदमी पोर्टहाल की रोशनी में पहुंचा, फिर आगे से हटकर मेरी ओर बढ़ा। वह मेरी ओर देखे बिना मेरे पास से गुजर गया और ऊपर की डेक की सीढ़ियों पर चढ़ गया।

मैं वापस पोर्टहाल की ओर बढ़ा। नजदीक पहुंचने पर मैंने शीघ्रता से अंदर की ओर झांका और खुशी से चीखने को हो गया।

मेरी ओर को मुंह किए पाला कुर्सी पर बैठी थी। वह कोई मैगजीन देख रही थी और उसके चेहरे पर चिंता के लक्षण थे। मैं उसके इतनी जल्दी मिल जाने की उम्मीद नहीं कर

रहा था। मेरी नजर केबिन के दरवाजे की ओर उठी। वह बाहर से बंद था। मैंने दरवाजा खोला और अंदर दाखिल हो गया।

जैसे ही पाला की निगाह मुझ पर पड़ी, वह उठने को हो गई, फिर धम्म से वापस कुर्सी पर बैठ गई। उसके मुंह से शांति की एक लंबी सांस निकली। बक्से में बंद होकर यहां तक मेरा पहुंचना सफल हो गया था।

'क्या हाल है?' मैं हंसता हुआ बोला।

'ठीक है–यहां तक कैसे पहुंच पाए?'

'बस पहुंच ही गया किसी तरह–उन लोगों को अभी तक मेरा यहां पहुंच जाना मालूम नहीं है। नौ बजे तक जैक और माइक भी पहुंच जाएंगे। शायद वापस हमें तैरकर ही जाना पड़े।'

उसने एक गहरी सांस ली और उठ खड़ी हुई। 'तुम्हारे यहां आने की तो मुझे उम्मीद थी विक, लेकिन तुम अकेले क्यों आए हो, पुलिस को साथ क्यों नहीं लाए?'

'क्यों, क्या हुआ था?'

'मैं तुम्हारे धोखे में मार खा गई। जैसे ही घंटी बजी, मैं दरवाजा खोलने पहुंची। चार बदमाशों ने मुझे काबू में कर लिया। उनमें से दो बेडरूम की ओर चले गए, जहां ऐनोना थी। थोड़ी देर में मुझे ऐनोना के चीखने की आवाज सुनाई दी। उनमें से एक ने बताया कि वह हमें जहाज पर ले जा रहे थे। एक ने चाकू मेरे सीने पर रख दिया। वे मुझे बिल्डिंग से बाहर ले आए। एक बदमाश हर समय मेरी पसली में चाकू सटाए रहा।

'बाहर एक कार खड़ी थी, उन्होंने मुझे कार में धकेल दिया। कार रवाना हो गई। मैंने अपने पीछे झांककर देखा–एक काली रोल्सरायस कार वहां आ खड़ी हुई। एक बदमाश को ऐनोना को दबोचे बाहर आते देखा। यह सब दिन-दहाड़े हुआ और लोग खड़े तमाशबीन बने रहे। किसी ने कुछ नहीं कहा, कोई बोला तक नहीं। उन्होंने उसे रोल्सरायस में लादा और मेरे देखते-देखते रोल्सरायस उड़नछू हो गई। बदमाशों ने मुझे यहां लाकर बंद कर दिया। उन्होंने धमकी दी कि अगर मैंने शोर-शराबा मचाया तो मेरा गला काट डालेंगे। ये बड़े खतरनाक लोग हैं विक।'

'मुझे पता है, मिल चुका हूं मैं इन लोगों से। जिस रोल्सरायस का तुम जिक्र कर रही हो, वह मारीन क्रास्बी की है। वे ऐनोना को शायद पहाड़ी पर स्थित मारीन के घर ले गए हैं।' कुछ पल सोचते रहने के बाद मैंने उससे पूछा– 'क्या कोई तुम्हारे पास यहां

आया था?'

उसने नहीं में सिर हिलाया।

'मैं एक नजर जहाज पर डालना चाहता हूं जाने से पहले–शायद मारीन यहां हो, क्या तुम्हारा मेरे साथ आना सुरक्षित रहेगा?'

'नहीं, जाने के वक्त से पहले तक मेरा यहां से हटना ठीक नहीं होगा। उन्होंने मुझे यहां न देखा तो वे शोर मचा देंगे और फिर निकलना मुश्किल हो जाएगा।' पाला बोली।

मैं हिचकिचा गया। मेरे लिए फैसला करना मुश्किल हो गया कि मैं पाला को लेकर निकल जाऊं या ऐनोना और मारीन की तलाश करूं।

'अगर वह इस डेक पर न हुई तो हम चल देंगे।' आखिर में मैं बोला।

'सावधान रहना विक।'

उसे सांत्वना देने के लिए मैंने उसकी बांह थपथपाई, मुस्कराया और फिर डेक के ऊपर आ गया। मैंने दरवाजे के बाहर से कुंडा लगाया और आगे बढ़ा।

'यहां क्या कर रहे हो तुम?' एकाएक मुझे अंधेरे में से एक कर्कश आवाज सुनाई दी।

मैं बुरी तरह चौंक पड़ा।

एक मोटा, ठिगना आदमी अंधेरे में से भूत की तरह मेरे सामने आ खड़ा हुआ। अंधेरे की वजह से हम दोनों को ही अपने चेहरे नजर नहीं आ रहे थे। 'मैं कितनी बार मना कर चुका हूं तुम दोनों को यहां न आने के लिए।' वह मेरे और नजदीक बढ़ आया। उसकी आवाज में गुस्सा था।

मैंने उसका हाथ ऊपर उठता हुआ देखा। मैं फौरन एक ओर हट गया, फिर भी कोई चीज मेरे कंधे पर आकर लगी। मैंने पूरी ताकत से एक घूंसा उसके पेट में दे मारा। वह दर्द से दोहरा हो गया। उसके मुंह से एक भद्दी-सी गाली निकली। फौरन ही मैंने दूसरा मुक्का उसके जबड़े पर जड़ दिया। वह जमीन पर लंबा हो गया। मैंने उसके सिर के बाल पकड़े और दो-तीन बार डेक के फर्श पर उसके सिर को टकराता रहा। वह बेहोश हो गया।

मैं शीघ्रता से पाला के केबिन की ओर लपका, उसका दरवाजा खोला और उस व्यक्ति को घसीटकर केबिन में डाल दिया।

'बाहर इससे टकराव हो गया था।' मैंने हांफते हुए पाला को बताया।

'कपबोर्ड में बंद कर दो इसे। मैं इसका ध्यान रखूंगी।' पाला बोली।

उसे खींचकर मैंने कपबोर्ड में बंद कर दिया।

'कमरा वैसे ही भट्ठी बना हुआ है, दम ही न घुट जाए मरदूद का।' मैं बोला।

'मुझे भी फिक्र है, कहीं आग तो नहीं लग गई। फर्श तक गर्म हो रहा है।' पाला बोली।

मैंने उंगली से केबिन का कालीन छुआ। वह गर्म था, फिर डेक का फर्श, फर्श बिलकुल तप रहा था। मैंने तत्काल उंगली हटा ली।

'ठीक कह रही हो तुम।' मैं पाला से बोला– 'यहां से निकल चलो।' मैंने उसकी बांह पकड़ी और उसे डेक पर ले आया– 'मेरे बिलकुल पीछे-पीछे चलती रहो।'

मैंने घड़ी देखी। नौ बजने वाले थे। जैक किसी भी समय पहुंच सकता था। हम डेक पर आगे बढ़े। 'हमें खतरे की घंटी लगनी चाहिए विक, जहाज लोगों से भरा हुआ है।' पाला बोली।

'देखेंगे, अभी नहीं बाद में।'

डेक के सिरे पर एक दरवाजा था, मैंने उसे खोल दिया। पाला मेरे पीछे थी। उसके अंदर घुसते ही दरवाजा बंद कर लिया। मैंने देखा फर्श पर बिछे कालीन में से धुआं उठ रहा था।

'इसी कमरे के नीचे आग लगी है।' मैं बोला– 'पाला तुम दरवाजे के पास ही रहो, शायद नीचे से फर्श जल चुका हो–यह शेरिल का कार्यालय मालूम होता है।'

मैंने मेज की दराजें टटोलनी शुरू कर दीं। नीचे की दराज में मुझे एक चौकोर लिफाफा मिला। मैं फौरन पहचान गया, ये ऐनोना फ्रीडलैंडर की फाइल से उड़ाए गए कागज थे। मैंने लिफाफे को मोड़कर जेब में डाल लिया। 'चलो।' मैं बोला।

'विक, जरा देखो तो वह क्या है?' पाला धीरे-से बोली। मैंने उधर की ओर देखा, वहां कुछ दिखाई दे रहा था–सफेद-सफेद सी किसी आदमी की-सी आकृति। अंधेरे में कुछ स्पष्ट दिखाई न दिया, तो मैंने लैंप का रुख उधर की ओर कर दिया।

पाला के मुंह से हल्की-सी चीख निकली।

यह शेरिल था, जो पीठ के बल पड़ा हुआ था। उसके कपड़े जगह-जगह से झुलसे

हुए थे। हाथ कालीन पर पड़े रहने से जल गए थे। उसकी खोपड़ी का एक भाग टूटा हुआ था। उसके सिर में बिलकुल नजदीक से गोली मारी गई थी।

एकाएक एक सर्र की आवाज हुई। फर्श से आग की एक तेज लपट निकली। मैं घबराकर पीछे हटा–आग की लपट ने शेरिल के मृत शरीर को अपने घेरे में ले लिया।

28

दरवाजे की ओर एक हल्की-सी आवाज सुनकर मेरा ध्यान टूटा। वह दरवाजे पर खड़ा मुस्करा रहा था। उसके हाथ में रिवाल्वर दबी हुई थी, जिसका रुख मेरी ओर था। उसका बदसूरत चेहरा पसीने से तर था। उसकी आंखों से घृणा झांक रही थी। पता नहीं कब वह भूत की तरह कमरे में प्रविष्ट हो गया था।

'जो कुछ भी तुमने दराज से निकालकर अपनी जेब में डाला है, मेरे हवाले करो।' वह बढ़ता हुआ बोला– 'और जल्दी करो–देर का काम नहीं है।'

मेरे पास रिवाल्वर थी, लेकिन मुझे मालूम था कि मेरे जरा से हरकत करने पर वह फौरन ही मुझे गोली मार देगा। मैंने अपने बाएं हाथ से लिफाफा निकाला–मुझे उसके चेहरे पर घृणा और क्रूरता के लक्षण दिखाई दिए। मैं जान गया, वह मुझे शूट करने ही वाला है।

बदमाश पाला की तरफ से थोड़ा निश्चिंत हो गया था। उसका सारा ध्यान मेरी ओर केंद्रित हो गया था। पाला को मौका मिला। उसने मेरे और बदमाश के बीच पड़ी कुर्सी तेजी के साथ बदमाश की ओर फेंक मारी–बदमाश की निगाह चूक गई और उसका निशाना गलत हो गया। जब तक वह संभलता, मैंने जेब से रिवाल्वर निकालकर उस पर फायर कर दिया। एक के बाद एक तीन गोलियां उसकी छाती में पेवस्त हो गईं। रिवाल्वर उसके हाथ से छूट गया और वह फर्श पर ढेर हो गया।

'बाहर निकलो पाला।' मैं बोला।

पाला नीचे झुकी, उसने बदमाश का रिवाल्वर उठाकर अपने कब्जे में किया और दरवाजे की ओर लपकी–मैं दरवाजे की ओर भागा, तो मुझे लगा कि फर्श मेरे पैरों के नीचे से निकला जा रहा है। अचानक लकड़ी के टूटने की चरचराहट सुनाई पड़ी। गर्मी

का एक तेज भभका मेरे मुंह से टकराया। ऐसा लगा कि फर्श आ गिरा। मैं किसी तरह दरवाजे पर पहुंचा और डेक पर आ गया। शेरिल के कमरे में एक जबरदस्त विस्फोट हुआ और सारा कमरा आग की लपटों से घिर गया–पाला ने मेरी बांह थामी और हम डेक पर भागने लगे। धुआं बढ़ता ही जा रहा था।

अचानक एक गोली चली। निशाना हम दोनों की ओर लगाया गया था। मेरे पीछे के केबिन का शीशा झनाक से टूट गया और कांच के बिखरने की आवाज से वातावरण गूंज गया।

मैंने पाला को अपने पीछे कर लिया।

लाइफबोट की ओर से कुछ और फायर किए गए। रेलिंग के नजदीक मुझे एक आकृति का आभास-सा मिला। मैंने फौरन दो फायर झोंक दिए। दूसरी गोली ने उसका डिब्बा गुल कर दिया। वह हड़बड़ाता-सा लाइफबोट के पीछे से निकला और फर्श पर ढेर हो गया।

हम फिर भाग लिए। अब डेक इतना गर्म हो चला था कि गर्मी जूतों के अंदर तक पहुंचकर पैरों को जलाने लगी थी। गिरते-पड़ते हम ऊपर के डेक की सीढ़ी तक पहुंच गए। ऊपर चीख-पुकार मची हुई थी। नर्क का दृश्य उपस्थित हो रहा था।

अब हम ऊपर के डेक पर पहुंच चुके थे। वहां काफी लोग जमा थे और गला फाड़-फाड़कर मदद के लिए चिल्ला रहे थे। जहाज के ऊपर धुएं का विशाल बादल-सा छा गया था, ऊपर भी नीचे जैसी गर्मी थी। जहाज के तीन अधिकारी किसी तरह से भाग-भागकर कोहराम को काबू में लाने की कोशिश कर रहे थे, लेकिन उन्हें सफलता नहीं मिल रही थी। 'जैक पहुंच गया होगा अब तक–मेरे करीब ही रहो, हमें रेलिंग तक पहुंचना है।' मैं पाला से बोला।

हम भीड़ में रास्ता बनाते आगे बढ़ने की कोशिश करते रहे। एक शराबी ने पाला को अपने पास खींच लिया। पाला चिल्लाई–मैंने एक मुक्का उसके जबड़े पर जमाया और उसे भीड़ पर फेंक दिया। वह उठने की कोशिश करने लगा।

एक लड़की, जिसकी पोशाक का कमर के ऊपर का हिस्सा फट गया था, मेरी गर्दन से लिपट गई। उसके मुंह से शराब की दुर्गंध फूट रही थी। मैंने उसे परे हटाने की कोशिश की तो वह बुरी तरह से मेरी गर्दन पर चिपक गई–पाला ने उसे खींचा और उसकी कनपटी पर जोर का घूंसा मार दिया। लड़की चीखती-चिल्लाती भीड़ में जा गिरी।

हम रेलिंग के पास पहुंचे–समुद्र में हर ओर किश्तियां-ही-किश्तियां दिखाई पड़ रही थीं।

'हैलो विक!' मुझे एक तेज आवाज सुनाई पड़ी।

यह कैरमन की आवाज थी। वह हमसे थोड़ी ही दूर डेक के पास खड़ा हुआ था और उन लोगों को भगा रहा था, जो उसकी रेलिंग की पकड़ को छुड़ाने पर आमादा थे। बड़ी मुश्किल से हम उसके पास पहुंचे।

'जहाज को आग लगाने की क्या आवश्यकता थी, यहां तो पागलखाने का-सा दृश्य उपस्थित हो रहा है।' वह उत्तेजित ढंग से हंसते हुए बोला।

'तुम्हारी नाव कहां है?' मैं एक आदमी को, जो रेलिंग पर चढ़ने की कोशिश कर रहा था, धकेलते हुए बोला।

'ये रही।' वह नीचे की ओर इशारा करता हुआ बोला। वह पाला को रेलिंग पर चढ़ाने लगा। मैं नजदीक आते लोगों को पीछे धकेलता रहा। पाला ने रेलिंग की रस्सी पर पैर रखा और बड़ी कुशलता से नीचे उतरने लगी।

एक लड़की उसकी ओर झपटी।

'यह तुम्हारे लिए नहीं है मैडम–आगे जाकर कोशिश करो–यह निजी किश्ती है।' कैरमन उसे धकेलता-सा बोला।

लड़की पागलों की तरह चीखी और कैरमन की टांगों से लिपट गई।

'अरे-अरे क्या कर रही हो? छोड़ो, मेरी पैंट उतर जाएगी। विक जरा मदद करो मेरी, यह लड़की पागल हो गई है क्या?'

'लेकिन कैरमन तुम्हें तो ऐसी छोकरियां पसंद आती थीं। ऐसा मालूम होता है, बुरी तरह से मर मिटी है तुम पर। साथ ही क्यों नहीं ले चलते इसे भी?' मैं शरारत से बोला। पता नहीं कैसे कैरमन ने उस लड़की से पिंड छुड़ाया, जैसे ही मैं नाव में पहुंचा, वह भी चरमराता हुआ नाव में आ गिरा– 'तौबा मेरी तौबा।' कैरमन पसीना पोंछता हुआ बड़बड़ाया।

माइक ने बोट का इंजन चालू कर दिया। बोट आगे सरकने लगी। माइक बहुत सावधानी से काम ले रहा था, वहां सैकड़ों नावें खड़ी हुई थीं। रास्ता बनाना इतना आसान काम नहीं था।

'शाबाश! बिलकुल सही मौके पर पहुंचे।' मैं माइक की पीठ थपथपाता हुआ

बोला। मैंने जहाज की ओर मुड़कर देखा, जहाज पर आग धधक रही थी। मालूम नहीं जहाज का बीमा कराया हुआ था या नहीं। 'यह कारनामा तुम्हारा है न?' कैरमन बोला।

'नहीं।' मैं बोला– 'शेरिल मर चुका है। किसी ने उसे गोली मारकर हलाक कर दिया है और जहाज को आग लगा दी है। हमने संयोग से ही उसे देख लिया था, वरना मैं कभी भी मालूम न कर पाता कि वास्तविकता क्या थी।'

'बड़ा महंगा क्रिया-कर्म हो रहा है उसका?'

'हो सकता है ड्रीम शिप का बीमा कराया हुआ हो। उस सूरत में महंगा नहीं है। तुम पाला से बात करो। मैं जरा इन कागजों को देखता हूं।' मैं जेब से ऐनोना फ्रीडलैंडर के कागजात वाला लिफाफा निकालते हुए बोला।

कैरमन ने मुझे एक टार्च पकड़ा दी।

'क्या चीज है ये?' उसने पूछा।

मैंने पहले पृष्ठ पर निगाह डाली, मुझे अपनी आंखों पर विश्वास नहीं हुआ।

'अब आगे क्या करने का इरादा है विक?' पाला बोली।

'इरादा यह है कि मैं और जैक ऐनोना की तलाश में निकलेंगे–तुम मिफलिन को शेरिल के बारे में बता देना। उससे कहना कि वह मारीन के पहाड़ी वाले मकान पर फौरन पहुंचे। आज रात को सारी कहानी का पटाक्षेप हो जाना है।'

'इससे तो बेहतर यह है कि तुम्हीं मिफलिन से मिलो। मेरे कहने का शायद इतना प्रभाव न पड़ सके।' उस पर पाला बोली।

'इतना समय नहीं है। अगर ऐनोना मारीन के पहाड़ी वाले मकान पर है, तो वह जरूर मुसीबत में होगी।'

'किस्सा क्या है?' कैरमन ने आगे झुकते हुए पूछा।

मैंने उसे कागजात की ओर इशारा किया। 'सारी राम कहानी इसमें पोशीदा है। मिफलिन को इनके बारे में बताना मुझे याद ही नहीं रहा। ऐनोना को 1944 से एंडोकार्टीडिज की बीमारी थी। मैंने तुम्हें पहले भी बताया था कहीं कोई रहस्य है, किसी बहुत बड़ी पोल को छुपाने की कोशिश की जा रही है। अब उसका रहस्य खुल गया है।'

'बीमारी ऐनोना की थी।' कैरमन हैरानी से बोला– 'तुम्हारा आशय जानेट क्रास्बी से है न।'

'हां, ऐनोना का जो हुलिया उन्होंने बताया है, पता है क्या है–कद पांच फुट, गहरी रंगत, भूरी आंखें, भरा हुआ ठोस जिस्म। अब सोचो जरा।'

'लेकिन यह तो गलत है। वह तो और ऊंची है और उसकी रंगत भी खूब साफ है।'

बात पाला की समझ में आ गई थी। वह बोली– 'वह ऐनोना फ्रीडलैंडर नहीं है, यही बात है न।'

'बिलकुल ऐसा ही है।' मैं उत्तेजित स्वर में बोला– 'अब कुछ समझ में आ गया है। दरअसल, क्रैस्टवेज में दिल का दौरा पड़ने से जिसकी मृत्यु हुई थी, वह ऐनोना फ्रीडलैंडर थी और जो लड़की साल्जर की सैनिटेरियम में कैद थी, वह जानेट क्रास्बी, मारीन की बड़ी बहन, मैकडोनाल्ड क्रास्बी की बड़ी बेटी थी।'

29

अंधकार में पहाड़ी की तलहटी में खड़े हुए हम जलते हुए ड्रीम शिप को देख रहे थे। उसमें अभी भी रह-रहकर आग की लपटों की चमक दिखाई दे जाती थी। आसमान पर धुएं के बादल-से छा गए थे।

'वहां पहुंचना है।' कैरमन पहाड़ी की चोटी की ओर इशारा करता हुआ बोला– 'मैं कोई टार्जन हूं या कोई बंदर की औलाद हूं।'

'अपने डैडी जी से पूछना जाकर तुम किसकी औलाद हो–हमारे सामने इसके सिवाय और कोई रास्ता नहीं। सामने के दरवाजे पर बिजली से खुलने वाले दो फाटक लगे हुए हैं। अंदर दाखिल होने का सिर्फ यही तरीका है।'

कैरमन पीछे हटा–उसने सपाट खड़ी हुई पहाड़ी की ओर गौर से देखा– 'कम-से-कम तीन सौ फुट का फासला है।' वह बड़बड़ाया।

'चलो कोशिश तो करनी चाहिए।'

पहले के बीस फुट तो आसान थे, लेकिन आगे की चढ़ाई बड़ी खतरनाक थी और फिर कैरमन का हौसला बनाए रखना, उसे ऊपर चढ़ने के लिए उत्साहित करते रहना चढ़ाई से भी ज्यादा कठिन काम था।

'परिस्थिति इतनी कठिन नहीं है, जितना तुम सोच रहे हो।' मैंने कैरमन को

समझाया।

पचास फुट चढ़ने के बाद मैं हांफती सांसों को काबू में रखने के लिए रुका। मैं नीचे नहीं देखना चाहता था, पहाड़ी से जरा-सा भी संतुलन हटने का मतलब सीधा-सीधा मौत था।

'क्या हाल है?' मैंने ऊपर को सिर उठाकर पूछा।

'मुझे ताज्जुब हो रहा है कि मैं जिंदा कैसे हूं? चढ़ाई ही इतनी कठिन है या मैं सपना देख रहा हूं।' कैरमन बोला।

मैंने एक नुकीले पत्थर को कसकर पकड़ा और ऊपर की ओर खिसक गया– 'नीचे गिर पड़े तो चढ़ाई कठिन है, नहीं तो सब ठीक-ठाक है।' मैंने कहा। हम धीरे-धीरे ऊपर सरकते रहे। एक बार जोर से पत्थरों के गिरने का शोर सुनाई दिया और कैरमन की तेज सिसकारी सुनाई दी। मेरे बदन का रोम-रोम खड़ा हो गया।

'पत्थर जरा-जरा कच्चे-पक्के हैं, ध्यान रखना मैलोप। अभी-अभी मेरे हाथ से पकड़ते ही निकला है।' कैरमन बोला।

'अच्छा।' मैं बोला।

सरकते-सरकते मैं चार फुट के एक प्रोजेक्शन पर पहुंच गया। मैं उस पर चढ़ गया। मैंने पहाड़ी के साथ पीठ लगा ली और अपनी तेज-तेज उठती सांसों पर काबू करने की कोशिश करने लगा। मैं बिलकुल पसीने से लथपथ हो रहा था। मुझे मालूम नहीं था कि चढ़ाई इतनी विकट है, अन्यथा मैं फाटक की ओर से घुसने की कोई तरकीब निकालता।

लेकिन अब तीर कमान से निकल चुका था। अब नीचे लौटना तो मुमकिन ही नहीं था। हां, ऊपर चढ़ना संभव था।

थोड़ी देर में कैरमन भी प्रोजेक्शन पर आ पहुंचा। उसकी टांगों में कंपन हो रहा था। उसका सारा शरीर पसीने से सराबोर था।

मैंने रोशनी का रुख ऊपर की ओर कर दिया। उधर से ही कुछ आशा बंधती दिखाई दे रही थी। मैंने अपने लिए निर्धारित रास्ते के बारे में बताया। कैरमन के मुंह से घबराहट भरी आवाज निकली। 'पागल तो नहीं हो रहे, गिर जाओगे।'

'मुझे तो यही रास्ता दिखाई दे रहा है। तुम्हें कोई और तरकीब सूझ रही हो तो

कोशिश करके देखो, शायद कामयाबी हाथ आ जाए।' मैंने अपने निर्धारित मार्ग पर सरकना शुरू किया। इंच-इंच खिसकता हुआ मैं ऊपर सरकने लगा। एक बार तो मेरे हाथ से पत्थर खिसककर आवाज करता हुआ नीचे लुढ़क गया। मेरा संतुलन बिगड़ते-बिगड़ते बचा। ईश्वर ने ही मेरी रक्षा की।

'संभलो-संभलो।' कैरमन भयभीत स्वर में घिघियाया। 'मैं भी हूं तुम्हारे साथ। वहीं ठहरो, कहीं ऐसा न हो अपने साथ मैं तुम्हें भी ले बैठूं।'

अपनी उंगलियों के पोरों के बल पर मैं अपने आपको संतुलित करने की कोशिश करता रहा। मेरे पैर तो किसी जगह पर टिक ही नहीं पा रहे थे। मैंने अपने पैरों के नीचे कुछ सरसराहट महसूस की।

'संभालो विक।' कैरमन ने अपना कंधा मेरे पैरों के नीचे लगा दिया। 'अपना वजन मुझ पर डालकर शरीर को ऊपर की ओर उठाओ।'

'तुम्हारा संतुलन बिगड़ जाएगा बेवकूफ।'

'नहीं बिगड़ेगा, मैं जो कह रहा हूं करो। मैंने मजबूती से अपने पैर जमाए हुए हैं। आराम से बगैर झटका दिए धीरे-धीरे अपने को ऊपर उठने दो।'

अब मेरे सामने और कोई उपाय नहीं था। मैंने बिलकुल धीरे-धीरे अपना वजन उसके कंधे पर डालना शुरू किया। अपने दोनों हाथों से मैं कोई ज्यादा मजबूत पकड़ थामने की कोशिश करता रहा।

'मैं ऊपर कूदने लगा हूं, सावधान!' मैं बोला।

'हां, ठीक है।'

एक झटके में मैं सुरक्षित जगह पर टिक गया। वहां पड़ा-पड़ा हांफने लगा। धीरे-धीरे कैरमन का सिर दिखाई दिया। मैंने अपनी बांह का सहारा देकर उसे ऊपर घसीट लिया। वह एक कंदरा के मुंह जैसी जगह थी, जहां हम फिलहाल सुरक्षित थे।

थोड़ी देर तक हम खड़े-खड़े अपने आप में शक्ति का संचार करते रहे और फिर ऊपर सरकने का सिलसिला शुरू कर दिया।

हमारा जिस्म टूटा पड़ता मालूम पड़ रहा था। हाथ-पैर बदन से अलग होते मालूम हो रहे थे। एक-एक इंच सरकने पर बार-बार फेफड़ों में सांसें भरनी पड़ती थीं, लेकिन अभी बदनसीबी ने हमारा पीछा नहीं छोड़ा था। मैं तो सुरक्षित ऊपर पहुंच गया, लेकिन कैरमन

अभी काफी पीछे रह गया था। मैंने टॉर्च का प्रकाश नीचे की ओर फेंका।

लगता था कैरमन को ऊपर पहुंचने के लिए जीवन-मृत्यु की बाजी लगानी पड़ रही थी।

'वहीं ठहरो जैक, मैं रस्सी का इंतजाम करता हूं।' मैं बोला।

लेकिन वह चिल्लाया– 'रस्सी कहां मिलेगी?'

'ढूंढता हूं कहीं से, यहीं रहना। यूं ही इसी तरह से टिके रहना। ऊपर चढ़ने की कोशिश मत करना, वरना गिर पड़ोगे।' मैं उसे आश्वासन देता हुआ बोला।

मैं उठकर आगे बढ़ा।

सामने स्वीमिंग पूल था और उससे आगे बिल्डिंग थी, जिसकी एक खिड़की से रोशनी का सीमित प्रकाश नीचे की ओर आ रहा था। मेरे कदम स्वयं ही उधर को बढ़ने लगे।

30

मैं बरामदे में जा पहुंचा–वहां नीरवता व्याप्त थी। वहां कुछ आरामकुर्सियां पड़ी थीं। मेरा दिल चाह रहा था किसी आरामकुर्सी पर पसर जाऊं और घंटों की नींद पूरी करके ही उठूं।

बहुत बड़े लाउंज में एक नीले, पीले शेड वाला लैंप प्रकाशित था। लाउंज और बरामदे के बीच का दरवाजा खुला पड़ा था।

मैं धीमे कदमों से बरामदे की सीढ़ियों पर चढ़ा और ठिठककर खड़ा हो गया। अंदर से किसी औरत की ऊंची तेज कर्कश आवाज सुनाई दी। आवाज में गुस्सा भरा हुआ था।

'ओह शटअप। बहुत बकवास कर चुके हो। हरी अप और कुत्ते की तरह भौंकना बंद करो, जल्दी आओ।'

अब वह मुझे दिखाई दी। वह अपनी मुट्ठी में टेलीफोन के रिसीवर को कसकर पकड़े हुए थी। उसकी पीठ मेरी ओर थी। लैंप की रोशनी का दायरा सीधा उसके सिर पर पड़ रहा था और उसी से मैच करती हुई सिल्क की कमीज उसने पहनी हुई थी। वह किसी

कलाकार की बनाई हुई मॉडल का नमूना मालूम दे रही थी। उसकी लंबी टांगें, ऊंची उठती छातियां और चंचल थिरकता हुआ जिस्म उसे साक्षात् वीनस का प्रतिरूप दे रहा था– 'अब बस भी करो, क्यों भौंके जा रहे हो। बहुत बक चुके फौरन पहुंचो।' वह रिसीवर को क्रोध से पटकती हुई बोली।

मैं बहुत थका हुआ था। मेरा पोर-पोर दर्द कर रहा था। मैं मौत के मुंह से बाल-बाल बचा था। इस समय मैं किसी शिष्टाचार को बरतने के मूड में नहीं था। मैंने पैरों के धमकने की तेज आवाज को दबाने की कतई कोशिश नहीं की। मैं बढ़ता हुआ उसके नजदीक आ पहुंचा।

आहट सुनते ही उसने सिर घुमाकर पीछे की ओर देखा। मुझे देखते ही उसके नेत्र उबल पड़े। अभी तक वह शायद मुझे पहचान नहीं पाई थी, क्योंकि मेरा चेहरा धूल और मिट्टी से लथपथ था। मेरी नाविक वाली वर्दी जगह-जगह से फटी हुई थी।

'पहचाना मुझे, मैं हूं मैलोप तुम्हारा दोस्त।' मैं इत्मीनान से बोला।

उसकी आंखों में पहचान की चमक आ गई। उसने एक गहरी सांस ली और उठकर खड़ी हो गई।

'यहां तक कैसे पहुंच गए?' वह भावहीन चेहरे से सामान्य स्वर में बोली।

'पहाड़ी नापकर आया हूं–कभी फुर्सत हो तो शौक की खातिर तुम भी करना। तुम्हारी सेहत के लिए बहुत अच्छा रहेगा। हालांकि जिस्म तुम्हारा अब भी अच्छा ही है।'

'तुमने देखा ही कहां है मेरा शरीर अब तक।' वह अपनी उंगली अपने दांतों में दबाती हुई बोली।

'तुमने मौका ही कहां दिया है?'

'अब मिल सकता है, यह तो तुम्हारे ऊपर निर्भर करता है।'

'ठीक है। देखते हैं, बैठो अभी तो एक जाम हो जाए तो अच्छा रहे–इस समय मैं उतना दमदार नहीं हूं, जितना आमतौर पर होता हूं। दो घूंट व्हिस्की पेट में पहुंचे तो मेरा दम-खम वापस लौट सकता है।'

वह पलटकर कैबिनेट की ओर बढ़ी।

'यह पहाड़ी चढ़कर आने वाली बात ठीक है क्या–आज तक तो किसी ने ऐसा किया नहीं है।'

'बिलकुल ठीक है, आखिर किसी ने तो पहल करनी ही थी।'

'यानी कि यह ठीक है कि तुम पहाड़ी चढ़कर आए हो।' वह बर्फ और व्हिस्की से भरा हुआ गिलास लेकर लौटती हुई बोली। उस समय वह व्हिस्की का गिलास मुझे कितना खुदाई फरिश्ता दिखाई दे रहा था, मैं बयान नहीं कर सकता।

वह मेरे पास आ खड़ी हुई। मैं हल्के-हल्के व्हिस्की के घूंट भरता रहा। उसने एक सिगरेट सुलगाई और मेरी ओर बढ़ाई।

मैंने उससे सिगरेट ले ली। इसी दौरान उसकी उंगलियों का स्पर्श मेरे हाथ से हो गया। मैंने महसूस किया कि उसका बदन तप रहा था। 'तुम्हारी बहन यहीं है?' मैंने गिलास को सावधानी से साथ वाली टेबल पर रखते हुए पूछा।

उसने पलकें झपकाते हुए मेरी ओर देखा।

'जानेट को मरे हुए दो वर्ष हो गए।' वह बोली।

'यह कहानी बहुत पुरानी हो चुकी है मेरे लिए।' मैं ठहरे हुए स्वर में बोला।

'दो साल तक तुम्हारी मां ने जिस लड़की को सैनिटेरियम में कैद रखा हुआ था वह जानेट थी और भी कुछ नई बात जानना चाहती हो।'

'बताओ क्या बताना चाहते हो?' वह बैठती हुई बोली।

'सुनो, मैं बताना चाहता हूं, हालांकि इसमें कुछ मेरा अनुमान भी शामिल है। जहां मैं अटकूं, तुम मेरी मदद करती जाना। तुम्हारे पिता को जानेट से अटूट स्नेह था। यह बात तुम्हें और तुम्हारी मां को पता थी कि वह अपनी जायदाद जानेट के नाम कर जाने वाला था। अचानक ही परिस्थिति ने मोड़ ले लिया–जानेट शेरिल को दिल दे बैठी–शेरिल को पता था कि मैकडोनाल्ड क्रास्बी अपनी जायदाद जानेट के नाम कर जाने वाला था। शेरिल एक स्वस्थ शरीर का शानदार नौजवान था और शानदार आदमी तुम्हारी कमजोरी है। तुमने शेरिल से दोस्ती गांठना शुरू कर दिया और कुछ दिनों के बाद तुम्हारा बाकायदा इश्किया ड्रामा शुरू हो गया। जानेट को जब यह मालूम हुआ, तो उसने शेरिल से अपनी सगाई तोड़ दी। इस बात को लेकर तुम दोनों बहनों में झगड़ा हुआ–तुमने एक शाटगन झपट ली और गोली चला दी। ऐन मौके पर तुम्हारा बाप आगे आ गया। जानेट तो बच गई, लेकिन तुम्हारा बाप अपनी जिंदगी से हाथ धो बैठा। है न यही कहानी–।'

'अब इससे कोई फर्क पड़ने वाला नहीं।' वह सर्द स्वर में बोली।

'उस समय तुम्हारे घर में एक नर्स ऐनोना फ्रीडलैंडर भी तो ठहरी हुई थी। वह वहां किस काम के लिए रखी गई थी?'

'दरअसल, मेरी मां के दिमाग में विकृति थी। उसकी निगाह में तो मैं भी विक्षिप्त दिमाग की थी। उसने मेरे पिता से कहकर मेरी देखरेख के लिए ऐनोना को रखा हुआ था।'

'अपने बाप को गोली मारते तुम्हें नर्स ने भी देखा होगा?'

'देखा था।' वह सिर हिलाती हुई बोली– 'वह इसकी सूचना पुलिस को देना चाहती थी।'

'फिर...।'

'मेरी मां ने कहा कि अगर यह बात पुलिस को मालूम हो गई तो मेरा बड़ा बुरा हाल होगा। उसने नर्स को राजी करने की बहुत कोशिश की। नर्स नहीं मानी। वह हंगामा करने पर आमादा थी। मजबूरन मेरी मां ने उसे सैनिटेरियम में बंद करवा दिया। उसके बाद जानेट जिद करने लगी कि उसे भी सैनिटेरियम में रखवा दिया जाए। मां को उसकी बात माननी पड़ी। मां ने मुझे यहां इस जगह भेज दिया। यह मकान मेरी मां का है। जानेट यही समझती रही कि मैं भी सैनिटेरियम में बंद हूं, लेकिन यह नहीं मालूम कर सकी कि मैं हूं कहां। मुझे तलाश करवाने की खातिर ही उसने तुम्हें चिट्ठी लिखी थी, फिर एक नई बात हो गई। नर्स ऐनोना फ्रीडलैंडर को दिल का जबरदस्त दौरा पड़ गया और उसी दौरे ने उसकी जान ले ली। यह बहुत सुनहरा मौका था। मां डगलस की मदद से उसकी लाश क्रैस्टवेज में ले आई। उधर जानेट को नर्स फ्रीडलैंडर के कमरे में कर दिया और फ्रीडलैंडर के मुर्दा शरीर को जानेट के बिस्तर पर डाल दिया। डॉक्टर बेवली का घर पास ही था। मैंने उसे बुलाया। उसे यह मालूम नहीं था कि बिस्तर पर जानेट है या कोई और, उसने उसकी मृत्यु के प्रमाणपत्र पर दस्तखत कर दिए। उसके बाद का काम सरल था। ट्रस्टियों को कोई शक नहीं हुआ और मैं बड़ी आसानी से सारी जायदाद की मालिक बन गई।' कुछ क्षण वह खामोश रही और आधी सिगरेट की राख ऐश-ट्रे में डालने का उपक्रम करती रही, फिर वह बोली– 'डगलस के बारे में मैंने जितना तुम्हें बताया था–सच था–वह हरामी मुझे ब्लैकमेल करने की कोशिश करने लगा था। उसने मुझे मजबूर कर दिया था कि मैं उसके लिए ड्रीम शिप खरीद दूं। ड्रीम शिप मेरे पैसे से ही खरीदा गया था। जानेट की नौकरानी को भी सारे किस्से की भनक लग चुकी थी और

वह भी मुझे ब्लैकमेल कर रही थी। उसे पता था कि जानेट जिंदा है। इसी बीच कहानी में तुम्हारा दखल शुरू हो गया। मुझे एक तरकीब समझ में आई कि अगर इस कहानी का कुछ हिस्सा तुम्हें बता दूं तो शायद डगलस डरकर मेरा पीछा छोड़ दे। लेकिन वह नहीं डरा और उल्टा तुम्हारी जान का ग्राहक बन बैठा। मैं हर तरह से उसे ऐसा करने से रोकती रही। यह मेरा ही आइडिया था कि तुम्हें सैनिटेरियम में बंद रखा जाए, लेकिन मुझे यकीन कभी भी नहीं था कि तुम जानेट को वहां से निकालकर ले जाने में कामयाब हो जाओगे। जानेट को तुम वहां से निकालकर ले गए। जैसे ही यह बात मुझे मालूम हुई कि जानेट कहां है, मैंने ही शेरिल के आदमियों की मदद से उसे वहां से पकड़कर मंगवाया।'

'नर्स फ्रीडलैंडर के पिता को शूट करवाने का भी तुम्हारा ही आइडिया था?'

'और मेरे लिए क्या चारा रह गया था।' वह हाथ मटकाती बोली– 'अगर वह तुम्हें बता देता कि उसकी बेटी को दिल के दौरे की बीमारी थी, तो तुम्हारे जैसे होशियार व्यक्ति के लिए यह जान लेना कि हकीकत में क्या हुआ होगा, दो जमा दो के पहाड़े जैसा आसान काम था।

'मैं बुरी तरह से डर गई थी। मैंने ही उसकी जुबान बंद करवाई थी और पुलिस रिकॉर्ड से ऐनोना फ्रीडलैंडर के कागजात गायब करवाए। लेकिन अब तो हालत बेहद बिगड़ चुकी है, अब क्या फायदा।' वह वितृष्णापूर्ण स्वर में बोली।

'जानेट कहां है?' मैंने उससे पूछा।

उसने हामी में सिर हिलाया।

'और तुम उसके साथ कैसे निपटा जाए, इसका फैसला करने की कोशिश कर रही हो।'

'हां।'

'किया कोई फैसला?'

उसने जवाब नहीं दिया।

मैंने अपने गिलास की व्हिस्की खत्म की और उसे एक ओर टिका दिया।

'शेरिल को तुम्हीं ने गोली मारी थी और जहाज को आग लगाने का कारनामा भी तुम्हारा था।'

'तुम्हें तो बहुत कुछ मालूम हो गया है।'

'लेकिन यह मैं तुम्हारी जुबान से सुनना चाहता हूं।'

'हां, यह सब मैंने किया था–मुझे मालूम था अगर उसे पुलिस ने पकड़ लिया तो वह ज्यादा देर तक अपनी जुबान बंद नहीं रख सकेगा। मैं वैसे भी उससे आजिज आ चुकी थी, मुझे जहाज को आग लगाते वक्त बड़ा सुकून हासिल हुआ था। आखिर वह मुझसे जबरदस्ती ऐंठे गए रुपयों से ही बनाया गया था न।'

कुछ क्षण तक हम बैठे एक-दूसरे की सूरत देखते रहे।

आखिर में उसने जुबान खोली– 'सुनो, क्या ऐसा नहीं हो सकता कि हम दोनों आपस में मिलकर इस दौलत को बांट लें। उन खूसट वैज्ञानिकों को यह दौलत अनायास ही हासिल हो जाए, यह कहां की अक्लमंदी है–अभी भी कम-से-कम बीस लाख डॉलर बाकी हैं।'

'हम कैसे मिल सकते हैं आपस में।'

'देखो, जानेट मेरी बहन है। मैं यहां उसे ज्यादा देर तक नहीं रख सकती। वैसे भी जैसे ही उन्हें पता चला कि जानेट जिंदा है, मैं इस जायदाद से फौरन ही बेदखल कर दी जाऊंगी, इसलिए अपनी बर्बादी को बचाने के लिए मेरे लिए जानेट का मर जाना ही अच्छा है।'

मैं खामोश रहा।

'मैं तीन-चार बार हाथ में रिवाल्वर लेकर वहां हो आई हूं, लेकिन उस पर गोली चलाने का हौसला नहीं जुटा पाती हूं। अगर तुम...।' वह मेरी ओर देखते हुए बोली– 'इस काम को अंजाम दे सको, तो मैं तुम्हें आधी दौलत देने के लिए तैयार हूं।'

मैंने हाथ में दबी सिगरेट ऐश-ट्रे में डाल दी।

'तुम्हारे कहने का मतलब है कि मैं करूं यह कत्ल।'

'सोच लो, आधी दौलत के हकदार भी तो तुम्हीं होओगे।'

'लेकिन दौलत के दर्शन तो मैंने किए ही नहीं हैं। मुझे शक है कि कभी वह मुझे मिलेगी भी।'

'दौलत अवश्य मिलेगी। अभी चाहो तो अभी–मैं तुम्हें चेक दे सकती हूं।'

'और चेक देने के बाद, काम हो जाने के बाद आराम से बैंक को टेलीफोन करके चेक रुकवा भी सकती हो या मुझे भी शेरिल जैसे अंजाम पर पहुंचा सकती हो।' मैं कहता

गया।

'मैं जो भी वादा करती हूं बिलकुल पक्का होता है। मैं झूठे वायदे करने में यकीन नहीं करती और फिर।' वह मेरी ओर प्रेम भरी चितवन से देखती हुई बोली– 'चाहो तो मुझे भी प्राप्त कर सकते हो।'

'अच्छा, यह भी शर्त है।' मैं अपने को उत्साहित-सा प्रकट करता हुआ बोला– 'मुझे जगह दिखाओ, कहां है वह।'

उसके बाएं गाल की नस फड़कने लगी, लेकिन उसका चेहरा भावहीन बना रहा– 'तुम कर सकोगे यह काम?'

'क्यों नहीं कर सकता, मुझे रिवाल्वर दो और जगह बता दो बस।'

'पहले चेक लिखने के लिए नहीं कहोगे।'

मैंने नहीं में सिर हिलाया।

'मुझे भरोसा है तुम्हारे कहने पर और फिर तुम्हीं तो कह रही हो कि मैं कभी झूठा वायदा नहीं करती।' मैं अभिनय करता हुआ बोला।

उसने कमरे के सिरे पर बने एक दरवाजे की ओर इशारा कर दिया।

'वहां है वह।'

मैं उठ खड़ा हुआ।

'मुझे दो रिवाल्वर–ड्रामा तो उसकी आत्महत्या का ही शो करना है न।'

'हां बिलकुल, यही मेरा विचार है–उसे ज्यादा तकलीफ तो नहीं होगी।' वह हिचकिचाई। उसकी आंखें फिर भावहीन हो गईं।

मैंने उसकी ओर रिवाल्वर के लिए हाथ बढ़ा दिया।

वह सकपकाई। उसकी निगाहें कमरे के चारों ओर घूमने लगीं– 'रिवाल्वर-रिवाल्वर तो यहीं कहीं रखी थी या देखूं शायद मेरे बैग में है।' मैंने देखा, उसकी बाएं गाल की नस बहुत तेजी के साथ फड़क रही थी।

वह बैग की ओर बढ़ी। मैंने उससे पहले ही बैग उठा लिया। बोला– 'रहने दो, मैं ही निकाले लेता हूं। तुम बैठो आराम से।'

जैसे ही मैंने बैग का क्लिप सरकाना चाहा, एक गर्जदार आवाज दरवाजे के पास

से सुनाई पड़ी– 'बैग को वहीं छोड़ दो मैलोप।' मैं तेजी से मुड़ा और दरवाजे की ओर देखा। दरवाजे की चौखट पर हाथ में रिवाल्वर लिए मैनफ्रेड विलेट खड़ा हुआ था। उसके रिवाल्वर का निशाना मेरे सीने की ओर था।

'क्या करते हो पाजी कहीं के, जरा-सा सब्र नहीं कर सकते थे अक्ल के अंधे। वह उसको गोली मारने जा रहा था।' मैंने मारीन को तीव्र स्वर में विलेट को फटकारते हुए सुना। विलेट की आंखें मुझसे हटकर मारीन की ओर जा टिकीं।

'चुपचाप बैठो गुड़िया और मुझे स्थिति को संभालने दो। तुम क्या समझती हो, वह उसे गोली मारने जा रहा था। यह तुम्हारा रिवाल्वर हथियाना चाहता था।' विलेट बोला। वह मेरी ओर मुड़ी। उसकी चमकदार आंखें मेरे चेहरे पर टिक गईं।

'तुम ऐसा नहीं करने वाले थे, जवाब दो।' वह बोली।

मैंने इनकार में सिर हिलाया– 'नहीं।'

विलेट कमरे में आ गया। बोला– 'अब हालात काफी खराब हो गए हैं, बैठो।' वह मेरी ओर देखकर बोला– 'और मारीन तुम भी बैठो, मैं तुमसे बात करना चाहता हूं।' मारीन नहीं बैठी, लेकिन मैं एक कुर्सी पर जा बैठा। वह भावहीन नेत्रों से विलेट को देखती रही।

'बैठो।' वह रिवाल्वर उसकी ओर करता हुआ बोला– 'तुम भी अपनी मां जैसी पागल हो। अब तुम्हें बाहर आजाद रखना ठीक नहीं है।'

वह कुर्सी पर बैठ गई, जिसके पास उसका बैग पड़ा हुआ था।

विलेट हमारे सामने खड़ा हो गया। उसके रिवाल्वर का निशाना मेरे और मारीन के बीच कहीं था। उसका चेहरा चिंतित था और उसकी आंखें कभी-कभी मुझ पर, कभी-कभी मारीन के चेहरे पर अटक जाती थीं।

'जानेट कहां है?' उसने पूछा।

मारीन ने कोई जवाब नहीं दिया। मैंने उसे दरवाजे की ओर इशारा करके बताया– 'मारीन कहती है कि वह उस कमरे में है।'

'वह ठीक तरह से है?'

'मेरा ख्याल है कि ठीक है।'

उसके मुंह से इत्मीनान की सांस निकली, लेकिन रिवाल्वर पूर्ववत् हम दोनों की

ओर उठा रहा।

'तुम्हें पता है अगर तुम मेरा साथ दो तो अभी भी बहुत माल हथियाया जा सकता है, अभी भी हम हालात पर काबू पा सकते हैं। मुझसे गलती हुई कि मैंने इसे इतनी ज्यादा आजादी दे दी। मुझे अब पता चला कि यह इतनी खतरनाक है, इतना तो पता था कि यह एक अस्थिर दिमाग वाली लड़की है, इसकी मां भी ऐसी थी, लेकिन मैं इससे इतनी हानि पहुंचने की उम्मीद नहीं करता था–मैं बहुत पहले कोई कदम उठा चुका होता, लेकिन शेरिल मेरे रास्ते की दीवार बना हुआ था। अब वह मर चुका है, इसलिए अब सिवाय तुम्हारे मेरे रास्ते में कोई रुकावट नहीं है।' वह एक ही सांस में कहता गया– 'बोलो मैलोप, पचास हजार डॉलर काफी होंगे तुम्हारे लिए अपनी जुबान बंद रखने की एवज में।'

'पचास हजार डॉलर!' मैं हैरानी से बोला। 'लेकिन इसने तो अभी दस लाख डॉलर की पेशकश की थी।'

'दस लाख की बात करते हो। इसके पास तो दस हजार डाला भी देने के लिए नहीं हैं। इसके पास अगर होते, तो भी यह एक डॉलर भी तुम्हें नहीं दे सकती थी। मुझे पता है यह ड्रीम शिप के बीमा की रकम हथियाने के चक्कर में है। यह काम यह नहीं कर सकती। लेकिन मैं दे सकता हूं, इस काम को अंजाम।' वह बोला।

मारीन खाली-खाली नेत्रों से देख रही थी–मैं उसकी ओर इशारा करता हुआ बोला– 'इसका क्या होगा?'

'इसे मैं किसी नर्सिंग होम में भर्ती करा दूंगा। इसके सिवाय और कोई उपाय नहीं है। अगर मैंने पुलिस को सौंपा तो इस पर कत्ल का मुकदमा चलेगा। जानेट कोई बखेड़ा न करे, इसके लिए उसे मनाया जा सकता है। उसे ट्रस्ट की रकम मिल जाएगी और हम-तुम ड्रीम शिप के बीमे की रकम आपस में बांट लेंगे।'

'एक बात बताओ।' मैं बोला– 'तुमने शुरू से ही सोच-समझकर यह योजना बनाई हुई थी।'

'इस बारे में बात करने की जरूरत नहीं है।' वह बोला।

'यह इसी की योजना थी।' मारीन बोल पड़ी। 'यह शुरू से ही रकम हथिया लेने की सोच रहा था। ट्रस्ट का काफी पैसा यह जुए में हार चुका था–जानेट को यह बात मालूम हो गई थी। इसी ने मेरी मां को इस बात पर राजी कराया था कि जानेट को सैनिटेरियम में

बंद करवा दें। अगर डगलस मेरे साथ न होता तो यह कभी का मुझे बंद करा चुका होता।'

'खामोश रहो।' विलेट दहाड़ा।

'मेरा भी अंदाजा था।' मैं बोला– 'इसका कोई व्यक्ति ट्रस्ट से संबंधित होना चाहिए था, मुझे तभी शक हो गया था कि जब तुम स्थिति की खबर बाकी ट्रस्टियों को देने में हिचकिचा रहे थे–जब जानेट मेरी सेक्रेटरी के साथ मेरे अपार्टमेंट से अपहृत कर ली गई, तो मेरा शक बिलकुल पक्का हो गया, क्योंकि मेरे, तुम्हारे और पाला के सिवाय किसी को भी जानेट की उपस्थिति का पता नहीं था।'

'अब कुछ फर्क नहीं पड़ने वाला।' वह उतावलेपन से बोला– 'अगर यह बेवकूफ लड़की और शेरिल मेरे रास्ते में न आए हुए होते तो मेरी योजना सफल हो जानी थी, लेकिन किसी की हत्या को मैं सहन नहीं कर सकता। जब इन्होंने यह मौत का खेल खेलना शुरू किया तो मैंने अपनी भरसक कोशिश से इन्हें रोकने की चेष्टा की। इसे रोका भी जा सकता है। बोलो, दोगे मेरा साथ, मैं बीमा की आधी रकम तुम्हें देने को तैयार हूं।'

'अगर मैं मना कर दूं तो– ?'

'तो मुझे बीमा की रकम हासिल होने तक तुम दोनों को यहीं रहना पड़ेगा। मैं भागना नहीं चाहता, लेकिन वक्त का तकाजा हुआ तो यह भी कर गुजरूंगा। लेकिन मुझे तुमसे उम्मीद है तुम समझदार हो–बोलो क्या इरादा है ?'

मैंने मारीन की ओर देखा। 'तुम्हें क्या कहना है ?'

'इसने क्या कहना है। इसके पास है ही क्या कहने को। यह या तो नर्सिंग होम जाएगी या फांसी के तख्ते पर। मैं इतनी खतरनाक लड़की को यूं ही आजाद नहीं छोड़ सकता।'

मैंने उसकी बातें नजरअंदाज करते हुए मारीन से फिर पूछा– 'कुछ कहना है तुम्हें। मैं कुछ कहना नहीं चाहता हूं।' मारीन के हाथों से रिवाल्वर की एक लपट निकली और उसकी तोप जैसी आवाज सारे कमरे में गूंज गई। नाल से निकली चिंगारी से कुर्सी के कवर को आग लग गई। हम जब बातों में मशगूल थे तो मारीन को बैग से रिवाल्वर निकालने का मौका हाथ लग गया था।

रिवाल्वर विलेट के हाथ से छूटकर जा गिरा, वह लड़खड़ाता हुआ पीछे हटा। उसने

हाथों से अपनी छाती पकड़ ली। उसके टखने मुड़ने लगे। मेरे जैसे पर लग गए। मैं कुर्सी से उछला और मारीन की ओर झपटा। इससे पहले कि वह रिवाल्वर का रुख मेरी ओर करे। मैंने कसकर उसके रिवाल्वर वाली कलाई थाम ली। गोली चली और मेरी गर्दन को हवा देती हुई निकल गई। मैं उसे लिए-दिए फर्श पर लुढ़क गया। कुर्सी जिस पर वह बैठी हुई थी, नीचे गिर गई। मैंने उसकी कलाई उमेठकर रिवाल्वर छीन लिया। उसे एक जोर का धक्का दिया और फिर उछलकर खड़ा हो गया।

'ठीक है, ठीक है लेकिन संभलकर।' मैंने दरवाजे से मिफलिन की भी आवाज सुनी। वह और कैरमन भीतर आ गए।

'तुम ठीक तो हो न विक।' कैरमन बोला।

'मैं ठीक हूं–तुमने सुना था सब।' मैं बोला।

'मैंने सब सुना है।' मिफलिन बोला। वह विलेट की ओर बढ़ा– 'क्या काफी जख्मी है यह।'

मैं चिल्लाया– 'खबरदार।' मैं आगे को कूदा।

मारीन ने खुली खिड़की से नीचे की ओर छलांग लगा दी थी। मैंने उसे पकड़ने की कोशिश की। लेकिन वह मुझसे ज्यादा फुर्तीली निकली। वह बाहर बरामदे की ओर भागी और सीढ़ियों की ओर दौड़ी।

'यह तो खत्म हो गया।' मैंने कैरमन के साथ भागते हुए मिफलिन की आवाज सुनी। जिस वक्त हम पहली टैरेस पर पहुंचे, मारीन चौथी टैरेस पर चढ़ चुकी थी। मैंने कैरमन का हाथ पकड़कर उसे ऊपर चढ़ने से रोका।

'यह मिफलिन की सिरदर्दी है।' मैं बोला।

'किधर गई?' मिफलिन मेरे समीप आते हुए बोला।

मैंने उसे इशारे से बताया।

मारीन बड़ी तेजी से ऊपर चढ़ रही थी। मिफलिन उसके पीछे दौड़ने लगा और फिर मैंने उसे ठिठककर खड़े होते हुए देखा। मारीन सीधी पहाड़ी के सिरे पर पहुंची और हमारे देखते-देखते उसने नीचे की ओर छलांग लगा दी।

काफी देर तक हम स्तब्ध खड़े रहे। हमारे कान नीचे की ओर से कोई आवाज सुनने को उत्सुक थे। कोई आवाज सुनाई नहीं दी। उसे समुद्र की ओर पहाड़ी के बीच की

जगह अपने गर्भ में छुपा गई थी।

'यही शायद उसके लिए सबसे अच्छा रास्ता था।' मैं बोला। मेरा जी खराब होने लगा। वह पागल थी तो क्या हुआ, बहुत ही खूबसूरत थी और जब कोई खूबसूरत चीज टूटती है तो मुझे हमेशा ही अफसोस होता है। मैं इमारत की ओर मुड़ता हुआ चल पड़ा।

'पहाड़ी पर हम खुद ही चढ़कर पहुंचे थे।' मैंने बरामदे में पहुंचकर कैरमन से पूछा। कैरमन ने स्वीकृति में सिर हिलाया।

'मैं तो तुम्हारी फिक्र में मरा जा रहा था। बहुत देर लगा दी थी तुमने। मेरा मन तरह-तरह की आशंकाओं से घिर गया था। आज सारी रात इसी के सपने आते रहेंगे। पाला भी यहीं कहीं आसपास है। वह जानेट को तलाश कर रही है।'

'अब हमें सारी स्थिति ब्रैंडन को समझानी है।' मिफलिन बोला। वह लगभग हांफता हुआ वहां पहुंचा था।

'अब आएगा मजा।' मैं बोला।

'बड़ा बुरा अंजाम हुआ बेचारी का।' मिफलिन मुझे घूरता हुआ बोला।

मैंने उसे अक्षरशः सब कहानी कह सुनाई।

✦ ✦ ✦

www.ingramcontent.com/pod-product-compliance
Lightning Source LLC
LaVergne TN
LVHW010924051026
849532LV00003B/834
* 9 7 8 9 3 5 2 7 8 0 1 0 5 *